HÉRITAGE

NICHOLAS SHAKESPEARE

HÉRITAGE

Traduit de l'anglais par Karine Lalechère

ÉDITIONS FRANCE LOISIRS

L'édition originale de cet ouvrage a été publiée en 2010 par Harvill Secker sous le titre : INHERITANCE

Édition du Club France Loisirs,
avec l'autorisation des Éditions Grasset & Fasquelle.

Éditions France Loisirs,
123, boulevard de Grenelle, Paris.
www.franceloisirs.com

ISBN : 978-2-298-05537-5

À Jón

Tout ce qui commence en comédie
s'achève comme un répons dans le vide.

Roberto BOLAÑO,
Les Détectives sauvages.

Australie-Occidentale
1960

Le sol se craquelait sous ses godillots et l'air grouillait d'insectes. Il progressait sur la plaine calcinée, cherchant des repères sur sa carte.

Derrière lui s'étendait Marble Bar, à l'ouest l'océan, et au sud Perth, la ville où elle vivait – mais il avait mal rien que d'y penser. La chaîne de montagnes se trouvait devant lui, si ses calculs étaient corrects. Il l'avait vue d'avion seulement, et encore, à la lueur d'un éclair, sous une pluie battante. À quoi ressemblait-elle à hauteur d'homme ? Il n'en avait pas la moindre idée.

Le soleil le brûlait à travers le bandeau sur son œil. Haut dans le ciel, il aperçut un vol d'oiseaux, comme une poignée de graines.

Il se dirigeait vers le sud. Il s'arrêtait de temps en temps pour prendre une photo ou consulter la carte, traversait des lits de rivières asséchés et des cercles d'arroches, se faufilait entre les herbes griffues, se retirait en lui-même. Dans une cuvette argileuse, il trouva une empreinte de pneu. Elle continuait sur cinquante mètres avant de disparaître – un résidu de la dernière averse. Lui devait créer sa propre trace dans la chaleur dansante ;

une trace qui en aurait dit long sur sa personnalité, si on l'avait suivi.

L'orage qui avait inondé Marble Bar n'était manifestement pas arrivé jusqu'ici. Une fine poussière teintait minéraux et végétaux d'un rouge caractéristique. C'était peut-être le plus ancien paysage du monde. Le fond d'un océan évaporé qu'aucun organisme vivant n'avait modifié depuis que ses plus lointains ancêtres s'en étaient extraits. Il poursuivit sa route, plié comme un doigt tordu par les rhumatismes, ployant sous le soleil et le poids de son sac. Sur le sol, il voyait s'étirer son ombre dure et noire, cet autre lui-même diminué, arraché à son corps et imprimé dans la terre rouge assoiffée.

Il n'y avait pas de vent. Il sentait sa propre haleine de bière éventée, goûtait de sa langue enflée la salive sèche sur ses dents. Il avait perdu tout lien visuel avec ce qui se trouvait devant lui. La terre miroitait comme si elle hébergeait toujours un océan. Sur les plaines inondées de mirages, il voyait des lacs, parfaitement distincts. Et à la surface flottaient… Cheryl, à Perth, qui avançait vers l'autel au bras d'un Anglais ; sa grand-mère dans un désert pas si différent de celui-ci, en train de boire dans une flaque où son âne avait pissé ; et invariablement, à la périphérie, la silhouette de Don Flexmore.

Une mouche pénétra dans son oreille. Elle bourdonnait et ricochait contre son tympan avec un bruit plus sonore que tout ce qu'il avait entendu depuis qu'il avait laissé la Land Rover. Il la chassa d'une pichenette et reprit sa route en se maudissant, car il n'avait pas prévu de marcher autant.

Le terrain se fit plus accidenté. Ses jambes saignaient et des cailloux tranchants transperçaient ses semelles usées. Il se trouvait dans un monde minéral. Il ramassa une pierre creuse de la taille d'un poing. Il l'étudia avec attention. Puis la rejeta.

Un pas après l'autre. Il avait des ampoules aux pieds et son bandeau frottait contre sa peau. Chaque fois que, plein d'espoir, il escaladait le talus d'une ravine affouillée par une rivière, persuadé que du sommet il apercevrait la montagne, son œil glissait des blocs rouges les plus lointains au ciel uniforme.

L'air était si sec que, devant un affleurement, il laissa tomber son sac et s'assit à l'abri du soleil, où il attendit, se fondant dans le paysage de pierre. Un uraète planait au-dessus de lui. Son ombre noire caressa la terre, puis se mêla au rocher et se disloqua. Le rapace l'observait, la tête inclinée comme la mère de Cheryl, calculant combien de temps il lui faudrait pour piquer sur son œil. Quand l'homme repartit, il s'éloigna paresseusement.

Au cours du second après-midi, il atteignit les abords poudreux d'un autre plateau. En contrebas, des taches de terre rose et les contours sombres de rochers bleutés – et là-bas, au loin, un pic. Mais lorsqu'il atteignit le sommet de l'escarpement suivant, il constata avec dépit qu'il l'avait perdu. Au coucher du soleil, il quitta les hauteurs et s'enfonça dans un profond ravin où il établit son campement.

Il prépara un feu à l'aide de bois mort, vestige d'une inondation ancienne, et fit bouillir de l'eau pour le thé. Les parois rocheuses amplifiaient le crépitement des flammes. Il se donna une claque et ramassa un moustique dans la casserole. Il remua les feuilles de thé avec un os minuscule qu'il avait trouvé dans la rivière asséchée, le tibia pétrifié d'un animal. Il pensa à sa grand-mère, qui sentait les cigarettes françaises et touchait le bracelet d'argent à son poignet quand elle lui parlait.

La marée du jour s'était retirée lorsqu'il ôta ses Blundstones. Il libéra avec une grimace ses talons douloureux l'un après l'autre. Tendrement, il déposa ses croquenots près du feu, comme on les glisse sous un lit. L'océan de terre avait laissé des vaguelettes de sel blanches au bout de ses chaussures décousues qui le regardaient, béantes. Il décolla ses chaussettes. La peau rouge foncé sous les ongles et des ampoules humides couvertes d'une croûte couleur de rouille. Il rinça ses pauvres pieds avec le reste de l'eau du thé – poussant un soupir de soulagement comme si cette lotion pouvait réellement les panser, les tanner – et les enveloppa de bandelettes, taillées dans les manches de sa chemise.

Après la chaleur, le froid soudain le fit frissonner. Il creusa un trou peu profond au niveau de ses hanches et déplia la bâche, puis, constatant que les termites défilaient sous sa colonne vertébrale, il cassa quelques branches de mulga dont certaines portaient encore des fantômes de feuilles, et en fit un matelas épineux sur lequel il s'allongea.

Le lendemain matin, le soleil se leva, du même rouge que la terre, si bien qu'on ne les distinguait que par le dessin léger d'empreintes fraîches sur le sol. Il s'accroupit pour les examiner.

On l'avait suivi. Sa gamelle était renversée, on avait traîné ses boîtes de conserves vers les buissons et il y avait des crottes récentes à proximité.

Ses lèvres se décollèrent. “Ohé ?”

Rien.

Il rangea ses affaires, souleva son sac en toile et longea la rivière asséchée, son fardeau allégé de la viande en boîte qu'il avait mangée et de l'eau qu'il avait bue. La chaleur de l'aube était délicieuse, mais son plaisir fut de courte durée : le temps de comprendre qu'une autre journée torride s'annonçait. La sueur qui avait séché sur sa peau ne tarda pas à couler sur son visage et son cou, tandis que son dos n'était plus qu'un manteau de mouches. Les rameaux torturés d'un gommier du désert lui indiquaient le chemin.

Plus loin au fond de la gorge, il tomba sur des cavités rocheuses remplies d'eau graisseuse où flottaient des déjections de varan. Son reflet lui montra des sourcils noirs éclaircis par la poussière de lune. Ses chaussures s'enfonçaient dans le sol mou avec des bruits de succion. Des touffes d'herbe avaient surgi qui formaient des taches vertes inopinées, et, sur les talus abrupts, en mystérieux jaillissements roses et jaunes, de petites orchidées résonnaient du cri aigu des passereaux. Ici, l'averse avait ramené la vie.

La ravine débouchait sur un promontoire d'où le regard embrassait la plaine qu'il avait traversée. Alors qu'il consultait sa carte, il sentit un étrange courant d'air. Un bruit attira son attention vers un arbre noueux qui poussait sur la face sud d'un gros rocher fissuré, et à cet instant il entendit un raclement de gorge. Il se figea. La toux retentit encore, comme une excuse. Ou un ricanement ? La troisième fois, il vit se découper deux oreilles de loup à l'extrémité de son ombre étirée.

Il s'apprêtait à chercher une pierre quand, très loin, au-dessus des touffes d'herbe porc-épic rabougries, une apparition lui fit oublier l'animal qui s'était de nouveau évanoui dans la poussière. *Je suis en train de contempler le mont Ararat* – telle fut sa première pensée. Un sommet élevé, l'autre plus petit, qui tous deux se dressaient à l'endroit qu'il avait entouré sur sa carte.

Il repartit d'un pas énergique, sans plus se préoccuper de ses pieds meurtris et des oreilles pointues, suivant son ombre chapeautée qui s'allongeait désormais en direction des montagnes. L'accompagnaient les aiguilles de la soif ainsi que le constant bavardage des mouches. Et toujours les pics qui grossissaient devant lui et l'éclat de cet œil féroce dans le ciel.

À travers la brume de chaleur, il distinguait les stries du sable ferrugineux rouge qui lapait les pentes violines. Ces reliefs appartenaient à une chaîne de petites éminences aux formes spectaculaires, sculptées par les éléments. Il prit une photographie pour son inévitable retour à la civilisation. La masse rocheuse de l'Ararat, ainsi qu'il la désignait déjà, ressemblait à une citadelle, avec des remparts, des tours et des cheminées. Elle brillait sous le soleil, polie par le vent chargé de poussière.

Il lui fallut la journée entière.

Il campa dans un ravin au pied de la montagne. Le ciel tout à l'heure bleu et clair s'était couvert d'épais cumulus noirs. La nuit descendit rapidement, mais, allongé sur le dos, il ne distinguait aucune étoile. Lorsqu'il entendit le tonnerre vibrer au-dessus des reliefs, il se prépara à recevoir des gouttes de la taille d'une pièce de monnaie.

Un vent frais se leva avant l'aube et s'engouffra dans le ravin. L'homme l'écouta converser avec les arroches, mais la pluie ne vint pas.

Aux premières lueurs du jour, il grimpa tant bien que mal sur une saillie déchiquetée de conglomérat ancien et poursuivit sur des blocs couleur de sang séché. Bien que l'humidité eût régénéré, presque lustré la terre, sous cette lumière grise, les flancs de la montagne ne brillaient pas autant que dans son souvenir. Seul signe indiquant qu'il se rapprochait : l'aiguille de sa boussole affolée variait d'un escarpement à l'autre.

Il sentait l'haleine du vent sur son visage et sur sa peau. Pas parfumée, comme à Perth ou Alep. Là-bas, il était propre, agréable. Sans histoire. Ici, c'était autre chose. Avant, son charabia lui paraissait incompréhensible. Mais à présent le vent sonnait comme un début.

Vingt minutes plus tard, il arrivait à destination.

Il s'immobilisa, les genoux tremblants. La roche était rongée, comme si on avait croqué dedans. Il rit et son cœur cogna contre ses côtes, tandis qu'il regardait à droite et à gauche : partout, de la rouille.

Le jeune homme calcula par la suite que, ce jour-là, il avait suivi son ombre au-dessus d'un million de tonnes de fer de première qualité, réparties sous une surface de soixante-cinq kilomètres par quarante. Et tout cela lui appartenait.

Londres
2005

1.

Par un après-midi froid et pluvieux de février, alors qu'Andy Larkham était penché sur son bureau dans les locaux de Carpe Diem, une femme apparut sur le seuil.

Un moment s'écoula avant qu'il ne la remarque. Il la regarda d'un air interrogateur, son crayon dans la bouche.

"Tu n'avais pas un enterrement ?"

"Oh merde !", et de bondir sur ses pieds. Sa montre affichait quatorze heures trente-cinq. Il décrocha le costume de son père suspendu derrière la porte et se changea devant sa collègue.

"Il faut combien de temps pour aller à Richmond ?"

"Avec cette pluie ? Une demi-heure. En taxi."

Andy s'apprêtait à franchir le seuil lorsqu'il se souvint du faire-part sur son bureau. Puis, avant de sortir : "Est-ce que tu pourrais me prêter vingt livres ?"

"Et les vingt livres que tu m'as déjà empruntées vendredi ?"

"Angela, s'il te plaît. C'est la Saint-Valentin. Tu sais que je te les rendrai."

"Ah oui ?"

"Demain matin sans faute, j'irai à la banque. Promis."

Il passa un peigne dans ses épais cheveux blonds.

Elle lui donna l'argent, comme d'habitude, avec un regard noir qu'il ignora. Il dévala les trois volées de marches, salua Errol à l'accueil et déboucha sur le trottoir.

Il relut les informations sur la carte bordée de noir qui reçut quelques gouttes. La cérémonie débutait à quinze heures. Chapelle 8.

Il n'avait pas de parapluie et il ne tarda pas à être trempé. Un bus l'éclaboussa et continua sa route vers Kensington High Street ; une file d'écoliers s'engouffra dans le métro, cartables au-dessus de la tête.

Enfin, un taxi s'arrêta et une femme en sortit. Andy prit sa place.

"Le crématorium de Richmond, s'il vous plaît."

À bord du véhicule qui s'éloignait d'Hammersmith sous des trombes d'eau crépitantes, Andy se demandait qui d'autre serait présent.

Sa première enseignante, Mlle Carron ? Une dame charmante – douce, juste. L'année suivante, il avait eu Mlle Lightfoot. Jeune, mignonne. Il s'était vraiment attaché à elle. Il ne pouvait en dire autant de son cruel successeur, un ancien joueur de crosse, un sport voisin du hockey sur gazon. Mais Podhoretz, « Staline » pour les intimes, était parti au bout d'un semestre. Grand, costaud, plus âgé que le reste du corps professoral, son remplaçant était un ours d'homme aux boucles argentées et aux yeux perçants qui manifestait un enthousiasme désarmant pour les sujets les plus variés, de Vermeer au tango argentin en passant par les nouvelles de Flannery O'Connor.

Il se nommait Stuart Furnivall. Il avait enseigné pendant trente ans un peu partout en Europe, et, après le décès de son épouse française, avait pris sa retraite à Shaftesbury afin d'achever la rédaction de son livre. À peine s'était-il mis au travail que l'école l'appelait à la rescousse.

Furnivall n'était pas un de ces professeurs qui se promenaient avec un tableau noir accroché sur le front. Il privilégiait ce qui était important, connaissait l'attrait des savoirs mystérieux et avait le don de rallier les gens autour de lui. Grand pêcheur à la mouche devant l'éternel et rugbyman convaincu, il entraînait la première équipe de cricket d'Andy moins d'un an après son arrivée. Mais son rêve le plus cher demeurait inassouvi. Il rêvait d'être un spécialiste des lettres françaises.

C'était Furnivall qui avait aidé le jeune garçon à se ressaisir, après les jours vides de sens qui avaient suivi la crise cardiaque de son père.

L'homme ne s'était pas contenté de lui apprendre à infléchir la trajectoire d'une balle de cricket ou de guider ses lectures. Ce qu'Andy appréciait sans doute le plus chez lui, c'était qu'il ne faisait pas de sermons, ne donnait pas de conseils, et pourtant, sa flamme et son engagement faisaient naître des passions ; il lançait chacune de ses pensées comme sa ligne, sans effort, et elle atterrissait un peu au-dessus de la tête de ses élèves, juste à la bonne hauteur pour leur donner envie de s'élever et de comprendre.

Alors qu'il avait quitté l'école depuis longtemps, la rigueur de son ancien maître continuait de lui servir de modèle. Qu'en dirait Furnivall ? Comment se comporterait-il dans une situation similaire ? Approuverait-il ?

Ils ne s'étaient pas parlé depuis des mois, mais sa mort avait secoué Andy.

La pluie tombait toujours à verse quand le taxi s'arrêta devant le crématorium. Andy fourra le billet d'Angela dans la main du chauffeur et, sans attendre sa monnaie, s'élança en slalomant entre les flaques.

Il repéra une chapelle avec le chiffre 8 inscrit sur un carreau blanc au-dessus de l'entrée, dans une allée bordée de constructions similaires. Il courut à la porte pour trouver la cérémonie déjà bien avancée.

L'insupportable sentiment d'être en retard, une fois de plus.

Il s'immobilisa, ruisselant, et laissa à ses yeux le temps de s'accoutumer à la pénombre. Un cercueil sur une estrade. Un crucifix au-dessus d'un rideau plissé grège. Et deux silhouettes assises au premier rang à gauche. La tête grise de l'homme semblait former un tout avec le dos de son costume. La cinquantaine, des lunettes rondes à double foyer sur le nez, il posa sur Andy un regard qui semblait dire : "Que fichez-vous ici ?" À côté de lui, une femme aux traits tirés, vêtue d'un manteau de fourrure marron. Elle avait les yeux fixés sur le cercueil, mais lorsqu'elle se retourna avec un cri étranglé, il constata qu'elle ne ressemblait pas, même de loin, à la minuscule Mlle Carron, et encore moins à Mlle Lightfoot.

Il y avait aussi un petit chapelain mastoc au teint fleuri et au menton pointu qui délivrait son oraison devant le cercueil. Et personne d'autre.

"… C'est dans des moments semblables que nous nous arrêtons pour réfléchir et que nous nous posons cette question vieille comme le monde : 'Mais pourquoi ?'"

Andy ôta son manteau dégoulinant et s'assit au dernier rang. Il consulta sa montre. Dans dix minutes, cette cérémonie s'achèverait et céderait la place à la suivante. Où était tout le monde ? Ce n'était quand même pas à cause du temps. Une averse n'avait jamais empêché quiconque d'assister à un enterrement.

"C'est la qualité de nos relations avec les autres qui donne un sens à la vie : c'est en tout cas la seule réponse valable que j'ai trouvée. Comment m'entendais-je avec ma famille ? Mes collègues ? Mes frères humains ? Et si j'ai la foi : comment m'entendais-je avec Dieu ?"

Par-dessus les places vides, le prêtre posa un regard reconnaissant sur Andy, qui essuyait la pluie londonienne grisâtre de son front et se trémoussait sur son banc. Il songea avec un pincement au cœur qu'il n'avait pas une idée précise de son Dieu. La seule image qui remontait à la surface n'avait aucun rapport avec le vieux barbu du plafond de la chapelle Sixtine, et encore moins avec la divinité aux bras multiples sur le mur du restaurant indien en bas de chez lui. À travers le brouillard d'un lointain après-midi d'hiver, Andy voyait la silhouette d'un homme à la chevelure argentée ; il gesticulait sur la touche et criait d'une voix sévère : "Votre short, Larkham. Comment voulez-vous courir s'il vous tombe sur les genoux ?"

"… Si c'est le cas, alors sa vie était riche de sens, car l'amour, l'affection et une sollicitude sincères sous-tendaient toutes ses relations."

Ces mots s'appliquaient bien à Stuart Furnivall. Mais le couple du premier rang ? Andy les regarda plus attentivement. Son instituteur avait un jour mentionné une sœur despotique, avec qui il avait survécu au Blitz, à

Wimbledon. C'était peut-être elle. Quant à l'homme à lunettes, il ne semblait pas endeuillé.

Les yeux du prêtre étaient rivés sur Andy.

"Chacun ici a répondu présent, parce que d'une manière ou d'une autre, il a été touché et influencé par cette personnalité généreuse et singulière."

Andy avait perdu de vue Stuart Furnivall lorsqu'il était entré à l'université. L'école avait été vendue. Le terrain de sport, l'affreux clocher victorien, l'infirmerie où Mlle Lightfoot distribuait son immonde sirop contre la toux appartenaient désormais à un parc industriel. Tout ce qui restait de Barton School se résumait à la lettre d'information épisodique que Mlle Lightfoot envoyait aux anciens élèves. C'était elle qui lui avait fourni l'adresse en Cornouailles, où Andy avait écrit deux ans et demi plus tôt, quand Angela lui avait demandé un certificat de moralité. Furnivall avait répondu par retour de courrier et avait invité une nouvelle fois Andy à lui rendre visite. Depuis sa mort, il se reprochait de ne pas avoir pris une journée pour se rendre à St. Buryan. Il devait énormément à son ancien professeur – ne serait-ce que son emploi. C'était lui qui lui avait transmis le virus de l'édition.

Le prêtre déblatérait toujours, mais Andy était revenu dix ans en arrière, à Shaftesbury. Une maison édouardienne revêtue de stuc, avec un araucaria dans le jardin, et une odeur de pisse qui l'avait saisi lorsqu'il était entré une dernière fois pour dire au revoir. Les vieilles dames qui regardaient la télé au rez-de-chaussée avaient des fuites, mais ce n'était pas le cas de Furnivall. Il vivait au premier, dans une chambre individuelle, avec un lit en métal, une table en marbre, sur laquelle était simplement posé un livre ouvert et retourné, qui traitait d'une technique particulière de pêche à la mouche appelée "clé de Portland". Au mur, il y avait une étagère pour ses CD et ses ouvrages d'art, une rangée de patères où il accrochait son équipement de pêche, une photographie de studio représentant son épouse Christine et, à côté, une reproduction d'un croquis au fusain du peintre de Delft Leonard Bramer, vers lequel l'attention d'Andy finissait toujours par dériver lors de leurs séances de tutorat. Le dessin représentait un homme et une femme étendus sur un radeau, en pleine mer. Il l'avait beaucoup regardé.

La soutane de soie noire miroitait dans la pénombre.

Il se souvint que, d'après son professeur, seulement trois personnes étaient présentes à l'enterrement de Stendhal, à Paris.

"Et maintenant prions et rendons grâces à Dieu pour la vie de..."

Andy prit le coussin mis à disposition et s'agenouilla. Le rideau s'ouvrit, un bourdonnement retentit et le cercueil avança vers la cavité sur des roulettes invisibles. Lorsqu'il entendit l'hymne enregistré, Andy eut envie d'appuyer sur le bouton PAUSE.

"... notre frère...", le nez sur la fiche de la cérémonie.

Andy ferma les yeux. Désormais, il ne verrait plus Furnivall que derrière ses paupières closes. Tandis qu'il cherchait un endroit où poser ses coudes, il songea à leur première rencontre au bord de la rivière, en aval de Sutton Mill...

"... Christopher Madigan."

Christopher Madigan ? Les yeux soudain grands ouverts, droit sur son siège.

Andy s'était emparé de son manteau, prêt à partir, lorsqu'il se rendit compte que, même s'il trouvait la bonne chapelle, il était trop tard.

Il resta donc assis et réfléchit aux solutions qui s'offraient à lui. Il ne souhaitait pas attirer l'attention. Et quitter en catimini un service funèbre qui touchait à sa fin serait impoli, voire sacrilège. D'autant que les proches de Christopher Madigan ne se bousculaient pas au portillon.

Le rideau se referma et il y eut une autre prière. "Car nous n'avons rien apporté en ce monde et de même nous ne pouvons rien emporter."

Avant même que le prêtre ait dit "Amen", l'homme aux cheveux gris se dirigea d'un pas vif vers une table contre le mur de briques, à côté de la sortie. Il posa ce qui semblait être un livre de condoléances et l'ouvrit.

Comme Andy s'apprêtait à se lever, la femme en manteau de fourrure marron traversa la nef à son tour. Plus petite qu'elle ne lui avait paru de prime abord, des yeux protubérants dans un visage blême aux rides marquées, assez maigre. Elle lui décocha un regard réprobateur au passage.

L'homme l'arrêta et lui dit quelques mots. Elle secoua la tête et Andy l'entendit parler à voix basse. Son manteau lui arrivait aux chevilles. Elle nageait dedans. "Il n'avait pas son gilet jaune", d'une voix émue teintée d'un accent étranger.

Tout en lui offrant des paroles de réconfort, l'autre dévissa le capuchon d'un stylo à encre et le lui tendit.

Elle resta un instant penchée au-dessus du registre avant de signer. Puis elle lui rendit son porte-plume, poussa la porte et sortit en boitillant, non sans avoir gratifié Andy d'un dernier regard courroucé.

Il fit mine de la suivre, mais on lui barra le passage.

"Seriez-vous assez aimable pour me laisser vos nom et adresse ?"

"Pourquoi ?"

"Parce qu'on m'a demandé de garder une trace de toutes les personnes présentes à la cérémonie."

Andy s'apprêtait à expliquer qu'il ne connaissait pas le défunt, lorsqu'il se rendit compte que ce serait affreusement embarrassant. Et quel mal y avait-il à signer un livre de condoléances ? Il n'avait jamais vu ce Madigan, mais il avait assisté à une partie de ses funérailles. Cela créait des liens.

Acceptant le stylo, il nota son nom d'une main ferme et précise.

L'homme le dévisageait, les traits dénués d'expression.

"Et votre adresse. Nous en avons besoin."

Andy s'exécuta. "Je suis navré", écrivit-il sans savoir pourquoi.

Comme il se dirigeait vers la porte, une bourrasque d'air froid pénétra dans la chapelle. Une jeune femme en imperméable ocre clair, le col remonté, referma son parapluie et regarda autour d'elle. Le teint pâle, des cheveux bruns aux épaules et des yeux marron – les plus sombres qu'Andy avait jamais vus.

Elle leva la main pour essuyer la pluie sur sa tête et son bracelet d'argent jeta un éclair. Elle paraissait agitée.

Andy songea qu'elle avait l'âge de sa sœur, un ou deux ans de plus que lui.

"C'est fini ?"

"Je le crains", dit l'homme grisonnant.

Elle fit une pause et baissa les paupières, se mordant les lèvres comme quand on ne veut pas pleurer. Elle secoua la tête, puis s'approcha du livre de condoléances.

L'inconnu s'interposa, le refermant brutalement avant qu'elle ait le temps d'écrire quoi que ce soit.

"Je m'excuse, madame, mais la cérémonie est terminée."

Silence.

Elle se décomposa, comme si on avait passé une gomme sur son visage. Son menton lisse se bossela. "Je dois inscrire mon nom."

L'homme ne bougea pas, le registre pressé contre sa poitrine. "Je regrette, il est trop tard", d'une voix inflexible.

Elle se ressaisit et l'observa un moment. Puis elle tourna les talons et sortit d'un pas déterminé.

Dehors, la pluie s'était calmée. Un murmure de conversations accueillit Andy. Des gens qui attendaient le service suivant, rassemblés en grappes de costumes sombres sous des parapluies dégoulinants. Que des visages inconnus.

Une dame corpulente, une étole d'astrakan noir sur les épaules, darda des petits yeux impatients sur le mur au-dessus de lui. "Nous y sommes. Chapelle 8."

Andy tenait toujours le carton où étaient imprimées les informations au sujet de l'enterrement de Furnivall. Une goutte de pluie avait bavé sur le chiffre. C'était à la chapelle 3 qu'il aurait dû se rendre.

La porte s'ouvrit. Des notes d'orgue enregistrées s'échappèrent par l'embrasure et un visage gris rosâtre apparut. “Voilà, dit le prêtre, lèvres pincées contre le froid. Si vous voulez bien entrer.”

Le flot humain pénétra dans le petit édifice, passant de part et d'autre d'Andy. Finalement, il ne resta plus que lui et deux personnes abritées sous le porche, à contempler la pluie qui trouait les nuages.

La femme au manteau de fourrure était moins impressionnante à l'extérieur. Quelque chose dans son attitude suggérait qu'elle connaissait la retardataire, laquelle semblait plus fâchée contre elle-même qu'irritée par le mauvais temps ou l'incident. Ils attendirent un moment tous les trois, les yeux fixés vers le ciel couleur de cendres dispersées, jusqu'à ce que la plus âgée se racle la gorge et s'adresse à sa voisine d'une voix étonnamment timide et douce : “Il faut que je vous dise quelque chose.”

“Je ne veux rien savoir.”

Andy se retourna, surpris par la brutalité de la réponse.

La femme semblait sans défense. Son visage ridé reflétait une tristesse indescriptible. Andy sentit alors chez elle une honnêteté qui le toucha.

Avant qu'elle puisse ajouter quoi que ce soit, l'homme en gris sortit et s'immobilisa derrière eux, serrant toujours son livre de condoléances. La jeune fille fit un pas. Le marbre froid mouillé crissait sous ses talons.

Une Coccinelle vert bouteille était garée sur le gazon. Elle ouvrit son parapluie et se dirigea vers la voiture.

Andy consulta sa montre. Quinze heures trente-cinq. Il envisagea de se mettre en quête de la chapelle 3. Mais elles s'étendaient au nord et au sud, toutes identiques.

Quand bien même il trouverait la bonne, une nouvelle cérémonie avait probablement débuté.

Sans compter qu'il ne savait pas comment regagner le centre de Londres. Il avait donné tout l'argent qu'il avait sur lui au chauffeur de taxi.

Elle était arrivée devant l'automobile et ouvrait la portière.

“Où est-ce que vous allez ?” s'entendit-il crier.

Elle se retourna et deux yeux sombres l'examinèrent sous le parapluie, d'où fusaient les gouttes comme de la limaille autour d'une perceuse.

“Holland Park, c'est votre direction ?”

Elle ne se présenta pas et lui non plus.

Ils venaient de dépasser le rond-point de Shepherd's Bush lorsque Andy songea qu'il devrait peut-être dire quelque chose.

“C'était mon deuxième enterrement.”

“Je suis surprise qu'il en ait voulu un.”

“C'est important, le rituel.”

“Le seul rituel qui l'intéressait, c'était la torture.”

“Vous ne l'aimiez pas beaucoup”, se demandant ce qui pouvait bien la lier à Christopher Madigan.

“L'aimer ? ricana-t-elle. Personne ne l'aimait, à part vous, peut-être.” Ses yeux étincelèrent. Ils avaient quelque chose de railleur.

“Moi ? Oui. Eh bien… vous pouvez me déposer ici.” Ils approchaient du sud de Ladbroke Grove.

Il devinait qu'elle avait envie de se débarrasser de lui et qu'elle l'aurait laissé devant la boucherie Lidgate, si les bonnes manières ne l'avaient retenue.

“Où habitez-vous ?” avec un regard de biais.

Vu sous cet angle, son visage était plus saisissant. Pas beau, comme celui de Sophie. Mais elle avait un certain magnétisme.

"Hortense Avenue."

"Je vous emmène."

"Vous n'êtes pas obligée", sentant les yeux de la conductrice sur le costume bleu fané de son père.

"Je sais."

Elle ne s'intéressa plus à lui et se tut pendant le reste du trajet. Lorsqu'il descendit et se tourna pour la saluer par la vitre du passager, elle bâillait.

"Merci."

"Je vous en prie."

Et plus rien. Lorsqu'il leva la main, le regard de la femme le traversa comme s'il n'existait pas.

"Eh bien, au revoir."

La voiture s'éloigna. Jusqu'à ce qu'elle ne soit plus qu'un point immobile parmi d'autres à l'heure de pointe, par un après-midi de février humide, à Londres. Il s'était remis à pleuvoir.

2.

La pluie s'était arrêtée quand Andy poussa la porte de son immeuble peu après dix-neuf heures, pour aller chercher Sophie. Il l'emmenait au restaurant portugais de Portobello Road où ils avaient dîné lors de leur premier rendez-vous.

C'était David, son meilleur ami, qui les avait présentés, à la fête de Noël d'Ivo.

"Andy, Sophie Sobko."

Elle se tenait devant lui, distante, un don du ciel. Si d'autres femmes étaient présentes au Polish Club ce soir-là, elles n'existaient plus.

La soudaine sécheresse sur les lèvres d'Andy.

Elle attirait tous les regards. Les yeux verts, des cheveux ondulés blond copeau de bois, et un port qui signifiait : *Je suis probablement la plus belle femme que tu aies jamais vue.*

Elle était vêtue d'une robe bleu-noir moulante. Il lui posa une question à laquelle elle ne répondit pas. Il fit une nouvelle tentative. Cette fois, un semblant d'intérêt lui fit entrouvrir les yeux.

"Grand Forks", avec un fort accent américain. "Personne ne connaît."

“Grand Forks ?” répéta-t-il, saisi d’une soudaine tristesse. Il vit son père à l’aéroport, le front pressé contre une vitre épaisse maculée par la pommade qu’il utilisait. Il appelait une femme séduisante qui ne l’entendait pas, puis faisait le tour de la barrière en courant pour la serrer dans ses bras, sous les yeux d’Andy qui attendait les bagages. S’il n’avait jamais rien soupçonné jusque-là, il avait dû se rendre à l’évidence.

“Je crois que je suis allé à Grand Forks en vacances”, dit-il d’une voix un peu essoufflée, comme celle de son père ce jour-là.

Les yeux de Sophie s’animèrent soudain, transformant son visage nerveux et hautain.

“Non ? Tu rigoles ?” Ce fut le déclic qui fit disparaître – en un clin d’œil – tous les autres invités.

“Je voulais te présenter Ivo”, tenta David.

Mais elle ne l’écoutait pas. Il n’y avait plus qu’Andy.

“Est-ce que tu es déjà allé au Westward Ho pour le brunch de Pâques ?”

“Le Westward Ho ?” Le seul *Westward Ho !* qu’il connaissait était un roman de Charles Kingsley.

“Tu sais, l’hôtel avec une piscine en forme de botte de cow-boy…” et il l’entendit dans sa voix, léger et aérien comme la nostalgie : le mal du pays. Le désir d’une mémoire partagée.

“La piscine en forme de botte de cow-boy…”

“Nooon ! Arrête. Tu dois t’en souvenir !”

Ce qu’il se rappelait, c’était une ville géométrique aux pavillons tous identiques et aux rues comme des entailles dans le soleil couchant, où les autres garçons, qui avaient le menton carré et un gabarit de joueur de base-ball, se moquaient de son accent et de la manière dont il faisait du skate-board.

“Tu sais quoi ? fit-elle, mordant une lèvre inférieure moelleuse. Il a été rasé.”

“Non ? Les salauds”, cette fois réellement ému.

Sa réaction avait dû la toucher. Sa bouche resta entrouverte un instant. Au-dessus de son sourire, deux immenses yeux verts le dévisageaient.

Depuis son arrivée à Londres, quatre mois plus tôt, Sophie Sobko n’avait pas rencontré une seule âme qui connaissait Grand Forks. Quant au Westward Ho, n’en parlons pas. Il s’avéra en fin de compte qu’Andy n’y avait jamais mis les pieds non plus. “C’était Grand Falls”, soupira sa mère. Mais il était trop tard : ils étaient officieusement fiancés et il la supplia de ne pas révéler qu’il avait confondu la ville natale de Sophie avec le bled de Terre-Neuve où son père l’avait emmené, à l’occasion de leurs dernières vacances ensemble – autrement dit dans un autre pays, à mille lieues du Dakota.

Sa mère et sa sœur avaient accueilli l’élue de son cœur avec un enthousiasme mitigé, mais ce n’était quand même pas sa faute si elle venait du même continent que la femme pour qui George Larkham les avait quittés.

Le duplex de Sophie dans Chesterton Road se trouvait à dix minutes à pied de l’appartement qu’il louait au premier étage d’un petit immeuble d’Hortense Avenue. Il appuya sur la sonnette du haut et attendit le bourdonnement de la porte. Mais elle l’ouvrit elle-même, prête à partir, puis referma derrière elle.

“Salut.”

Le visage de la jeune femme combla rapidement l'espace entre eux pour l'embrasser. "Salut."

Elle portait son manteau de chinchilla matelassé avec une ceinture et, en dessous, un pull en cachemire orange qu'il ne lui avait jamais vu.

"Tu es ravissante. Je m'excuse, je suis en retard."

Pourquoi Andy semblait-il incapable d'arriver à l'heure ? Il l'ignorait lui-même. Il n'en était pas fier. Mais c'était pathologique chez lui. Depuis ses dix ans.

"Je ne ferais pas un bon prince charmant."

Elle ne répondit pas.

Le vent froid qui soufflait en rafale de Ladbroke Grove rosissait ses joues, tandis qu'ils se dirigeaient vers le Camões.

Le restaurant était encore plus désert que la chapelle de Richmond. Pour la Saint-Valentin, tous les habitués devaient être en train de se dorer la pilule à Praia da Rocha, hormis un jeune homme brun assis devant un livre ouvert, séparé d'eux par quatre tables vides. À leur entrée, il leva la tête avant de retourner à sa lecture.

C'était agréable d'être à l'intérieur, à l'abri du vent cinglant.

"Ah, j'ai attendu ce moment toute la journée", dit Andy en se frottant les mains, tandis que Rui s'approchait en boitillant pour leur apporter deux menus.

Andy plongea les yeux dans ceux de Sophie et son cœur se dilata. Il oublia sa méprise à Richmond. À cet instant, le monde brillait d'un éclat pur et enchanteur ; rien ne pouvait s'épanouir plus pleinement, leur amour et la conscience aiguë qu'il avait soudain de lui-même, alors qu'il s'apprêtait à parler de leur lune de miel à

Sintra. L'homme à l'autre bout de la salle avait son livre. Andy avait Sophie.

"Tu as obtenu ton augmentation ?" demanda la jeune femme après avoir commandé.

"Non. Pas encore." Il travaillait dans une petite maison d'édition dont le fonds de commerce était le développement personnel : surmonter la perte d'un être cher, vaincre les épreuves, bien vivre sa grossesse. Et une flopée de syndromes qui, à force, ne le faisaient même plus rire. "Goodman a dit qu'il allait y réfléchir ce soir et qu'on en reparlait demain. Mais j'ai bon espoir. Il m'a donné mon après-midi."

"Je suis sûre que ça va marcher, cette fois", assura-t-elle, évitant de croiser son regard.

"Et sinon, sourit-il, on y survivra."

À la pensée de leur vie ensemble, du lit qu'ils partageaient, un frisson d'excitation le parcourut. Son genou effleura celui de la jeune femme, mais, si elle ne retira pas ses jambes, elle ne répondit pas non plus. Cette absence de réaction ne le rendit pas nerveux à proprement parler, mais il avait soudain l'impression qu'après Stuart Furnivall, c'était Sophie qu'il avait déçue. Il voulait pourtant qu'elle sache qu'elle pouvait compter sur lui. Elle gagnait mieux sa vie que lui pour l'instant, mais les séances photos et les cadeaux se tariraient un jour. Et elle n'aurait pas à s'en soucier. Car à ce moment-là, il serait un éditeur reconnu à la tête de sa propre collection. Il s'occuperait d'elle. Jamais l'éclat de Sophie ne se ternirait à ses yeux.

"Est-ce que Conrad a réparé la porte ?" demanda-t-elle. Mais Andy se rendait compte qu'elle se moquait éperdument de savoir si son propriétaire avait changé la serrure de l'entrée. Elle ne s'était même pas aperçue qu'il portait le blouson Emilio Zegna qu'elle lui avait offert pour le premier anniversaire de leur rencontre.

"Pas encore. Jerome s'en occupe." Le dealer qui vivait au rez-de-chaussée.

"Et le frigo ?"

"Un technicien doit passer mercredi."

Elle plissa le nez et fixa l'espace droit devant elle. Elle avait parfois ce regard aveugle, quand elle défilait sur le podium.

"Andrew ?"

"Oui ?"

Ses joues n'étaient plus roses. Elle était pâle et avait une drôle d'expression.

"Tu sais que je t'aime."

Sa voix.

"Je voulais que tu le saches", ajouta-t-elle précipitamment.

Il était lui-même trop épris de l'instant pour percevoir que l'essentiel n'avait pas été dit.

Rui arriva de la cuisine en claudiquant et leur servit le plat principal : morue grillée pour Andy, poulet à la milanaise pour elle.

"*Bom apetite*", fit-il d'un air morne avant de les laisser. La plainte d'un fado diffusé par les haut-parleurs remplaça les Gypsy Kings.

Sophie étudiait le poisson dans l'assiette d'Andy. Elle ouvrit la bouche puis la referma.

"Je ne sais pas toi, dit-il, mais quand j'entends du fado, j'ai les orteils qui se recroquevillent vers le haut, comme un pétale de rose."

Elle posa son couteau et sa fourchette l'un à côté de l'autre, regarda rapidement autour d'eux.

"Chéri, je ne rentrerai pas avec toi ce soir."

Il sentit une moustache de sueur perler à sa lèvre supérieure. "Pourquoi ? Tu as un truc à faire ?"

Elle contemplait ses brocolis d'un air affligé. Mais quelque chose avait changé en elle. Quelque chose de tout simple et d'important qui expliquait son sourire contrit. "Andrew, tu es beaucoup trop gentil pour moi."

Il se raidit. "Oh, je peux être méchant si tu veux. Tu me veux méchant comment ?" Il sentit aussitôt une honte glacée se répandre sur sa peau et peser une tonne sur ses genoux.

"Je ne veux pas que tu sois méchant."

"Je suis trop pauvre pour toi", fit-il, avec un grondement peu convaincant.

"Ce n'est pas ça."

Elle ouvrit le menu. Le lacet au milieu rappela à Andy le cordon des lunettes de sa mère. Sophie tirait dessus, l'air éperdu, comme si elle s'apprêtait à entonner un chant grave et douloureux avec Amália.

"Andrew, j'ai rencontré quelqu'un."

Il y a des moments où l'on se sent pousser des ailes. Là, c'était exactement le contraire : l'impression de s'effondrer, que tout à l'intérieur – ses poutres et ses chevrons – s'écroulait.

Il se tendit un peu plus. Se persuadant qu'il devait exister une réponse adéquate, que s'il attendait un instant les mots sortiraient tout seuls. Mais rien. C'était sa pire crainte. Il tombait. Dégringolait loin de lui-même. Disparaissait.

“Oh”, dit-il. Et encore : “Oh.” Puis, pour se protéger il prononça la phrase la plus raisonnable qui lui vint à l’esprit : “Eh bien, quand on aime quelqu’un, on doit être capable de le laisser partir.”

“Ce qui était pitoyable, admettrait-il par la suite à David. Pas étonnant qu’elle en ait préféré un autre. Raisonnable ? Bonjour le sex-appeal ! C’est à peu près aussi torride que *Jonathan Livingstone le goéland.* Mais le plus étrange, c’est que je n’étais même pas en colère. Mes sentiments étaient confus, mais il n’y avait pas de colère là-dedans.” Il percevait seulement que la pièce avait changé de forme ; les photos de Sintra semblaient gênées ; le brin de lavande s’était détourné, déçu. Jusqu’au guitariste invisible qui jouait un fado plus hésitant, pour mieux entendre ce qu’ils disaient.

Comme le jeune homme à l’autre table.

Curieusement – mais c’était très précis dans sa tête –, Andy sentait sa présence avec une acuité accrue. Il avait l’impression de glisser à reculons dans un tube, tandis que la lumière rétrécissait, jusqu’à ce qu’il ne voie plus que le visage de leur voisin. Il fit alors appel à une technique qu’il utilisait enfant quand il était malheureux : il sortait de son corps et imaginait qu’il était un Autre. *Si pendant un instant je pense très fort que je suis cette personne et me persuade que tout ça n’est qu’une plaisanterie, que Sophie me fait une blague, peut-être que ce qu’elle a dit s’effacera.* Il se mit donc au travail. Il dirigea toute son attention sur le seul client du restaurant.

Il portait un pull en V bordeaux sur une chemise bleue rayée, le col ouvert. Il avait le corps nerveux, compact, le teint olivâtre et un visage rusé qu’il n’avait pas pris la peine de raser.

Il était penché sur son livre, avec une concentration d'une intensité peu convaincante.

"Ce n'est pas que je ne t'aime pas, disait Sophie d'une petite voix. Mais j'aime beaucoup Richard aussi. Je suis incapable de penser à quoi que ce soit d'autre, depuis que je l'ai rencontré."

Andy rougit. Il s'essuya la figure avec sa serviette. "Mais qui c'est ?" s'entendit-il demander.

"Il travaille chez Lehman Brothers. Je ne sais pas ce qui s'est passé. Mais c'est plus fort que moi." Elle avait pris une voix de fausset vibrante de défi, qui s'adoucit presque aussitôt. "Tu me détestes ? Je n'ai pas couché avec lui. Dis quelque chose", ajouta-t-elle, la lèvre tremblante.

Il repoussa son assiette. "Je vais demander l'addition. À moins que tu veuilles un dessert ?"

"Non, non, laisse-moi payer."

Il ouvrait son portefeuille.

"Andy, range ça", fit-elle d'un ton éploré. Et pendant un instant on aurait pu croire que la musique s'était emmêlée dans ses cheveux. "Je pourrai la faire passer en note de frais."

"Non, dit Andy en agitant sa carte en direction de Rui. C'est moi qui t'ai invitée."

Lorsqu'il revint avec l'addition, Andy avait les yeux trop embués pour lire le total. Rui attendait, sa présence rassurante, tandis qu'Andy calculait le montant du pourboire. Le serveur n'était quand même pas responsable de la fâcheuse tournure qu'avait prise la soirée.

Les plis qui marquaient le visage de Rui rivalisaient avec les accords les plus tourmentés du fado. Posant un regard de commisération sur Andy, il tapota sa MasterCard.

“Est-ce que vous en auriez une autre, *senhor* ? Celle-ci ne fonctionne pas.”

“C’est la puce. Elle est sans doute démagnétisée… Réessayez.”

Sans regarder Andy, Sophie intervint. “Tenez, prenez la mienne.”

Un instant plus tard, elle acceptait le stylo de Rui et d’une main experte apposait sa signature sur la facture, un gribouillis illisible, mais éminemment solvable.

Andy recula sa chaise. Il attendait Sophie. Il ne s’était pas encore fait à l’idée qu’ils ne chemineraient pas ensemble jusqu’à ce que la mort les sépare. Mais il était dit que ce soir il boirait la coupe jusqu’à la lie.

“Hé, où est-ce que tu vas ?”

Elle s’était levée, elle aussi, et se dirigeait vers le seul autre client. Elle était penchée vers lui avec une sollicitude inhabituelle et l’homme qui la regardait semblait soudain plus jeune, son visage nerveux et mal rasé exprimait tout ce qui habitait Andy à son arrivée au Camões : la joie, l’amour, l’espoir.

“Tu as réussi à avaler quelque chose ? Tu dois être affamé ?”, et elle partit d’un rire aigu avant de se tourner vers Andy. Sa voix, cette lame d’argent lascive ne lui avait jamais paru si tentante, si chargée de sous-entendus sexuels. “Je te présente Richard.” Le coup de grâce. “J’avais peur que tu réagisses mal, c’est pour ça que je lui ai demandé de venir. Mais j’aurais dû savoir que tu te conduirais en gentleman.”

“Salut”, fit Andy.

“Salut”, répondit Richard, qui, il le voyait maintenant, était extrêmement séduisant.

Quant à Sophie, elle se tenait si près de lui qu’Andy n’aurait pas pu se faufiler entre eux. Il voulait l’implorer. Qu’elle le plaigne. La reconquérir par la pitié. Mais ce n’était pas sur cette base qu’il bâtirait la relation dont il avait rêvé. Un abîme s’était ouvert. Et il ne le franchirait ni en enlaçant ses jambes ni en pressant le visage contre ses genoux, dans la pose du suppliant.

“Bon, eh bien je vais y aller”, dit-il après un instant.

Un pauvre bougre qui a reçu une balle dans le ventre et sourit pour ne pas pleurer. Il les laissa, tandis qu’ils se regardaient, les yeux dans les yeux, sans la moindre honte. Rien. Sinon cette expression paresseuse et bêtasse, commune à tous les amoureux du monde. Et le soulagement, parce qu’ils n’avaient pas espéré s’en tirer à si bon compte.

“*Boa noite, senhor*”, dit Rui en ouvrant la porte.

3.

Les locaux de Carpe Diem se trouvaient au troisième étage d'un entrepôt réhabilité, à l'ouest du rond-point d'Hammersmith, près de la station de métro. Le jeune homme qui le lendemain matin franchit la porte-tambour n'en menait pas large.

Andy passa comme un veau atteint de tétanie devant la robuste présence antillaise d'Errol, et grimpa lourdement l'escalier. À peine venait-il d'arriver qu'Angela sortit du bureau de Goodman d'un pas vif.

“Tu es en retard”, lui fit-elle remarquer en s'asseyant.

Une voix nasale et cassante retentit de l'autre côté de la cloison. “Qui est-ce ?”

“Seulement Andrew.” Qui ne lui lançait pas son sempiternel : “Salut Angela ! Et ton cours de rhabdomancie, c'était bien ?”

Et plus bas : “Il t'attend depuis une heure ! Il veut te parler.” Alors, elle le regarda. À la vue de ses yeux rouges et de ses cheveux blonds en bataille, comme déracinés, elle étouffa un cri.

“Mais qu'est-ce qui t'arrive ?”

Il sentit une expression de martyr se peindre sur ses traits. “Ma fiancée m’a plaqué.”

“Oh…” Elle le dévisagea avant de baisser la tête d’un air confus vers le manuscrit qu’elle tenait. “Pauvre Andrew.”

“Je m’en remettrai”, marmonna-t-il bravement, sans y croire un seul instant.

Qu’on puisse mourir d’amour l’avait longtemps dépassé. À présent, il comprenait.

“Andrew ?” La voix de son maître, irritée. “Vous avez une minute ?”

“Je te prépare un café”, lui promit Angela.

Un gros homme rubicond arborant des bretelles vertes apparut, une feuille de papier à la main et un feutre Magic Marker fiché entre ses lèvres en guise de cigare. Il avait une panse respectable, des cheveux bruns coupés ras, et les agrafes de ses bretelles tranchaient comme des dents en or sur le reste de sa personne.

“Entrez, entrez”, d’une voix qui évoquait le veld. Il referma derrière eux.

“Asseyez-vous, je vous en prie.”

Andy laissa tomber sa sacoche par terre et s’affala sur une chaise. Il leva les yeux au bout d’un moment.

Les murs peints en marron étaient tapissés d’aphorismes encadrés qui énonçaient les principes bienveillants de la maison d’édition. *Dans le doute, souris. Si tu suis le bonheur, il viendra à ta rencontre.*

Goodman avait réservé un cadre immense à son adage roi, et l’avait accroché au-dessus de son bureau. Andy était tombé en arrêt devant, le matin de leur premier entretien, deux ans et demi plus tôt.

Ce jour-là, l'éditeur, heureux de constater son intérêt, avait fait pivoter son grand fauteuil en similicuir et, ensemble, ils avaient lu le message. Andy avait eu l'impression que Goodman souhaitait lui faire comprendre que cette formule constituait l'essence doublement distillée de Carpe Diem. Son slogan, pour ainsi dire.

N'oublie jamais que tu es le froment de Dieu qui a pris forme humaine à l'instant précis où cela devait arriver. Et pour cette raison, tu as droit à une vie remplie de joie, d'amour et de bonheur.

Son futur patron s'était retourné vers lui et lui avait adressé un regard complice. "Une vie remplie de joie, d'amour et de bonheur..."

Goodman, un Sud-Africain originaire de New Bethesda, dans le Karroo, avait immédiatement reconnu en Andy un parfait provincial comme lui. Il se méfiait des diplômés d'Oxford ou de Cambridge, ces "marginaux, toujours à citer Horace pour un oui ou pour un non", par trop conscients que Carpe Diem ne représentait pas le fin du fin en matière d'emploi. Aussi avait-il bien accueilli le CV qu'Angela avait placé sur son bureau et il s'y ressourçait de temps en temps. Trois ans dans une librairie d'occasion d'Abergavenny Avenue et, avant, des études en langues modernes dans une université du Sud-Ouest : voilà qui était impressionnant. Il jaugeait le candidat, son ventre étalé sur le bureau, ses pouces occupés à tirer sur ses bretelles.

"Je traite tous mes employés comme le froment de Dieu, même Angela, sourit-il. L'expérience m'a enseigné que c'était la politique la plus sensée. Et cela s'applique aussi à nos lecteurs. Cependant, je dois préciser que cela n'a pas de rapport avec le christianisme. Aucun rapport." Il se pencha en avant et consulta encore le CV d'Andy. "Je vois ici que votre ambition est de diriger un jour une collection généraliste. Qu'entendez-vous par généraliste ?"

"Oh, vous savez : romans, poésie, biographies, histoire, pêche, peut-être même de la religion", dit Andy d'un ton jovial.

"Peut-être même de la religion", répéta l'éditeur, dubitatif. Il s'empara d'un trombone et le remit à sa place, dans une coquille d'ormeau posée sur son bureau. "Andrew, puis-je vous demander si vous êtes chrétien ?"

"Pas pratiquant."

Sa réponse parut rassurer Goodman. Il s'appuya contre son dossier, glissa ses pouces sous ses bretelles vertes distendues et les fit tourner.

"Voyez-vous, Andy, pour moi, le développement personnel est à l'opposé de la culture chrétienne."

Selon Goodman, la science du développement personnel était au vingt et unième siècle ce que la géologie était au dix-neuvième et l'astronomie au dix-septième : le champ de bataille des croyances modernes et anciennes. Quiconque ouvrait un volume arborant le logo de la maison – un chat endormi ingénieusement enroulé sur lui-même de manière à dessiner un cœur humain – devait pouvoir y trouver une version contemporaine du Salut, et le moyen d'échapper à ses phobies et à ses peurs.

"Si le message chrétien nous encourage à nous perdre dans l'Autre, le développement personnel prône le 'moi d'abord'. J'irai droit au but, si vous le voulez bien. Chez

Carpe Diem, nous autorisons nos lecteurs à être des salauds égoïstes !"

Andy, qui écoutait son patron pontifier depuis maintenant deux ans et demi, savait désormais que cette permission ne s'étendait pas à ses employés. Le jour où le jeune homme avait laissé échapper devant Angela qu'il comptait demander à Goodman de revoir son salaire, faute de quoi sa fiancée ne l'épouserait jamais, elle avait posé sur lui des yeux gris et froids, remplis de pessimisme : "C'est ce qu'ont duré tes prédécesseurs. Le temps de réclamer une augmentation." L'argent n'était pas un sujet qu'on abordait spontanément, chez Carpe Diem.

À la fin de l'entretien d'embauche, lorsqu'il avait été question de salaire, Goodman s'était penché vers lui en faisant couiner son fauteuil. "Dites-moi, Andy – Andy, c'est bien ça ? –, disposez-vous d'une fortune personnelle ?"

"Hein ? Non !" et il avait éclaté de rire. Personne dans son entourage ne vivait de ses rentes. Mais il ignorait encore qu'il avait affaire à un filou dénué de scrupules en affaires. Si Andy tentait de négocier l'avance d'un auteur, Goodman portait sa main à sa bouche, comme un prêtre qui se signe en entendant un juron. "Les écrivains racontent, Andy. Et les éditeurs recomptent." À croire qu'il se figurait qu'ils allaient travailler pour rien. Il estimait qu'ils avaient dédié leur vie au culte du livre. Ceux qui voulaient être payés n'avaient pas réellement la foi.

Lorsqu'il avait appris qu'Andy n'avait aucune fortune personnelle, une expression mélancolique était passée sur le visage couperosé de Goodman. Il avait soupiré, sa bonhomie déjà tempérée par le souci des dépenses. Dans la mesure où le jeune candidat était novice dans le métier, il ne pouvait pas l'embaucher comme directeur éditorial adjoint, en revanche que dirait-il d'un poste d'assistant éditorial ? Une période d'essai de six mois dans un premier temps. Concernant ses émoluments (le mot était de Goodman), s'il n'avait pas les moyens de lui proposer des conditions princières, il lui offrait une expérience précieuse au cœur de l'industrie du livre, un atout non négligeable dans la conjoncture actuelle – car les éditeurs ont ceci de commun avec les agriculteurs qu'ils doivent en permanence faire face à une situation qui n'a jamais été aussi calamiteuse.

"Et franchement, que peut-on demander de mieux ?"

Andy avait accepté. Certes, quinze mille livres sterling par an ne représentaient pas une fortune, à Londres, au début du vingt et unième siècle, mais c'était son premier emploi. Il avait un pied dans la place. Enfin.

Carpe Diem ne correspondait pas exactement à ses aspirations, mais il flottait dans l'air un parfum de fleurs de cerisier et des chênes majestueux bordaient Hammersmith Grove, où se trouvaient les bureaux de l'éditeur qui s'était donné pour vocation de fournir des rêves aux désespérés.

La tâche principale d'un assistant éditorial consistait à mettre des livres dans des enveloppes en papier kraft et à les expédier à une liste de journalistes que connaissait Goodman. Une fois, Andy avait eu le malheur de vouloir envoyer un exemplaire de *Comment gagner un million avant l'âge de trente ans* à un chroniqueur littéraire rencontré lors d'une soirée, qui s'était montré vaguement encourageant lorsqu'il lui avait fait part de ses ambitions. Son patron avait intercepté le courrier avec une vivacité qu'Andy ne lui soupçonnait pas. "Vous perdez votre temps. Personne n'écrit jamais rien sur nos livres. Il le portera directement chez Obelisk's." Obelisk's, devait lui apprendre Angela, la seule autre employée de Carpe Diem, était une librairie de Vauxhall où les critiques revendaient les ouvrages qu'ils recevaient. "La prochaine fois, veillez à les envoyer en économique", ajouta Goodman en décollant le timbre avec soin.

Au bout de cinq mois, Andy obtint une promotion. Son patron sut lui faire comprendre d'un simple regard qu'être nommé directeur adjoint de la collection Gourou – Goodman continuerait de le chapeauter – représentait une avancée significative quand on briguait la direction d'un département de littérature générale. Pour achever de le convaincre, il était prêt à lui offrir dix-huit mille livres annuelles.

"Laissez-moi vous confier un secret au sujet des gourous, Andrew. Un jour, vous pourrez sans doute vérifier que cette règle s'applique également aux romanciers, aux poètes, aux biographes, et peut-être même aux pêcheurs. Ils sont les derniers à mettre en pratique leurs sages conseils. C'est une de leurs principales caractéristiques."

Goodman lui livra une de ces listes qu'il affectionnait. Il y avait là matière à réflexion :

— Khalil Gibran (*Le Prophète*) était mort de cirrhose. "Un parasite raseur porté sur la chose qui ne pouvait ouvrir la bouche sans proférer un mensonge. Il mentait même au sujet de son goût pour le homard."

Le homard, ainsi qu'Andy avait eu l'occasion de le constater lors de leur unique déjeuner chez Wheeler's, écailler réputé de Duke of York Street, était l'un des mets préférés de Goodman.

— Jim Fixx (*Le Livre complet de la course à pied*) était mort d'une crise cardiaque foudroyante, alors qu'il faisait du jogging.

— Le Dr Robert Atkins (*La Révolution diététique du Dr Atkins*) était cliniquement obèse : cent vingt kilogrammes au moment de son décès.

— Le psychiatre Morgan Scott Peck (*Le Chemin le moins fréquenté*) était un don Juan, un alcoolique et un fumeur compulsif, incapable d'entretenir des relations suivies avec ses diverses épouses et ses enfants.

"Vous avez là la plus belle brochette de zéros que j'ai eu l'occasion de croiser en vingt-cinq ans de carrière dans l'édition. Et si vous avez des noms à ajouter à ma liste, je suis preneur. Comme vous le découvrirez au cours de votre incarnation actuelle, conclut-il avec effusion, tous les problèmes humains ont un air de famille."

Goodman ne faisait pas exception à cette règle.

Sa réussite dans le domaine du développement personnel, où il faisait figure d'exemple, n'avait pas apporté à son patron la félicité vers laquelle Andy avait cru s'acheminer avec Sophie. Le désir inassouvi de l'éditeur était d'avoir un enfant, d'après Angela : "Si tu t'interroges sur son aspiration profonde, eh bien c'est ça." Mais la paternité s'était refusée à lui, en dépit de deux mariages avec des pipelettes tapageuses qui avaient l'une comme l'autre émigré à Vancouver. "Tous les gens que je connais veulent s'installer là-bas", avait-elle ajouté. Toujours est-il que ce double échec avait sapé sa confiance en lui dans ce domaine. Désormais, quand une femme se montrait un peu trop entreprenante, il parlait avec un fort accent sud-africain de ses maux de dos et de ses embarras financiers, puis la regardait s'évanouir à l'horizon dans un nuage de poussière. S'il vendait des illusions aux autres, il ne s'en faisait aucune sur lui-même. "Je m'en tiens à une règle, avait-il confié à son jeune employé lors de ce fameux déjeuner chez Wheeler's. Si on a plus d'un problème, c'est dans la tête."

L'homme était parfois beaucoup plus difficile à déchiffrer que ses livres.

Au bout de cinq minutes, Goodman leva son visage rougeaud. "Comment s'est passé votre après-midi de congé ? Un enterrement, c'est ça ? Personne de proche, j'espère." Ses yeux qui s'étaient rétrécis paraissaient plus sombres, et Andy se demanda s'il redoutait la sinistre concurrence du christianisme.

"Un de mes anciens profs." Mais ce qu'il pensait, c'était que sa vie à lui aussi était terminée, et qu'il ne connaîtrait désormais plus que des matins de février londoniens, froids et pluvieux.

Goodman se frotta le nez.

"On peut se sentir plus proche d'un enseignant que d'un parent", déclara-t-il avec le sérieux d'un homme qui songeait qu'il y avait là matière à un livre de développement personnel.

Il s'empara de la feuille de format A4 qu'Angela avait posée sur son bureau et se gratta la joue. "En ce qui concerne votre autre demande, poursuivit-il, vous savez que personne n'aime plus que moi récompenser le succès. Mais regardons les chiffres, vous voulez bien ?"

Il prit le temps d'étudier la liste qu'il tenait à la main. On aurait cru le porte-parole du jury chargé de délivrer un verdict unanime de culpabilité.

"Votre dernier livre était le Gladys Peak ?"

Andy hocha la tête.

"Voilà... *1001 façons d'atteindre le Nirvana*, dit Goodman d'une voix sépulcrale. Seulement deux cent quatre-vingt-quatre exemplaires vendus."

Avant qu'Andy puisse lui rappeler que ce n'était pas lui qui avait eu l'idée de commander un ouvrage à Gladys Peak, la veuve d'un commissaire-priseur qui habitait à côté de la résidence secondaire de l'éditeur à Fordingbridge, celui-ci inspira bruyamment et leva les yeux. "Je ne tiens pas à remuer le couteau dans la plaie, mais expliquez-moi pourquoi je devrais vous verser un penny supplémentaire alors que je viens de perdre une somme substantielle à cause de vous ?"

Il s'appuya contre son dossier : "Si encore vous aviez publié *Comment gagner un million avant l'âge de 30 ans* ou n'importe quel autre best-seller... Mais deux cent quatre-vingt-quatre exemplaires..." Il remisa la liste dans la bannette, avec les espoirs anéantis d'Andy. "Non, ce n'est pas possible. Comme je vous l'ai expliqué dès le départ, c'est de l'expérience que vous êtes en train d'acquérir chez Carpe Diem – et que peut-on demander de mieux ? Inspirons-nous de ce que nous disons à nos lecteurs. 'L'important dans la vie, ce n'est pas d'amasser, mais d'apprendre.' Pas vrai ?"

Goodman dans toute sa splendeur. Il suffisait de réclamer une augmentation pour qu'il appelle les lecteurs à la rescousse.

Il avait une attitude fluctuante à leur sujet. S'il les méprisait ouvertement en tant qu'êtres de chair et de sang, il n'hésitait pas à invoquer le "froment de Dieu" en cas de nécessité, sans voir là aucune espèce d'incohérence. De toute manière, personne chez Carpe Diem ne se serait avisé de le contredire. Les lecteurs étaient arrivés avant Angela, qui avait encore moins de temps à leur consacrer que Goodman. Andy n'oublierait jamais le sifflement rauque qui s'était échappé de ses lèvres, lorsqu'il avait parlé de recommander à sa sœur le livre qu'il fourrait dans une enveloppe kraft. L'expression d'Angela lui rappelait le regard désenchanté d'une Béninoise qu'il avait rencontrée et qui se demandait pourquoi elle aurait dû croire à la toute-puissance du vaudou quand sa famille avait subi quatre cents ans d'esclavage. "Bah, si le développement personnel servait à quelque chose, ça se saurait."

La porte s'était ouverte et Goodman, qui avait retrouvé son sourire bienveillant, posa le bras sur l'épaule d'Andy. "Si votre prochain livre fait un carton, on en reparlera. Sur quoi travaillez-vous, au fait ?"

Andy le regardait sans le voir. Que ressentirait-il quand il rentrerait chez lui ce soir et que personne ne monterait l'escalier pour le rejoindre ?

"Ruth Challis", marmonna-t-il.

"Ah oui. J'aurai besoin des épreuves corrigées d'ici la fin de la journée. C'est faisable ?"

"Oui… Je pense."

"Parfait. Nous avons terminé. Vous avez du travail qui vous attend. Et je crains d'avoir un peu chargé la barque. J'ai demandé à Angela de vous confier le dernier Enid Tansley. Ah, encore une chose."

Andy patienta.

"Je vous saurais gré d'arriver un peu plus tôt, dorénavant..."

Et Andy se retrouva dans le couloir, tandis que Goodman prenait la cravate accrochée à la patère de l'autre côté de la porte, puis s'emparait de sa veste et de son pardessus posés sur le canapé, signes infaillibles qu'il sortirait incessamment pour un déjeuner prolongé chez Wheeler's.

Selon le père d'Andy, qui était pilote d'hélicoptère, on ne voyait pas toujours ce qui se trouvait sous notre nez – et cela s'appliquait aux objets aussi bien qu'aux situations. "C'est à cause du nerf optique placé dans le fond de l'œil. C'est pour ça qu'il faut constamment balayer le ciel. Il suffit de détourner les yeux un instant pour se rendre compte qu'on n'avait pas vu l'obstacle droit devant." Avec Sophie comme avec Rian Goodman, Andy avait manqué de vision périphérique.

Il retourna à son bureau, trébucha sur un tiroir mal fermé et renversa la tasse qu'Angela avait posée sur sa table. Il se mit en quête d'un chiffon quelconque afin d'éponger le café qui se répandait sur les épreuves de Ruth Challis. Mais le poids qui oppressait sa poitrine l'empêchait de se concentrer.

Le liquide brun gouttait par terre. Il vit son avenir. À compter de ce jour, il imputerait à l'absence de Sophie tout ce qui tournerait de travers dans sa vie.

Il prit un rouleau de papier aux toilettes et tamponna les taches.

Les pages humides étaient l'œuvre du grand gourou de la psychose maniacodépressive de Carpe Diem. Goodman, qui n'avait pas besoin de lire sa prose, la qualifiait d'uranium super enrichi. Mais la mission consistant à donner forme aux idées de Ruth Challis, corriger son orthographe, ses erreurs factuelles et sa grammaire échouait à Andy, comme bon nombre d'autres tâches. Il constituait à lui tout seul le service éditorial et le département des droits étrangers et des contrats – Angela contemplait la plaque chaque fois qu'elle se souvenait de lui porter une tasse de son *latte* chaud à vous ébouillanter, un liquide obtenu à partir d'une poudre qui n'avait certainement aucun lien de parenté avec un grain de café, ni par le père ni par la mère. Encore un effet de la pingrerie de Goodman.

Les épreuves détrempées de Ruth Challis rappelèrent à Andy les journaux mouillés dans lesquels sa mère plantait ses bulbes. On voyait à travers le papier presque transparent les caractères imprimés sur l'autre face. Des lignes composées de mots à rebours rivalisaient pour être lues avec les phrases qu'elles obscurcissaient. On avait le sentiment, accentué par les traînées granuleuses et les bulles marron, d'assister à une forme de supplice.

La page se déchira lorsque Andy tenta de la décoller. Il posa la moitié du manuscrit sur le radiateur et commença au chapitre cinq. “Se détacher de son histoire personnelle”.

La première phrase était du Challis pur jus : “Ne laissez pas une image basée sur votre passé vous fuir.” Sans entrain, il vérifia dans le tapuscrit original. Puis il prit un crayon bien taillé, remplaça le "f" de "fuir" par un "n" et ajouta un "e" à la fin pour écrire "nuire".

Sa mère et sa sœur avaient peut-être raison, tout compte fait. Il n'avait jamais eu d'avenir avec Sophie. Il était simplement tombé amoureux parce qu'elle lui rappelait quelqu'un d'autre.

Après ses vacances d'été au Canada, Andy, alors âgé de dix ans, annonça à sa sœur qu'il avait surpris leur père en train de serrer dans ses bras une dame à l'aéroport.

"Comment elle s'appelle ?"

"Lynn."

"Elle fait quoi ?"

"Elle est pilote à Moose Jaw."

"Tu racontes n'importe quoi !"

Il avait vu que le rire de cette femme rendait son père heureux.

"À quoi elle ressemblait ?" demanda sa sœur un an après, revenant à la charge, alors que leur père s'était installé au Canada entre-temps.

"Je te l'ai déjà dit."

"Allez !"

Andy n'avait pas vraiment pu se faire une impression. Elle était de dos. Une queue-de-cheval ambre, les cheveux plaqués en arrière. Un visage ovale. Et ce rire.

"Elle n'était pas en uniforme. Elle avait un col roulé bleu et un châle noir sur le bras."

Mais il se souvenait de l'endroit où lui se tenait, aussi précisément qu'il se rappelait la position de certaines phrases sur une page. Il regardait le sac à dos mauve que sa mère avait acheté à Salisbury se rapprocher en tressautant sur le tapis roulant. Tandis qu'en face de lui, ils parlaient : une suite de mots décousus qu'il n'intégrerait et ne comprendrait réellement que des années plus tard, au Polish Club.

"Voilà mon sac", tandis qu'ils ouvraient les yeux.

"Il faut que j'y aille", murmura son père.

Elle effleura la commissure de ses lèvres et s'écarta.

Quand Andy interrogea son père sur la femme qui avait passé les bras autour de son cou et vers laquelle il se retournait avec un regard plein d'espoir, il le serra très fort, écrasant le cadeau de son épouse : des crocus de leur jardin, séchés et enveloppés d'un mouchoir en papier bleu, dans la pochette de sa chemise. "Une partenaire de vol." Il portait un polo vert bouteille et des chaussettes rayées, et il paraissait hors d'haleine.

Une partenaire de vol !

Il s'empara du sac d'Andy et ils se rendirent à la voiture. Un tube de pommade sur le siège avant, et un paquet de poires séchées qu'il offrit à son fils, tandis qu'il frottait quelque chose au coin de sa bouche. Il avait une mine de papier mâché. Mais ses yeux étaient inhabituellement clairs.

Peu après dix-sept heures, Andy entoura de deux épais élastiques *Apprenez à faire de votre bête noire votre canne blanche* et le porta au bureau de Goodman, à l'autre bout du couloir.

Après avoir fait le plein de bonnes énergies chez Wheeler's, le propriétaire de Carpe Diem s'était laissé gagner par une douce quiétude et ronflait sur l'un de ses canapés.

“Rien d’urgent ?” demanda Angela qui était apparue à la porte et lui masquait le ventre repu de homard de l’éditeur.

“Il voulait ce manuscrit le plus vite possible.”

Angela, à la fois irritée et curieusement apaisée par le ronron régulier de Goodman, prit le paquet. “Je m’en occupe.” Puis elle regarda Andy d’un air étrange. “Quoi ?”

Ce n’est qu’à cet instant que la mémoire lui revint. Il ne pourrait pas s’en sortir les deux prochains mois. Il avait besoin de cette augmentation pour régler une liasse de factures, sans parler de ses arriérés de loyer.

“Je ne sais pas comment dire ça…”

D’une voix coupante : “Tu veux que je te prête de l’argent.”

4.

Le reste de la semaine s'écoula sans qu'il en retienne grand-chose. La fin de non-recevoir de Goodman s'ajoutait au chaos qu'était devenue sa vie depuis qu'il avait raté l'enterrement de Furnivall.

Il ne mangeait pas. Il ne dormait pas. Son menton bourgeonnait.

Tout lui était insupportable, le bureau, le café soluble qu'Angela lui portait par compassion, la serrure de l'immeuble qui ne fonctionnait pas – il imaginait déjà la réaction de son propriétaire : "Disons que je la réparerai quand vous m'aurez payé ce que vous me devez." Une fois qu'il était parvenu à ouvrir la porte du rez-de-chaussée, il y avait les enveloppes qui jonchaient son appartement – les unes contenant une nouvelle réponse négative d'un éditeur, les autres le rappel cramoisi de London Electricity ou le refus de la banque d'augmenter son autorisation de découvert –, les vibrations de Marilyn Manson à l'étage au-dessus, et les grosses écailles de plâtre qui se détachaient du plafond de sa chambre.

Il se retrouvait aussi avec un vocabulaire amputé. Il s'endormait, récapitulant les mots que la rupture avait gâchés, que plus jamais il ne pourrait utiliser. *Sophie, mannequin, poulet à la milanaise, Sintra, amour, mariage, États-Unis, pour toujours*... des mots qu'il ne pourrait plus lire ni entendre sans un coup au cœur.

Le mercredi après l'enterrement de Furnivall, lorsque le téléphone sonna dans son bureau, il se jeta sur le combiné.

Elle appelait souvent à cette heure, pour l'informer de son emploi du temps. Il la vit, assise sur son énorme canapé Conrad, la bride qui dénudait son épaule et la touffe de poils blonds entre ses jambes... jamais plus ses mains sur elle.

C'était Mlle Lightfoot qui souhaitait savoir pourquoi on ne l'avait pas vu à la chapelle : “Tout le monde était là.”

Il éprouva un grand moment de solitude. “Une urgence au bureau”, marmonna-t-il.

Patricia Lightfoot compatit : Stuart aurait compris. Elle lui avait rendu visite à l'hôpital de Barnes où il avait passé ses dernières semaines. Il avait parlé chaleureusement d'Andy, de l'intérêt de son travail. “Il attendait de vos nouvelles. Il avait une grande foi dans votre jugement. Il était trop modeste pour le dire, mais je pense qu'il espérait que vous publieriez son livre.” Elle lui décrivit leur ultime sortie ensemble au stade de Lord's, à l'occasion d'un match de cricket qui devait durer toute la journée. Elle l'avait raccompagné au taxi après, le tenant par le bras. Elle n'avait pas le courage d'en faire plus. “Je dois avouer que j'ai pleuré quand j'ai appris sa mort.”

Lorsqu'elle eut raccroché, il resta immobile quelques instants, les yeux fixés sur son bureau. Il était désorienté. Son regard embrumé s'arrêta sur une pile de pages qu'il avait poussée dans un coin.

Un moment s'écoula avant qu'il se rende compte que les signes qu'il contemplait formaient une phrase : À LA RECHERCHE DE MONTAIGNE.

L'épais paquet de feuilles attachées par un élastique était arrivé chez Carpe Diem une semaine avant Noël, accompagné de la lettre qu'Andy était en train de déplier. Son cœur se serra et il sentit une soudaine brûlure dans son ventre, tandis qu'il relisait les mots tracés à la main, espacés régulièrement.

Cher Andy,

Je n'irai pas par quatre chemins. Je suis atteint depuis trois ans d'une maladie incurable et j'ai appris que le meilleur moyen de lutter contre la douleur est de penser à autre chose.

Ne protestez pas. J'ai – enfin ! – achevé le projet dans lequel je m'étais lancé alors que j'avais une vingtaine d'années. Ce livre (un essai autobiographique plus précisément) m'offre un parfait prétexte pour reprendre contact avec vous. Je suis confus d'abuser ainsi de votre temps, mais si cela ne vous dérange pas trop, auriez-vous l'amabilité de jeter un coup d'œil à ce texte ? Je manque de recul et un regard impartial, lucide, et même distingué, serait une aide inestimable. Mais je suis affreusement gêné de vous demander une chose pareille, d'abord, parce que ce livre est peut-être épouvantable et illisible, et ensuite, parce que je sais que vous êtes déjà débordé de travail. N'hésitez donc pas à me dire si le moment est mal choisi. Je comprendrai très bien.

Suivaient quelques paragraphes dans lesquels Furnivall résumait son projet. Andy les sauta pour reprendre à la fin.

Si, comme je le soupçonne, le résultat ne satisfaisait pas au climat sybaritique de notre époque, ne plissez pas le front. Ainsi que le grand homme lui-même l'a affirmé : "De mon temps, je me trompe fort si les pires écrits ne sont pas ceux qui ont obtenu la meilleure part de la faveur du public." J'ai rencontré suffisamment d'obstacles au cours de ma vie. Je ne serai pas surpris si vous me répondez qu'À la recherche de Montaigne intéressera peut-être quelques spécialistes, mais que, à l'exception d'une brève référence à son sexe (de petite taille), il laissera indifférent le reste du monde.

Bien affectueusement,

Stuart

P.-S. La Cornouailles n'est pas si loin de Londres – à seulement cinq heures de voiture.

Un simple coup d'œil avait renseigné Andy : *À la recherche de Montaigne* était une "queue de gondole", pour reprendre une expression de Goodman, et ne correspondait pas à la ligne éditoriale de Carpe Diem. Il n'avait pas été au-delà de la première page, truffée de citations et rédigée dans un style académique qui ne ressemblait pas à Furnivall. Il avait mis le manuscrit de côté. Comme certaines invitations qu'on accepte longtemps à l'avance, en espérant qu'elles s'autodétruiront miraculeusement. Lorsque Mlle Lightfoot lui avait écrit pour lui annoncer son décès, il n'avait toujours pas répondu à son professeur. Au moins, celui-ci ne saurait jamais que son livre était impubliable. Il était mort en pensant que c'était possible.

Dans le couloir, une porte s'ouvrit et une feuille se souleva sur son bureau.

Andy en était à la fin du premier chapitre, lorsque Goodman entra.

"Je suis désolé pour votre petite amie."

"Angela vous a parlé ?"

"Ne vous en faites pas. Comme le psychologue Thomas Moore l'a dit mieux que je ne saurais le faire, c'est l'occasion de nouer un lien encore plus profond avec l'autre. Au fait, où en est-on avec l'Enid Tansley ?"

"Pardon ?"

L'éditeur le dévisagea d'un air de reproche. "Le Tansley, le Tansley, fit-il en claquant des doigts. Angela ne vous a rien donné ?"

"Ah si..."

"Alors, vous avez terminé ?"

"Presque."

Goodman explosa. "On ne va nulle part avec des 'presque', Andy. Je le veux pour avant-hier." Son regard furieux se posa sur son bureau. "C'est ça ?"

"Pas exactement."

"Ah oui, et c'est quoi – *exactement* ?" Son intuition lui soufflait que son employé traversait une crise de relâchement idéologique.

"Juste un manuscrit qui me semblait intéressant", sa voix plus agressive qu'il ne l'aurait souhaité. Mais ce n'était rien à côté de ce qu'il ressentait.

Goodman bondit et s'empara des feuilles qu'Andy avait lues. Il revint impatiemment en arrière, jusqu'à la page de titre.

"À la recherche de Montaigne..." Son cerveau cavalait déjà. "Qui c'est ?"

"Un philosophe français."

L'éditeur réfléchit un instant. "Contemporain ?"

"Seizième siècle."

"Et c'est quoi son truc ?"

"Il pensait qu'en chacun d'entre nous on pouvait trouver la nature humaine tout entière."

"Ah."

"Il croyait aussi que l'état du monde était le résultat des actes individuels de chacun."

Une expression étrange passa sur le visage de Goodman. Le grizzli sur le point d'arracher la tête d'un homme a parfois cet air-là. Avec une extrême lenteur, il reposa les pages. L'éruption brutale de sa désapprobation, le vent qui balaie le Karoo, secoua Andy assis de l'autre côté du bureau. "Je ne pense pas que ce soit une bonne idée, Andrew. Nous n'avons pas besoin d'un fiasco supplémentaire. Non merci. Je veux le Tansley d'ici vendredi après-midi, dernier carat", et il quitta la pièce.

Le Guide de la sexualité en plein air, d'Enid Tansley, était le dernier-né de la série Valentino. Andy savait qu'il pouvait se fier aux titres de la collection au moins sur un point : en trente mois, pas un n'avait déclenché chez lui l'ombre d'une titillation érotique. Goodman ayant passé une ordonnance stricte concernant les frais, c'était Dominic, un cousin d'Angela, qui avait réalisé les clichés.

Au premier regard, le jeune couple radieux immortalisé par le photographe (des camarades de classe qui suivaient le même cursus artistique que lui) semblait faire de la publicité pour des meubles et accessoires de jardin. Un examen plus attentif révélait qu'ils reproduisaient une série de positions "osées" en extérieur, chacune assortie d'un conseil d'Enid frappé au coin du bon sens. "Un abreuvoir à oiseaux se trouve à la hauteur idéale pour pratiquer le coït debout, mais pensez à vérifier qu'il est assez solide." Ou : "Insérer des fruits n'est pas plus dangereux qu'utiliser un vibromasseur. Évitez cependant les plantes épicées (piments, poivrons, gingembre)." Ou encore : "Si l'un des partenaires en a assez, convenez d'un code : prononcez le mot 'Yorkshire', par exemple."

Dans le temps, Andy en aurait ri avec son ami David, mais à force il était immunisé. Tansley n'était ni meilleure ni pire que les autres auteurs de Carpe Diem. Ses conseils étaient crétins, mais pas autant que les gens qui les appliquaient. Il prit un crayon et entreprit d'annoter la première page, quand une phrase l'arrêta.

L'expérience lui avait enseigné que la plupart des livres de développement personnel contenaient au moins une parcelle de vérité. Chez Enid Tansley – qui s'était sans nul doute inspirée de Ruth Challis, laquelle avait manifestement piqué l'idée à Montaigne, c'était : "Avant tout, soyez vous-même."

Mais qui était-il, lui ?

Son ancien moi avait disparu lors de ce funeste dîner au Camões. Emporté par l'homme au col en V bordeaux. Sa main tannée sur les seins de…

La porte s'ouvrit.

Il pensait tout le temps à elle.

Il s'était mis à pleuvoir et on entendit le bruit d'un corps qui s'affalait sur un canapé.

Il pensait tout le temps à elle.

Aux ronflements qui lui parvinrent, Andy en déduisit que le déjeuner avait encore été copieux.

Mais il pensait tout le temps à Sophie.

Le Yorkshire pouvait aller se faire cuire un œuf. Il s'empara du combiné.

Sophie n'était pas à l'agence. Son portable ne répondait pas. Il essaya son appartement.

"Allô ?" fit une voix qu'il crut reconnaître.

"C'est toi, chérie ?"

"Non, c'est la maman de chérie."

Andy n'avait jamais rencontré Mme Sobko, mais ils s'entendaient plutôt bien au téléphone. Sophie avait omis de lui dire qu'elle venait à Londres.

"J'espère que les étudiants des fraternités sont sages, cette année", fit-il d'un ton raisonnablement enjoué. Il était devenu un expert de Grand Forks.

"Je vous la passe", d'un ton acerbe qu'il ne lui connaissait pas.

"Comment va-t-elle ?"

"Sens dessus dessous, mais vous savez ce que c'est… Un instant, la voilà. C'est lui."

"Salut."

"Sophie ?"

"Oh, salut."

Son cœur s'emballa. Il serra le combiné dont sortait sa voix – il aurait préféré la serrer elle dans ses bras, mais c'était mieux que rien.

"Comment ça va ?"

Il ne put y tenir.

“Tu étais donc vraiment malheureuse avec moi ?”

Un “Non” affligé. Elle se mit à pleurer comme si elle avait été en fait très malheureuse et ne s’en rendait compte qu’à l’instant.

“Adieu, Andrew.”

Et elle raccrocha.

Au ton sur lequel elle lui avait dit adieu – comme s’il était un cruel promoteur immobilier qui avait rasé son hôtel préféré –, Andrew comprit que la rupture était définitive.

Il ne lui restait plus grand-chose à faire sur cette terre, hormis se consacrer à Enid Tansley. Indifférent au monde extérieur, il passa l’après-midi à corriger son manuscrit. Il tombait une pluie régulière, oppressante. L’éclat des phares réfracté par les gouttes éclairait le mur au-dessus de son bureau ; les lumières balayaient les vitres, illuminant les mots : *Libérez-vous du besoin d’être désagréable avec les autres.* Vers la fin de la journée, il se ranima un instant, éprouva même une sensation de satisfaction. Puis le désespoir revint avec plus de violence encore.

Il travailla jusqu’à minuit et rata le dernier bus. Il regagna son appartement, le nez sur ses chaussures, à travers les rues sombres et luisantes. L’important, quand on vit à Londres, c’est d’avoir un parapluie, songea-t-il. L’obscurité l’écrasait. Noire, amère, humide. Comme les entrailles d’un oiseau.

Au bout d’un mois, alors que son père n’était toujours pas rentré du Canada, sa mère reçut une lettre de Moose Jaw. Elle la regarda en marmonnant toute seule, puis courut se réfugier dans sa chambre. Elle ne l’ouvrit pas d'une semaine. Elle la transportait dans son sac à main, comme une grenade.

Après l'avoir lue, elle resta assise tard, la lumière allumée.

La lettre frissonnait sur ses genoux, une feuille morte plus qu'une explosion.

"Mais, il n'est pas déjà marié avec toi ?" avait demandé Andy quand elle lui avait expliqué ce que son père voulait.

"Pas s'il ne le souhaite plus", rétorqua sa sœur.

"Arrêtez, tous les deux !"

À quel âge les enfants cessaient-ils d'être difficiles ? Elle ne s'en souvenait plus. De toute manière, la limite fluctuait sans cesse, d'abord devant elle, puis très loin derrière.

Quel lâche ! Même pas le courage de lui annoncer la nouvelle en face.

Mais elle refusait de dénigrer leur père devant eux. Sa position officielle : "Ce sont des choses qui arrivent. On rencontre quelqu'un. On rencontre quelqu'un et on ne veut plus rentrer."

Des fanfaronnades. L'étrange loyauté de sa mère. Qui continuerait à regretter l'auteur de la lettre. Sa bonne grosse tête brune. Son optimisme. Si tu fais tout ce que les gens te disent, tu finiras par chasser le poisson dans les bois : la phrase qui l'avait tant amusée lors de leur premier rendez-vous. L'homme à femmes qui rêvait d'aller dans l'espace.

Les langues se déliaient. La rumeur disait que cette fois George Larkham ne reviendrait pas. Sa future nouvelle épouse était canadienne. C'était vrai. Sauf qu'elle le quitta avant la fin de la procédure de divorce.

Une fois les papiers signés, Andy devait souvent entendre sa mère se retourner dans son lit au premier. Sa tristesse agitée. Elle imprégna toute son enfance.

Puis, l'automne suivant, après la fatale visite de son père, que Lynn avait abandonné pour un pilote de son âge, sa mère tomba amoureuse. D'un orme du Japon, aussi improbable que cela puisse paraître.

Chacun connaît une première et une deuxième phase dans sa vie. Sa mère eut la révélation à la vue d'un arbre rouge et or, *Zelkova serrata*, dans un arboretum près de Romsey. "Comme si on avait craqué une allumette. Il avait les couleurs d'un feu de joie." Elle avait découvert une nouvelle étoile qui n'existait pour personne d'autre. Pendant trop longtemps, elle avait vécu au rythme d'un hélicoptère, de son mari toujours dans les airs. La première fois qu'elle avait posé les yeux sur l'orme, sur ses teintes et ses formes somptueuses – des formes vouées à l'immobilité –, elle avait compris à quel point elle voulait redescendre sur terre. Il l'ancrait dans le sol, cet arbre.

Elle s'était toujours occupée du jardin pendant les absences prolongées de son époux, prenait plaisir à travailler au grand air et à se salir les mains. Mais, à présent, elle avait décidé de se consacrer aux plantes professionnellement, dans une pépinière près de Gillingham où elle s'épuisait à déplacer des pots, qu'elle rentrait le soir et sortait quand il pleuvait. Si le temps se refroidissait, elle se précipitait là-bas pour s'assurer que ses petites chéries étaient assez couvertes. L'idée qu'elles puissent être blessées ou abîmées lui était insupportable. Les plantes étaient ses enfants, presque autant que son fils et sa fille.

Jamais Andy n'avait vu sa mère prendre une tâche autant à cœur. Un soir, après le travail, elle sortit une feuille de papier et dessina un grand chêne. Elle traça un long trait horizontal et refit le même croquis en dessous, mais à l'envers, comme un reflet. "Les plantes ont des racines dans le sol qui correspondent à leurs branches, lui expliqua-t-elle. Si tu creuses, tu verras leurs fines ramifications qui absorbent l'eau et les nutriments, pareilles aux veines et aux capillaires de notre corps. Ce qui est en haut est comme ce qui est en bas. C'est dans la Bible."

Son pilote de mari avait arraché tout un système circulatoire, la laissant pâle et exsangue sous le morne climat anglais. Mais elle ne retomberait pas dans ce piège, n'essaierait plus de faire plaisir ; c'était fini.

Après l'orme du Japon vint le tour d'une bruyère rare, *Leucopogon parviflorus*, qui refusait de fleurir – jusqu'au jour où, à la pépinière, une Allemande lui expliqua comment s'y prendre.

Elle glissa la plante dans un sac-poubelle, ajouta une cuillère à café de vinaigre blanc et le referma. Elle le mit de côté pendant trois mois, puis elle en sortit une chose infâme, nauséabonde et putride.

"Certaines graines doivent séjourner dans le ventre d'un oiseau, avant de germer."

Andy était présent quand elle dénoua le sac. Il regarda avec tendresse ses mains flétries retirer la bruyère et la laver, puis elle la planta et – abracadabra – quelques jours plus tard, elle s'épanouissait. Il se souvenait de petites fleurs et de baies vertes qui devenaient blanches. Depuis, lorsqu'il avait des passages à vide ou des accès d'humeur, s'il ne parvenait pas à se mettre dans la peau d'un autre, il s'efforçait de se remonter le moral en se répétant : "Je suis dans le ventre de l'oiseau." Cela n'avait jamais vraiment marché.

5.

Le lendemain, tôt, avant le lever du jour, la sonnette.

Sophie ! À son réveil, elle s'était rendu compte que Richard était nul, et, comme le pénitent qu'ils avaient un jour observé à Fatima, elle s'était traînée dans Hortense Avenue – à genoux, en haillons – pour supplier Andy de la reprendre.

Il se leva de son lit saumâtre et traversa la décharge publique qu'était devenu son appartement. "Oui", croassa-t-il, débordant d'espoir, tandis qu'il jetait un coup d'œil par la fenêtre.

Dehors, un ciel couvert travaillé par un vent qui donnait la chair de poule aux façades crépies de l'autre côté de la rue.

En bas, la voix du facteur : "Un recommandé pour vous."

Il regretta aussitôt d'avoir répondu. Une mise en demeure. Il ne manquait plus que ça.

Quelque temps plus tôt, David l'avait initié à l'art de l'atermoiement. "Tes factures ? Tu n'as qu'à leur écrire un truc du genre : 'En raison d'une dyslexie héréditaire, il me faudrait un formulaire légèrement remanié, avec les A à l'envers et en hindi, car je désire vivement devenir l'un des derniers Aborigènes de Tasmanie.'" Ce qui mine de rien lui avait permis d'obtenir six mois de répit du Royal Borough of Kensington and Chelsea, mais ne suffisait plus à calmer les ardeurs de British Telecom.

Le lino peut être très froid, en février, à Londres. Andy courut sur le sol glacé et posa l'enveloppe debout sur l'étagère, le temps de se brosser les dents. Son appréhension augmenta d'un cran lorsqu'il lut : *Vamplew & Whelan, Cabinet juridique.* Il entendait déjà la voix du juge : "Vous êtes condamné à sept ans de déportation outre-mer."

La lettre était brève.

Cher Monsieur Larkham,

Nous représentons la succession du défunt Christopher Madigan. Dans la mesure où vous êtes peut-être l'un de ses légataires, pourriez-vous me confirmer qu'il s'agit bien de votre adresse permanente ?

Veuillez agréer mes salutations distinguées,

Maître Godfrey Vamplew.

Ce n'était pas une mise en demeure. Il fut submergé par une telle gratitude qu'il se résolut à appeler ce Godfrey Vamplew pour éclaircir ce malentendu avant qu'il ne prenne des proportions ridicules. La lettre lui donna le courage de faire ce qu'il aurait dû régler au crématorium.

Une fois habillé, il se prépara du thé et, du salon, composa le numéro qui figurait en haut de la feuille. Une femme au timbre jeune lui passa Vamplew.

Andy reconnut les cheveux gris dans sa voix.

“Je viens de recevoir votre courrier.”

“J’en déduis qu’il s’agit bien de votre adresse permanente.”

“Oui, mais ce n’est pas la raison de mon appel.”

L’homme semblait s’en moquer éperdument.

“Écoutez, il faut que je vous dise quelque chose. Je ne connaissais pas ce Christopher Madigan. Je n’avais rien à faire à son enterrement.”

Silence.

“En fait, je devais me rendre à la chapelle 3, poursuivit-il, désireux d’être clair. Mais il avait plu sur mon faire-part, et j’ai lu 8 au lieu de 3.”

“Peu importe que vous ayez fait une erreur, fit la voix à l’autre bout du fil d’un ton poli, mais ferme. Vous remplissez les conditions.”

Andy était perdu. Il lécha la peau du lait collée à ses lèvres.

“Les conditions ?”

Il y eut un bruit qui ressemblait à un soupir.

“Monsieur Larkham, c’est une affaire quelque peu inhabituelle. Si vous venez à mon cabinet cet après-midi à quatorze heures trente, je tâcherai de vous l’expliquer au mieux.”

“Tu t’absentes combien de temps ?” demanda Angela, soupçonneuse.

Andy se retint de l’envoyer promener. Elle partait souvent en avance à cause de son cours de rhabdomancie – s’était-il jamais autorisé la moindre remarque ?

“Deux heures au maximum.”

“Tu sais qu’il veut le Tansley aujourd’hui”, déclara-t-elle d’une voix très officielle.

"Il l'aura."

Elle avait besoin de le dire pour se l'ôter de la tête : "Et tu me dois cent livres."

"Lundi matin, promis."

Il prit son manteau et se dirigea vers le métro.

Trente-cinq minutes plus tard, Andy suivait une jeune réceptionniste impassible dans un couloir moquetté, aux murs couverts de gravures en couleurs de la cathédrale de Worcester et de l'université d'Oxford, où Godfrey Vamplew avait sans doute fait son droit.

Ils s'arrêtèrent devant une porte peinte en noir. Son nom figurait en grosses lettres sur une petite plaque de cuivre. La femme frappa deux fois et attendit qu'on l'invite à entrer. Des étagères tapissées de codes juridiques reliés en bleu. Un immense bureau couvert de cuir bordeaux. Assis de l'autre côté, la silhouette grisonnante qui avait demandé à Andy de signer le livre de condoléances de Christopher Madigan.

Avec la lenteur posée d'un homme qui n'a pas le sang particulièrement vif, Vamplew continua de remplir son Montblanc à l'aide d'un flacon d'encre bleu Sheaffer. L'opération achevée, il leva les yeux.

"Ah, monsieur Larkham, enfin."

"Je m'excuse, je suis en retard", sans réfléchir, comme il l'avait dit cent fois auparavant.

Il y avait quelqu'un d'autre, dans l'un des deux fauteuils d'acajou placés en face du bureau.

Ce même visage pâle et ridé, des lunettes en plus.

Vamplew se leva. "Je vous présente Maral Bernhard. Madame Bernhard, voici monsieur Larkham dont je vous parlais."

Elle portait le manteau de fourrure marron qu'elle avait à l'enterrement et un panier en osier était posé sur ses genoux.

"Larkham", répéta-t-elle sans bouger, l'air vaguement hostile. Elle ne semblait pas croire qu'il pût réellement s'appeler ainsi.

"Oui, Andy Larkham", et il s'avança.

Elle regarda sa main comme si elle voulait l'écrabouiller et recula sa chaise.

Vamplew s'empara d'un dossier sur son bureau. Il enleva le ruban adhésif qui le fermait.

"Monsieur Larkham, Kate vous a proposé un café ?"

"Oui", en s'asseyant.

"Vous n'avez pas changé d'avis ?" à Maral Bernhard.

Elle secoua la tête, tripotant son panier d'un air préoccupé et abattu. Au maintien rigide de ses épaules, on devinait qu'elle se trouvait là contre son gré et qu'elle aurait préféré planter des choux dans sa ville natale, à Vladivostok ou à Pétaouchnock. Andy aussi aurait souhaité être ailleurs. Avec Sophie. Il la déshabillerait. Se laisserait tomber en arrière sur un canapé mauve...

"Maître Vamplew...", mais l'homme de loi leva la main pour l'interrompre.

"Veuillez m'excuser si ce que je m'apprête à faire vous semble désuet, mais je pense qu'il vaut mieux que je vous lise d'abord ceci. Ensuite, si vous avez des questions, je m'efforcerai d'y répondre."

On frappa.

Il se tut, tandis que la réceptionniste entrait avec un plateau sur lequel se trouvait une petite tasse.

Andy se résolut à déguster son café en attendant que l'avocat ait terminé, puis il lui expliquerait encore une fois pourquoi il ne pouvait pas être l'un des bénéficiaires du testament de Christopher Madigan.

"Kate ?" Ils échangèrent un regard. "Je ne suis là pour personne."

La porte se referma. Vamplew prit une carafe d'eau en verre taillé et remplit un gobelet, avala une gorgée, puis ouvrit le dossier dont il tira le livre de condoléances. Il le mit de côté et sortit une liasse de feuilles agrafées.

"Cela ne devrait pas être long. C'est écrit en jargon juridique, mais c'est assez clair, je l'espère."

Il compulsa le document, jusqu'à une page marquée d'un Post-it bleu.

"Il y a un préambule dont nous pouvons nous passer. Si vous n'y voyez pas d'objection, nous irons directement au testament."

Andy jeta un regard à Maral Bernhard. Elle tirait sur un brin d'osier qui dépassait de son panier. Il lui adressa un sourire nerveux, comme on tend le dos de la main à un chien pour qu'il la renifle. Elle tourna vers lui des yeux remplis de venin.

Il revint vers Vamplew.

L'homme but un peu d'eau, se racla la gorge, se pencha en avant et commença à lire à haute voix.

"Je soussigné, Christopher Leonard Madigan, résident au 11 Clarendon Crescent, Holland Park, Londres W11, déclare que ce document est mon testament et qu'il révoque tous les testaments antérieurs.

"Un. Je charge mon fiduciaire ainsi qu'il est défini ci-après de faire incinérer mon corps conformément à la clause trois de ce document.

"Deux. Je donne mandat à maître Godfrey Vamplew, du cabinet Vamplew & Whelan, ci-après désigné sous le terme “mon fiduciaire”, pour être mon exécuteur testamentaire et mon fiduciaire.

“Trois. Je charge mon fiduciaire d’organiser rapidement après ma mort un service funèbre au crématorium de Richmond aux frais de ma succession, sous réserve que dix jours au moins se soient écoulés entre la cérémonie et son annonce dans le *Times* de Londres, le *Daily Telegraph* et la *London Gazette.*

“Quatre. Mon fiduciaire assistera à cette cérémonie du début à la fin et relèvera les noms complets et adresses de toutes les personnes présentes à la prière finale (à l’exclusion de mon fiduciaire, des membres du clergé officiant, de l’organiste, du chœur, de l’entrepreneur de pompes funèbres et des employés) ; ces personnes seront ci-après désignées par le terme ‘les Présents’. Je donne mandat à mon fiduciaire pour déterminer qui répond ou non à la qualité de Présent. Sa décision sera finale et définitive.”

Vamplew leva les yeux. “Je lui ai suggéré de réserver l’appellation de ‘Présent’ à ceux qui suivraient la cérémonie de bout en bout, mais il a insisté pour que les éventuels retardataires ne soient pas pénalisés.”

“Il était toujours en retard, intervint Maral Bernhard, se fondant un instant avec l’animal mystérieux dont elle portait la fourrure. Toujours !”

Le regard de Vamplew alla de la femme à Andy avec l’air de s’excuser. “C’était juste au cas où un vagabond entrerait par hasard.”

Il chercha la ligne où il s’était interrompu et reprit sa lecture.

Andy but une gorgée de café – sans comparaison aucune avec l’infâme breuvage d’Angela – et s’absorba dans la contemplation du bureau de Vamplew. Ce sabir juridique avait sur lui le même effet que les contrats de Carpe Diem.

"Cinq. À l'exception des sommes nécessaires au règlement de mes dettes, des frais d'enterrement, et de toutes les taxes qu'il conviendrait de payer après mon décès, je lègue la totalité de mes biens immobiliers et mobiliers quels qu'ils soient et où qu'ils soient aux Présents, divisés en parts égales – attendu que s'il n'y a pas de Présents, mon fiduciaire se chargera de verser l'intégralité desdits biens à la Fondation pour la Protection des Ânes du Devon."

Vamplew leva la tête. "Les très riches ont une curieuse propension à laisser leur fortune aux refuges animaliers proches de chez eux. Mais ce ne sera pas le cas ici, à l'évidence."

De quoi parlait-il ? Andy sentait qu'il avait raté quelque chose d'important.

"Une dernière clause."

Vamplew la lut rapidement.

"Maral Bernhard pourra demeurer au 11 Clarendon Crescent pendant une période n'excédant pas dix-huit mois, et à ses frais, avant la vente de la propriété et de son contenu." Il la regarda. "Il ne savait pas si vous compteriez parmi les bénéficiaires, mais il avait expressément demandé à ce que vous soyez invitée à l'enterrement."

Vamplew reposa le testament. Il ouvrit le livre de condoléances et examina les deux signatures, tandis que son masque formel cédait la place à un sourire à la vue du *Je suis navré* d'Andy.

“En ma qualité d’unique fiduciaire et exécuteur testamentaire de Christopher Leonard Madigan, je peux donc confirmer que Maral Bernhard et Andrew Larkham répondent tous deux à la définition de Présents – et conformément aux termes de ce document qui fait de vous ses légataires universels, sa succession sera divisée en deux parts égales.”

Il y eut un autre silence, plus long cette fois. Il ressortait clairement de l’expression de Maral Bernhard que le droit lui était aussi étranger qu’à Andy. Et qu’elle n’avait pas une âme de propriétaire.

Son panier craqua comme elle se penchait en avant.

“Vous voulez dire que lui et moi, on hérite de tout ?”, d’une voix bourrue.

Vamplew leva les yeux.

“C’est exact.”

“Et ça représente dans les combien ?”, un peu moins revêche.

L’avocat s’appuya contre son dossier et la regarda longuement. À cet instant, Andy l’imagina en train de jouer au Sudoku dans le train de Maidenhead ; il vit ses pauses déjeuner qui n’excédaient jamais une heure, l’honnêteté scrupuleuse dont il faisait preuve dans ses relations avec les Polonais, les sikhs et les Estoniens qui composaient la majeure partie de sa clientèle. Le week-end, il taillait sa haie, les mains gantées de cuir rouge, et tout en s’activant discutait des chats-huants dans le clocher de l’église saxonne ; il appelait l’épouse du général par son prénom et, le samedi soir, grignotait des pistaches avec sa pinte de bière au Lamb, le pub du coin.

Il se caressa le menton. “Une fois déduits mes honoraires, les frais d’enterrement et les taxes, vous devriez recevoir chacun une somme avoisinant les dix-sept millions de livres."

Andy le dévisageait. La pièce tanguait. Vamplew parlait, mais il ne l'entendait plus.

6.

Sur Ealing Broadway, à la sortie du cabinet de Vamplew, la pluie avait cessé. Une trouée bleue était apparue dans le ciel nuageux et l'air s'était réchauffé. Andy lança un coup d'œil à Maral Bernhard, mais elle nouait son foulard couleur charbon sur sa tête. Elle ramassa son panier et il vit de grosses oranges sanguines à travers l'osier ajouré. Il s'attendait presque à ce qu'elle lui tende la main et lui lance : "Bonne chance !" mais elle lui adressa un de ses regards qui donnaient envie de se ratatiner dans un coin et traversa la route à petits pas arthritiques.

Il resta planté sur le trottoir, s'efforçant encore de comprendre.

Dix-sept millions de livres. Parce qu'il était arrivé en retard. Il devait y avoir un piège. C'était un test – une émission de télé-réalité tournée en caméra cachée qui devait évaluer son intégrité morale. Eh bien, il ferait le choix honorable et refuserait l'héritage. Vamplew lui avait assuré que l'argent lui revenait légalement, mais il le donnerait à une bonne œuvre. Peut-être pas aux ânes, mais pour l'enfance en danger. Ou le cancer.

La perspective du renoncement éclaircit son humeur. Dans le métro qui le ramenait à Hammersmith, il se sentit soudain requinqué, régénéré. Comment Vamplew l'avait-il appelé ? Un Présent ?

Le wagon tanguait comme le bureau du juriste. Par la fenêtre, il regarda le tunnel défiler. Sur les quais, les gens ne paraissaient plus morts. Leurs visages, leurs vêtements, les couleurs vives des tissus : tout respirait la vitalité, la fraîcheur. Une odeur de pin flottait dans l'air. La détresse des semaines passées s'estompait. Sophie lui reviendrait, conquise par sa grandeur d'âme – ou au moins remplie d'admiration. Encore qu'un tel scénario exigeât quelques entorses à la réalité. La vérité était qu'elle le trouverait sans doute stupide. Sa sœur avait raison. Sophie Sobko attachait beaucoup d'importance à l'argent. Et cette rupture était peut-être une bonne chose pour lui. Ils n'étaient pas pareils.

Lorsque Andy arriva à son bureau, il était dans d'excellentes dispositions.

7.

David, le meilleur ami d'Andy, mesurait un mètre quatre-vingt-sept ; il avait l'œil pétillant, le crâne chauve, la barbe poivre et sel, et un nez qui évoquait une piste de ski. Il mettait sa chemise à l'envers une fois sur deux et s'il ne se promenait plus avec ses lacets défaits, c'était uniquement parce qu'il avait découvert les chaussures Crocs. Il avait du charisme, de la bonne humeur à revendre et une tendance à la monomanie. Il possédait tous les films d'Eisenstein, de Vertov, de Tarkovski et de Waters, ainsi qu'une collection de canettes de bière qui occupait quatre étroites étagères dans une vitrine. Il conduisait une Riley Pathfinder de 1953 et avait une petite amie fixe, Julie, ergothérapeute de son métier.

Andy et David étaient convenus de ce rendez-vous avant la rupture, et ils ne s'étaient pas parlé depuis.

Devant le Knopwood, un homme hurlait, le nez levé vers le ciel : "D'accord, j'ai pigé ! Maintenant, tu me lâches !"

Andy passa devant lui pour entrer dans le pub.

La silhouette détendue et brouillonne qui lisait un journal dans le coin ne le repéra pas tout de suite. “Ça ne te ressemble pas d’arriver si tôt.”

Andy, conscient de la justesse de cette remarque, se contenta d’acquiescer. “Qu’est-ce que tu bois ?”

Le regard de David s’attarda sur lui. “Ni de m’offrir un verre.”

“Il y a un début à tout.” Sortir avec Sophie le ruinait.

David consulta sa montre. Il devait partir dans une heure – pour interviewer Robert Altman –, mais il avait le temps d’avaler une pinte de Tisbury.

Le pub était bruyant. Des hommes en manteau. Des filles hilares. Sur la scène, un musicien avec une queue-de-cheval et un gilet de cuir noir brancha une guitare.

Lorsque Andy revint, David leva son verre à la lumière et l’examina. “Compte sur moi pour savourer cette bière.” Il choqua la pinte de son compagnon et but. “Mmm. Je suis heureux comme un cochon qui se roule dans la boue : c’est un délice.” Puis il s’appuya contre le dossier et fronça les sourcils. “Andy, ça va ?”

“Des hauts et des bas.”

“En clair, c’est non ?”

“Il faut que je te dise un truc.”

David posa la main sur son avant-bras. “Je suis au courant.”

“Tu sais déjà ?”

“Oui.”

Andy constata qu’il éprouvait moins de chagrin. Quelques heures plus tôt, il n’aurait pas cru cela possible. C’était pour parler de Sophie qu’il était venu ici, mais il n’avait même pas pensé à elle.

La souffrance revint cependant, tandis qu'il rapportait les détails à David. Pour atteindre un pic, lorsque celui-ci, après avoir écouté et hoché la tête quand il fallait, déclara : "Maintenant, conduis-toi comme un grand garçon. Oublie-la. Elle en aime un autre."

"J'allais te demander d'être mon témoin", répliqua-t-il avec une sensation de déchirement qu'il aurait souhaité pouvoir ignorer.

"Je pourrai toujours être ton témoin", dit son ami en passant le bras autour de ses épaules.

Andy ne l'écoutait que d'une oreille.

"Je peux te l'avouer à présent. Je ne vous imaginais pas ensemble", poursuivit David.

"Pourquoi ?"

Il posa son verre sur la table. "Depuis que tu la connais, est-ce que tu l'as vue lire autre chose que des magazines de mode ?"

"Oui. Enfin… euh, non."

Il se souvenait qu'un jour elle lui avait demandé : "Tu lis quoi ?"

"Un roman. Un roman magnifique. Tu veux que je te le prête ?"

Les yeux qu'elle lui avait faits : "Tu tiens vraiment à me faire mourir d'ennui ?"

"Andy, regarde la réalité en face… sincèrement, tu te voyais vieillir aux côtés de Sophie Sobko, avec un déambulateur et des pantoufles aux pieds ?"

"David, si ça ne t'embête pas, j'aimerais autant parler d'autre chose."

"Je comprends. Changeons de sujet. Mais je pensais que tu voulais parler d'elle."

"Plus maintenant."

Il se souvint d'une phrase du manuscrit de Furnivall : *Ceux qui se risquent à entreprendre de nous juger devant nous montrent un exceptionnel acte d'amitié.*

"David..."

"Ton problème, Andy, c'est que tu es trop confiant, trop ouvert. Personne ne te demande d'avoir une attitude aussi honorable. Il fallait t'amuser. De toute manière, Sophie appartient au passé. Désormais, nous reprenons nos droits sur toi. Que fais-tu dimanche ? Julie travaille, mais je t'invite à déjeuner au Ship's Lantern, d'accord ? Tu veux une bière ?"

"Oui, mais c'est pour moi."

"Eh ! Doucement... Deux pintes en cinq minutes ?" David tira sur la barbe qu'il avait fait pousser depuis qu'il était chauve. "Tu as les moyens ?"

Andy se leva.

"Hé ! Je te cause !"

Mais il avait déjà ramassé les verres et les portait au bar, sans attendre que son compagnon profère une autre absurdité. Ils se connaissaient depuis la maternelle de Semley, à l'époque où ils étaient assis côte à côte sur un tapis en plastique bleu.

David travaillait à la rubrique cinéma d'un quotidien national. Il avait tenté d'écrire des scénarios, mais sans succès. En revanche, il avait le journalisme dans le sang et s'était révélé un excellent critique. Il était toujours au courant de tout et savait s'y prendre avec les gens, et quand il trouvait un os à ronger, sa mâchoire se refermait dessus et il ne le lâchait plus. Autrefois, son côté obsessionnel enrageait Andy. À quatre ans, c'étaient les cartes de foot. Plus tard, à la fac, il y avait eu le cinéma, et maintenant, les canettes de bière – sa dernière marotte en date. Il ne laisserait pas tomber tant qu'il n'aurait pas déniché le Graal des collectionneurs : une boîte commercialisée par la brasserie Cascade de Launceston, en commémoration de la course Sidney-Hobart, l'été où le voilier de ferro-ciment *Helsal* avait établi un record qui devait demeurer inégalé pendant trente ans. Une fois qu'on avait compris cela, on savait comment fonctionnaient les petites fiches dans la tête de David.

Andy revint avec deux nouvelles pintes. Il s'assit. "Est-ce que tu penses qu'on peut accepter un cadeau d'un inconnu ?"

"Pourquoi ? fit David, examinant le contenu de son verre. On t'a offert cette bière ?"

"Non, un truc que j'ai entendu au bureau aujourd'hui."

"C'était quoi ?"

Andy regrettait déjà d'avoir cédé à son impulsion.

"Oh, une histoire longue et sans intérêt, oublie ça."

"J'adore les histoires longues et sans intérêt. C'est pour ça qu'on est toujours amis. Allez, Andy… raconte", avec un petit sourire.

"Tu m'emmerdes. C'est une histoire vécue."

David rapprocha sa chaise. "De mieux en mieux."

"Tu auras peut-être du mal à y croire, mais c'est véridique, aussi vrai que je suis assis là."

"Accouche."

Andy prétendit qu'il tenait l'anecdote d'Angela. Elle connaissait quelqu'un qui connaissait quelqu'un qui connaissait un vagabond à Reykjavík, lequel était entré dans une église vide pour se protéger de la pluie. Il s'était assis au fond et on lui avait donné un plan de messe.

"C'est ce qu'elle m'a dit. Mais… Je raconte mal."

"Pas du tout, je trouve que tu racontes très bien."

“Eh bien, ça semble invraisemblable, mais un riche Islandais a décidé de laisser toute sa fortune à quiconque se présenterait à son enterrement. Dix-sept millions de couronnes… quelque chose dans ce goût-là.”

Seule différence avec la réalité : dans le récit d’Andy, le vagabond acceptait l’héritage.

“J’espère bien”, dit David avec un hochement de tête, méditant sur sa Tisbury.

“Quand même. Un type qui était là par hasard. C’est malhonnête d’accepter cet argent.”

“Pas du tout. Ce n’est que justice. La vie est une loterie. Je pourrais faire plein de choses avec dix-sept millions, quelle que soit la devise… même avec des dinars irakiens. Ça ne changerait pas grand-chose à mon train de vie, mais je pourrais m’acheter une voiture qui démarrerait sans que j’aie besoin d’appeler un dépanneur à chaque fois.” La Riley de David était garée devant le Knopwood.

“Donc, tu prendrais l’argent ?” De toute manière, il était trop tard. Maintenant qu’il avait commencé à en parler, il n’était plus sûr de rien.

“Je ne suis pas certain de te suivre, fit lentement David. Pas toi ?”

“Je ne sais pas.”

“Écoutez-moi ça !”

“Sans rire, pourquoi devrais-je accepter ?”

“Andy ?”

“Quoi ?”

“Ce vagabond islandais…” Il l’examina avec attention. “Oh merde !”

“Tu l’as dit.”

David portait un pull bleu. Andy baissa les yeux, soudain absorbé par l'étude de ses mailles, et lui raconta tout.

Son ami décida que cette histoire avait la dimension d'une fable.

"Dix-sept millions de livres ! Pour se pointer à l'enterrement de quelqu'un ? Que les douze mille vierges de Saint-Jacques-de-Compostelle se lèvent et louent ton nom. Quand est-ce que tu toucheras le pognon ?"

"Dans six mois, selon l'avocat."

"Et d'ici là, tu n'as qu'à attendre ?"

"Oui, à moins que quelqu'un conteste le testament."

"Des membres de la famille mécontents ?"

"Pas que je sache."

Surexcité, David avança sa chaise.

"Tu sais ce que tu dois faire ?" Il posa la main sur l'épaule d'Andy et le regarda sans ciller. "Accepte, Andy. Prends l'argent."

Puis il rit à travers ses lèvres mouchetées de blanc et leva son verre à un avenir auquel Andy aurait aimé croire.

8.

Quarante minutes plus tard, un camion jaune équipé d'un gyrophare se garait devant le Knopwood, à côté de la voiture de David.

“Alors, Pégase refuse de décoller ?” demanda le dépanneur. Il examina les taches de rouille sur le véhicule comme s'il s'agissait de plaques de pelage râpé et recommanda une Toyota : “On nous appelle jamais pour les Toyota.”

Andy regarda l'homme recharger la batterie de la Riley, puis son ami partir retrouver Robert Altman.

Affamé pour la première fois de la semaine, il se rendit dans un snack Spud-U-Like et commanda une pomme de terre au four, avec une garniture à l'œuf. Il songea à Sophie et à Richard. Un autre contrecoup de la Saint-Valentin : depuis, des pensées désagréables l'assaillaient dès qu'il se mettait à table.

Il laissa sa barquette et rentra chez lui.

Il entendait la voix de son ami dans sa tête : *Tu l'as mérité, tu en as besoin, cet héritage arrive à point nommé, il est à toi.*

David n'avait pas tort sur un point... Andy était resté jusqu'au bout de l'enterrement de Madigan par savoir-vivre élémentaire, mais quand il s'agissait d'accepter dix-sept millions, que faisait-il de son savoir-vivre ? Après quelques bières, il ne lui paraissait plus si honteux d'y réfléchir à deux fois avant de donner l'argent aux enfants abandonnés.

C'est la liberté qu'on t'offre.

Les paroles de David lui semblèrent encore plus justes lorsqu'il découvrit sur le paillasson une enveloppe brune menaçante, frappée des mots venimeux : "British Telecom". Il regarda le courrier et se souvint qu'il n'était pas facile de tuer un rat dans un taudis. Tandis qu'il bataillait pour fermer la porte d'entrée et retirer la clé de ses mâchoires d'acier, une nouvelle pensée faisait son chemin en lui.

Andy, lui avait dit son ami d'un ton ferme, *ce n'est pas un hasard si tu es arrivé en retard.*

Il se rendit dans le salon et laissa tomber l'ultime réclamation sur la cheminée, entre une lettre de la municipalité qui promettait d'examiner son cas de dyslexie et un relevé de compte lui rappelant qu'il devait à sa banque onze mille huit cent trente-deux livres à 6,25 % d'intérêt. À la vue des autres enveloppes, plus nombreuses que les feuilles en automne, il songea qu'il pourrait payer toutes ces factures d'un coup, acheter une grande maison à Holland Park et vivre de ses rentes pour le restant de ses jours.

Il s'approcha de la fenêtre. Dans la rue, un Noir passait, inexplicablement emmailloté de plastique.

Oui, il pourrait faire beaucoup de choses avec dix-sept millions. Il continua à réfléchir aux manières de dépenser cette somme avant de fermer le rideau.

Il n'était pas vingt et une heures. Dans l'entrée attendait sa sacoche avec le manuscrit qu'il avait rapporté à la maison. Malgré ce qu'il avait assuré à Angela, il n'avait pas terminé de corriger *Le Guide de la sexualité en plein air*. Il alla le chercher et s'assit pour se colleter avec le chapitre six. En dépit de la fatigue et de l'alcool, il se sentait incapable de dormir.

Ses yeux s'attardaient sur les caractères, mais les lignes sur la page ne tardèrent pas à disparaître et d'autres prirent leur place.

Différentes voix résonnaient en lui, le tiraillant dans un sens et dans l'autre.

"Comment oses-tu tourner le dos à la chance alors qu'elle t'offre ce cadeau au moment où tu en as le plus besoin ? C'est une réponse à tes prières."

"Bien sûr que je peux refuser. L'argent n'a jamais été une priorité sur ma liste."

"Tu n'as rien fait de mal. C'est tout ce qu'il y a de plus légal. Un homme ne peut-il pas disposer de sa fortune comme bon lui semble ?"

Mais qui était ce Christopher Madigan ? Et pourquoi avait-il agi ainsi ?

Dégoûté de lui-même, dégoûté de sa fébrilité, il reposa le manuscrit.

Une voix qu'il attribua à Enid Tansley s'immisça dans la conversation : "Ne t'occupe pas de Madigan – ce qu'il était n'a aucune importante. Saisis ta chance !" Un refrain que reprirent en chœur Ruth Challis et Gladys Peak. Bientôt, elles frappaient toutes les trois les bords de son fauteuil avec leurs carottes et leurs racines de gingembre tordues. "Saisis ta chance, saisis ta chance, saisis ta chance… SOIS UN SALAUD ÉGOÏSTE !"

Il alluma la télévision et se rassit. À l'écran : le dernier cabriolet Mercedes-Benz. Gris métallisé. Il filait à travers un paysage alpin vert qui se transformait en un désert rouge, qui lui-même cédait la place à une calotte glaciaire aveuglante. Au volant, un homme au charme horripilant. Sur son visage bronzé mal rasé, un sourire narquois qui signifiait : "Pluie ? Gel ? British Telecom ? Désolé, jamais entendu parler." Et pourquoi l'embêterait-on avec ça ? Il roulait à jamais sous un ciel bleu perpétuel et ne s'arrêtait en Toscane que pour embarquer une créature de rêve, à côté d'une église Renaissance.

"Ça pourrait être moi", bredouilla Andy à haute voix.

Les nuages se déchirèrent. Le soleil brillait. Il se redressa, non plus lourd, mais la tête légère. Le ballon lesté de plomb qui clouait son corps au sol s'était transformé en une baudruche gonflée à l'hélium.

La télévision lui ouvrait une porte. Il la franchit, sortit de la porcherie glacée où il vivait, quitta son emploi ridicule et l'Angleterre pluvieuse pour se retrouver au milieu d'un paysage semblable à ceux qu'il inventait à dix ans, à Shaftesbury. Le sentiment que le monde était cruel et trompeur s'estompa ; il était redevenu lumineux et honnête. En avait-il jamais été autrement ? Il croyait que sa vie était finie, mais c'était faux.

Il devait dire oui.

La sonnette retentit.

9.

Andy descendit batailler contre la serrure. Quelques minutes plus tard, il ouvrait la porte. Mais pas à Sophie.

Sans doute une visite pour Jerome – le rappeur irascible de Sainte-Lucie qui louait l'appartement du rez-de-chaussée.

Des cheveux noirs, un visage blanc et des yeux marron avec une expression de défi.

"Bonsoir", refermant son parapluie.

Une voix féminine perçante retentit dans l'interphone, par-dessus un morceau de rock bruyant.

"C'est qui ?"

"C'est bon, Marina, cria Andy. C'est pour moi."

"Pardon – J'aurais dû deviner que c'était Sophie." Marina avait un piercing à la langue et ressemblait à Marilyn Manson, son idole.

La musique se tut. Laissant Andy face à sa visiteuse.

"Je vous ai ramené en voiture. Jeanine Pyke."

Elle portait un imperméable boutonné jusqu'au menton et des bottes en caoutchouc bleues, comme si elle avait marché dans des flaques d'encre pour venir le retrouver.

Il expira l'air qu'il retenait dans sa gorge.

"Je me souviens."

"Comment vous appelez-vous, au fait ? On ne s'est pas présentés." Les mots résonnèrent, secs et inattendus.

"Andrew."

"Andrew tout court ?"

"Andrew Larkham."

Elle savait où il vivait. Elle l'avait traqué.

"Salut, salut, qui c'est ?"

"C'est bon, Jerome."

"Yo, Andy, c'est toi, *man* ? Merde. J'espérais que c'était le mec qui doit réparer la porte."

"Non, c'était pour moi."

"Je vais rappeler Conrad", dit Jerome, dont l'intérêt concernant la sécurité de l'immeuble avait singulièrement augmenté depuis qu'un deal foireux lui avait coûté deux dents, un soir de Nouvel An.

"Comme tu veux, Jerome. Tu sais que je suis à cent pour cent derrière toi."

Il se retourna vers la jeune femme. Son apparition soudaine lui avait fait l'effet d'une douche froide. Il se retrouvait dans le même état d'esprit qu'en début de journée, lorsqu'il avait répondu au facteur.

"J'ignorais laquelle était votre sonnette", dit-elle avant de passer devant lui.

Andy monta l'escalier derrière elle. Elle l'attendait dans la cuisine.

"Je peux vous débarrasser ?"

"Non."

"Un verre ? Je dois avoir une bouteille de vin dans un coin."

"Je ne serai pas longue."

Les mains sur les hanches, elle le dévisagea.

"Donc, Andrew Larkham..., commença-t-elle d'un ton agressif qui rappela à Andy sa sœur. Qui êtes-vous ?"

Sa question étincela dans l'air, frémissante – une truite frétillante qu'elle lançait à travers la pièce.

"Qui je suis ?"

"Oui, c'est bien ce que je vous ai demandé."

Andy détourna la tête. La cuisine exiguë reflétait son humeur depuis lundi soir. Pas besoin d'une diseuse de bonne aventure pour lire son avenir dans le marc de café qui fermentait dans l'évier. C'était sa vie.

Il eut un pincement de terreur.

"Si on allait discuter au salon ?"

Elle se tourna et se dirigea vivement vers la chambre.

"Non, non, de ce côté !" s'écria Andy, mais pas assez vite pour l'empêcher de poser un long regard sur sa couette en boule. Il eut une vision des jambes de Sophie emmêlées aux siennes.

Elle leva la tête vers le plafond. Les fissures traçaient des éclairs dans la peinture, comme si quelqu'un l'avait grattée avec des ongles noirs. Les morceaux de plâtre manquants. La musique menaçante à l'étage au-dessus. Elle prit le temps de tout regarder, avant qu'Andy ne l'entraîne dans le couloir.

Il accéléra pour éteindre la télévision. Les yeux de la femme balayèrent les tubes d'aspirine éparpillés sur la cheminée, les enveloppes déchirées, les rangées de bâtonnets d'encens consumés.

Son regard se baissa vers le sol et fut aspiré par le chaos des coussins tailladés (*"Si vous êtes en colère, frappez un oreiller ou un coussin"* – *R. Challis*). Mais elle ne fit aucun commentaire. L'appartement était un dépotoir où la saleté et la tristesse combinées dégageaient une odeur faisandée. Par chance, il restait à Andy suffisamment de présence d'esprit pour ne pas lui expliquer qu'il avait lu des manuels de développement personnel.

"Je m'excuse, c'est un peu le bazar."

Elle pivota, ne sachant où s'asseoir. Puis débarrassa le fauteuil de Sophie – celui qu'il considérait comme le sien, acheté en soldes à Habitat deux ans plus tôt et qu'il n'avait toujours pas recouvert. Maladroitement, il réunit un paquet de *Vogue* et de *Marie-Claire* que Sophie avait oubliés lors de sa dernière visite, autrement dit plusieurs semaines auparavant, car elle n'aimait pas dormir ici.

"Voilà", dit-il.

Elle fit un pas et trébucha sur quelque chose.

"Oh, attention…", commença-t-il d'une voix attendrie. Il plongea pour ramasser l'objet coupable et, ce faisant, renversa la tasse de thé qu'il avait préparée ce matin avant de téléphoner à Vamplew.

Le regard perplexe de Jeanine signifiait sans contredit que la chose poilue marron qu'il brandissait avec un petit geste de triomphe pitoyable la laissait pantoise.

"Un truc que j'ai acheté à Portobello", à la fois soulagé de l'avoir retrouvé et gêné de constater qu'il y tenait. Il posa l'ornithorynque à bec de canard sur la cheminée. (*"Câlinez un animal familier ou une peluche" – R. Challis.*)

"Alors ? fit-il en se frottant les mains devant l'âtre vide. De quoi vouliez-vous parler ?" Il se retourna.

Elle ne pouvait détacher ses yeux du manuscrit qu'Andy avait laissé sur la télévision.

"Évitez de sourire bêtement et ne restez pas les yeux fixés sur son décolleté."

Il se figea. Soudain capable d'entendre chaque mot que hurlait Marilyn Manson à travers le plafond. "Plaît-il ?"

"C'est ce que dit la légende." Elle examina la photographie. "C'est quoi ?"

"Un livre que je révise."

"Videz l'instant", lut-elle à haute voix.

"Une coquille", fit-il en lui prenant le manuscrit. C'est 'Vivez l'instant'."

Que la cause en soit la photo, la musique ou l'odeur, une expression de vive contrariété se peignit sur le visage de Jeanine.

Elle croisa les bras. Elle ne s'assiérait pas.

"Vous ne m'avez toujours pas dit qui vous étiez."

Andy sentit sa tension artérielle augmenter. Il ne savait pas pourquoi cette jeune femme se trouvait chez lui, mais une chose était claire. S'il voulait être un jour l'homme au cabriolet Mercedes, Jeanine Pyke devait partir d'ici.

Il essaya de soutenir son regard.

"Et vous ? Qui êtes vous ?" contre-attaqua-t-il, décidé à la punir pour sa morgue.

"Je suis sa fille, répliqua-t-elle d'une voix vibrante d'émotion. Mais vous, d'où sortez-vous ? Maral Bernhard, je comprends. J'aurais même compris s'il avait tout laissé à je ne sais quelle société de protection des ânes. Mais vous ? Pourquoi vous ?"

"Sa fille ?" fit-il en avalant sa salive. Jamais il ne l'aurait deviné à son attitude dans la voiture. Si quelqu'un devait hériter de Christopher Madigan, c'était bien sa propre chair. Et non quelqu'un qui n'avait jamais entendu parler de lui avant ce lundi, à quinze heures vingt et une.

"Il paraît que tout vous revient, à Maral et à vous, parce que je n'étais pas là à la prière finale."

Andy hocha la tête et tendit la main vers la cheminée, cherchant un soutien. "Les termes du testament étaient inattendus. Pour nous tous, je pense." Il s'interrompit. Ce n'était pas un mensonge. Il pouvait parler au nom des deux Présents. C'était du moins son sentiment.

"Pourquoi étiez-vous à l'enterrement de mon père ?"

Elle le regardait. Ses yeux avaient la couleur brun argenté d'une météorite. Une expression d'un autre monde, éjectée d'une ceinture d'astéroïdes.

Si Andy n'avait pas avalé trois pintes de Tisbury, suivies d'une demi-pomme de terre fourrée à l'œuf, il aurait sans doute eu plus de répondant. Il ouvrit la bouche.

"Pourquoi j'étais à l'enterrement de votre père", s'efforçant d'évacuer la question d'un sourire.

Il se souvint d'Alphonse Daudet, mort au milieu d'une phrase. Mais il ne parvint pas à poursuivre pour autant.

"Oui ?" Elle attendait.

Une voiture passa, sirène hurlante.

Dire que sa vie de multimillionnaire avait à peine quelques minutes et que déjà elle touchait à sa fin. Mais il s'y accrochait encore. La vision qui lui était apparue – Andy Larkham en Salaud Égoïste – ne pouvait pas s'évanouir ainsi.

Il se rendit compte que sa respiration s'était accélérée. Il sentit au fond de lui un regain d'énergie. Elle tourbillonnait dans sa gorge. Alors, d'une voix de gros dur caricaturale – la voix d'un Présent –, il lança : "Et vous, pourquoi est-ce que vous n'étiez pas là ?"

Elle se raidit. "Ça ne vous regarde pas."

"*Ça ne vous regarde pas.*" Il l'imita avec une arrogance ridicule. "Vous débarquez chez moi sans être invitée et vous avez le culot de me demander pourquoi j'étais à l'enterrement de votre père, alors que vous n'avez même pas eu la correction d'y assister ? *Vous, sa propre fille !*"

Sa nouvelle assurance la déstabilisa un instant. "Je m'excuse, je voulais simplement savoir pourquoi il avait fait de vous son héritier."

Il reprit le manuscrit d'Enid Tansley et le tapota sur le dessus de la télévision pour l'égaliser.

"J'étais un ami proche", s'entendit-il affirmer, ses yeux plantés dans ceux de Jeanine. C'était bien ce qu'il avait dit. La réponse qui s'était échappée de son larynx. Ce n'était pas seulement parce qu'il était l'un des Présents qu'Andy parlait ainsi. Il avait éprouvé la même chose dans la chapelle. Un sentiment de parenté inexplicable avec un homme qu'il n'avait jamais rencontré.

Il étudia ses ongles. Fort sales, au demeurant. "Un très bon ami, ajouta-t-il d'une voix qui l'impressionna lui-même. Et maintenant, je vais devoir vous demander de bien vouloir partir."

10.

Le Ship's Lantern, situé à la sortie de Marlow, était tenu par Nigel, un homme affable qui avait le maintien d'un officier britannique et se prévalait de l'amitié de membres mineurs de la famille royale.

Dans un coin, une foule enthousiaste encourageait un individu bedonnant presque dépourvu de menton qui chantait "Si j'avais un marteau".

"Sympa", commenta David.

"Du karaoké ?" grommela Andy, qui se souvenait de l'époque où l'établissement proposait des œufs durs au vinaigre en bocaux.

Il avait réservé, dans la salle de restaurant adjacente, une pièce lambrissée de chêne que réchauffait un feu de cheminée. Une serveuse lettone alluma les bougies et leur apprit, avec un geste discret de son stylo, que la personne au bout d'une longue table de réfectoire était la "princesse Tizzy".

Leurs regards se croisèrent, dubitatifs. David jeta un coup d'œil furtif par-dessus son menu pour observer la jeune fille aux cheveux caramel et au nez en raquette de ping-pong, dont la voix aux parfaites intonations britanniques aurait fait le bonheur de Rian Goodman, eût-il été une femme. Dix visages qui buvaient ses paroles, crispés par la concentration, comme s'ils essayaient de se cramponner par les sourcils à quelque chose qui avait déjà commencé à s'effriter.

"La dernière fois qu'on est venus ici, se souvint David par-dessus une avalanche de rires polis, c'était pour fêter ton premier emploi dans l'édition." Il posa le menu et regarda Andy assis en face de lui. "Alors, tu as pris ta décision ?"

"Je crois que je vais me laisser tenter par le rosbif."

"Non, andouille. À propos de l'argent."

"Il y a eu un rebondissement imprévu."

"Ah ?"

"Madigan a une fille."

Lui épargnant peu de détails, Andy raconta à son compagnon la visite surprise de Jeanine.

David paraissait préoccupé. "Qu'est-ce que tu lui as dit ?"

Il se mordit la lèvre. "Que j'étais un ami de son père."

"Andy ?" fit David, voyant son expression.

"D'accord, je lui ai dit que j'étais un ami proche."

"Rappelle-moi ce que nous savons de lui."

"Rien."

"Tu as regardé sur Google ?"

"C'est la première chose que j'ai faite. Le néant."

David caressa sa barbe. "Quand il y a un testament, il y a généralement de la famille. Mais pourquoi est-ce qu'il ne lui a rien laissé ?"

"Aucune idée."

"Et qu'a-t-il fait dans sa vie pour que personne ne vienne à son enterrement ?"

"Tu m'ôtes les mots de la bouche. Pourquoi un homme donnerait-il sa fortune en posant des conditions aussi hasardeuses, au risque d'exclure sa propre fille ?"

"Je ne vois qu'une explication : un genre de test. Une manière pas très fine, mais efficace, de récompenser une certaine loyauté."

"Une loyauté de dix minutes ?"

David réfléchit. "Est-ce que tu t'es demandé si cette Jeanine ne mentait pas ? Une employée du cabinet de Vamplew qui aurait entendu quelque chose et qui, pour une raison ou une autre, serait arrivée à l'enterrement encore plus tard que toi ? Ça expliquerait pourquoi elle ne t'a pas interrogé sur lui dans la voiture – elle n'en savait pas plus que toi."

Andy n'était pas convaincu. David avait passé trop de temps à écouter Robert Altman. Il repoussa son assiette.

"Je te parie ce que tu veux que Jeanine est bien la fille de Madigan."

"Mettons. Mais récapitulons. À l'heure qu'il est, tu es sur le point d'hériter de dix-sept millions de livres d'un homme dont ni toi ni Google n'avez jamais entendu parler – si tant est que personne ne conteste le testament. Mais tu as appris l'existence de quelqu'un qui a toutes les raisons de le faire. La fille du mort, pour ne pas la nommer."

"Tu as tout compris."

"Le but du jeu, c'est de l'empêcher de faire annuler le testament et d'empocher le magot."

"Je suis d'accord."

“Il faut donc convaincre Jeanine que tu étais bien un superpote de son père – et que tu as autant le droit que Mme Bernhard de bénéficier de ses largesses.” David pivota sur son tabouret rembourré. “Au fait, avons-nous une théorie concernant les liens de cette Mme Bernhard avec le défunt ?”

“Je dirais que c’était sa gouvernante.”

“Dans ce cas, il vaudrait peut-être mieux rayer cette éventualité. Tes capacités de déduction se sont révélées jusque-là épouvantables. En tout cas, qui qu’elle soit, je pense qu’elle devrait te poser moins de problèmes que Jeanine. Pour l’instant, ton objectif est d’empêcher la fille de contester le testament.”

“Et je m’y prends comment ?”

“Excellente question.”

Derrière eux, une bûche tomba, projetant une gerbe d’étincelles.

“Arrête de tripoter ta barbe”, dit Andy avec une impatience inhabituelle.

David le regarda. “C’est une femme, sa fille, mais l’argent n’est pas l’enjeu. Un peu, mais pas vraiment. Il y a un tas d’autres choses. Ses relations avec les hommes, pour commencer. Elle est en colère, pas tant à cause de l’héritage, mais parce que tu en sais peut-être plus qu’elle sur son père. Elle ne l’a pas vu depuis des années. Comment as-tu pu voler l’affection qui lui revenait ?”

“Alors, quel est ton conseil ?”

“Je pense que tu as deux choses à faire. D’abord, éviter à tout prix de la recroiser. Et rassembler le plus de renseignements possibles sur Christopher Madigan. Comme ça, si par le pire des hasards, tu tombes de nouveau sur Jeanine, tu pourras te dépatouiller de la situation. Ta seule chance de garder cette fortune incroyable est d'entretenir le mensonge sur tes relations avec son père."

À cet instant, un homme à l'allure militaire s'approcha de la table. Sur son tee-shirt étaient imprimés les mots : SI LES CONS VOLAIENT, CET ENDROIT SERAIT UN AÉROPORT.

"Vous voulez autre chose ? aboya Nigel. Les desserts du jour sont sur l'ardoise au fond."

"Andy ?"

"Après le rosbif, je ne sais pas…"

"Vas-y, je ferai passer le repas en note de frais – à condition que tu me files les droits de l'histoire. Ça ferait un film d'enfer", dit-il avec une bourrade. Il plaisantait. C'était du moins ce qu'Andy espérait.

"Dans ce cas, je prendrai le bread-and-butter pudding."

"Voilà qui est mieux, déclara David avec un sourire. Bienvenu dans le monde merveilleux de l'abondance, *muchacho*. Et si quelqu'un te pose une question, tu t'appelles Robert Altman."

Le jour tombait lorsqu'ils quittèrent le Ship's Lantern. Dans la pièce voisine, la princesse Tizzy entonna "I Believe in Miracles", un morceau manifestement très apprécié, car elle l'avait déjà chanté quelques fois. À leur soulagement commun, la Riley démarra du premier coup.

"Tu te sens de conduire ?" demanda Andy.

"Ça devrait aller."

Ils rentrèrent, repus et satisfaits. David arrêta bientôt d'agiter les mains en rythme avec les trois essuie-glaces qu'il surnommait les Andrews Sisters ; Andy contemplait d'un œil somnolent la route devant eux.

Il faisait nuit noire lorsque la Riley s'arrêta devant chez lui. La voix de David le suivit jusqu'à la porte.

"Je vais voir ce que je peux trouver sur Madigan. D'ici là, retourne parler à son avocat."

"Merci de m'avoir remonté le moral. Je me sens beaucoup mieux."

11.

Son immense bureau entre eux, Godfrey Vamplew dévisageait Andy derrière ses lunettes à double foyer. On était mardi matin.

“Vendredi dernier, vous m’avez laissé entendre que je serais bientôt très riche”, commença le jeune homme nerveusement.

“Dès que le testament sera homologué, répondit son interlocuteur d’un ton professionnel. S’il n’y a pas de contestation. Et tout dépend de votre définition de ‘riche’.”

Andy lui dressa un rapide tableau de sa situation. Les rappels de ses créanciers. La menace de faillite personnelle. Le retrait de sa carte de crédit.

Vamplew croisa les bras. “Et vous vous êtes dit qu’un courrier du cabinet expliquant vos perspectives financières amènerait peut-être votre banque à revoir sa décision.”

“J’espérais en effet que vous pourriez m’écrire une lettre de ce genre.”

Les tribulations d’Andy n’étaient que trop familières à Vamplew. “Je ne pense pas que cela pose de problème. Je m’en occupe cet après-midi.”

Andy risqua une autre question. “Est-ce que je pourrais connaître la source de ma fortune ?”

Vamplew évalua la nervosité de son interlocuteur. Andy avait tout envisagé avec David, de la société de nettoyage de bureaux aux machines à sous, en passant par l'empire des couches-culottes. Mais il s'était également préparé aux bordels et aux casinos.

“À ma connaissance, la majeure partie des fonds de mon client était investie dans des actions minières. Mais avant de mourir, il a pris soin de tout transférer sur divers contrats d'assurance. Et il a déjà beaucoup donné à une organisation caritative avec laquelle il était en relation.”

Le soulagement du jeune homme était si flagrant qu'il faillit sourire. Andy n'aurait pu expliquer pourquoi, mais il avait le sentiment que son interlocuteur désirait sincèrement qu'il touche cet argent. Que rien qu'en le regardant, il avait compris quelque chose à son sujet.

“Pouvez-vous me parler de lui ? Si je dois hériter, j'aimerais en savoir plus sur mon bienfaiteur. Vous le connaissiez bien ?”

“Pas le moins du monde.”

Vamplew s'exprimait avec précision, et un plaisir évident. Christopher Madigan s'était présenté au cabinet un matin, en novembre dernier. Il s'était assis là où Andy se trouvait. Mme Bernhard attendait de l'autre côté de la porte. “Il voulait que notre conversation reste strictement privée. Je devais être le seul au courant. Et si j'acceptais le mandat, je devrais taper moi-même le testament et toute correspondance à ce sujet.”

“Il vous a dit pourquoi ?”

“Je sais seulement qu’il avait décidé de changer de cabinet juridique après une longue association avec le précédent.”

“Pourquoi s’est-il adressé à vous ?”

“On avait parlé de moi dans le journal, ce qui arrive rarement, et cela a attiré son attention.”

Un des clients de Vamplew avait laissé toute sa fortune à une institution pour les aveugles. Un membre de sa belle-famille avait contesté le document, invoquant une raison après l’autre : fraude, abus de faiblesse, folie. À chaque fois, le juge avait tranché en faveur du défunt. Dans son compte rendu, il avait rendu hommage à l’intégrité et à la correction manifestées par Vamplew pendant la procédure, et loué la clarté avec laquelle il avait rédigé le testament et présenté ses preuves.

“Le sujet intéressait M. Madigan qui réfléchissait à sa succession. Il a appelé la Law Society pour connaître mes coordonnées et m’a proposé une rémunération généreuse si je défendais ses dernières volontés avec la même ténacité.”

Vamplew se carra dans son fauteuil.

“Je lui ai posé plusieurs questions afin de m’assurer qu’il n’était pas totalement fou. Puis il m’a exposé les clauses qu’il souhaitait inclure dans son testament. Lorsque je lui ai fait part de mes réserves, il a menacé de s’adresser ailleurs. Je ne tenais pas à perdre l’affaire, j’ai accepté de le représenter. Je lui ai cependant conseillé de nommer un second fiduciaire indépendant – son comptable par exemple –, ce qui permettrait un double contrôle et diminuerait les risques de collusion. Dans mon métier, on voit de tout. Il m’a répondu qu’il y avait déjà pensé, mais qu'il souhaitait mettre le moins de monde possible dans la confidence. Il préférait que je sois le seul à administrer sa succession. Je savais 'défendre les morts dans les règles', selon lui. Après ça, on a débattu de mes honoraires. J'ai réclamé un supplément si je devais taper le testament moi-même, surtout par agacement."

"Vous lui avez demandé la raison de toutes ces conditions ?"

Vamplew secoua la tête. "Je n'interroge jamais mes clients sur leurs motivations. Je me contente de les avertir que, s'ils veulent utiliser leur testament pour se venger de quelqu'un, leur succession risque d'être fortement entamée par les dommages et intérêts, ce qui anéantira du même coup leurs efforts."

Partant du principe que Christopher Madigan était sain d'esprit, Vamplew ne s'était posé que trois questions avant de rédiger le document.

"Premièrement : ses dispositions allaient-elles à l'encontre de la sécurité publique en raison de l'étrangeté de la requête ? Si M. Madigan avait décidé de léguer ses biens à Al-Qaïda, par exemple, il pourrait être accusé de trahison, ou au mieux de sédition.

"Deuxièmement : ce testament pouvait-il être frappé de nullité pour incertitude ? Si M. Madigan avait laissé la totalité de sa fortune à, mettons, tous les hommes roux d'Angleterre, un tribunal l'aurait probablement annulé.

"Troisièmement : ce testament risquait-il d'être contesté par une épouse, un enfant ou une personne à charge ? Lorsque le défunt m'a expliqué ses intentions, j'ai pressenti qu'il y aurait des réclamations. Et je l'ai prévenu qu'il allait au-devant de sérieux problèmes."

Vamplew s'interrompit pour donner du poids à ses paroles.

Andy s'agita dans son fauteuil. "Quel genre de problèmes ?"

"C'est curieux, tout ce qu'un décès peut faire remonter à la surface. Les émotions refoulées soudain exposées au grand jour dans mon cabinet. Je vois des gens se mettre dans des colères noires. Ils viennent pour savoir ce que le vieux salopard leur a légué et ils découvrent que tout va à un 'héritier surprise'. Ces jours-là, je me réjouis qu'il y ait un bureau aussi large entre nous."

Après trente ans passés à observer ses congénères, Vamplew pouvait attester que leur comportement était d'une constance déprimante.

Il se pencha en avant, moins raide à présent.

"Quand un client affirme : 'C'est une question de principe', je me dis : 'Parfait. Une affaire juteuse qui s'annonce.' En fait, j'ai l'impression de me dédoubler. Le gentil Godfrey a envie de dire : 'Par pitié, non.' Mais le méchant Godfrey est devenu cynique avec le temps. Il a des objectifs financiers à remplir. Une autre phrase magnifique : 'C'était un engagement sur l'honneur.' Dès que je l'entends, je sais que le sang va couler. Rien ne réjouit tant le cœur de l'avocat qu'un engagement sur l'honneur."

Invariablement, les pires querelles surgissaient dans le cadre familial.

"Les parents autoritaires font taire les désaccords. Mais à leur mort, tout ressort. Souvent, les conflits sont attisés par des jalousies de berceau. 'Tu as toujours été le préféré de maman.' Ce type de rancœur se traduit fréquemment par des disputes d'argent. Et quand l'héritage va à un tiers, c'est le chagrin et le choc. Surtout s'il s'agit d'un refuge pour chats. Les vieilles dames adorent les bestioles. L'écologie, les animaux et le cancer. Les aveugles ont moins de succès. C'est pourquoi il était crucial que cette association gagne dans l'affaire qui a attiré l'attention de M. Madigan."

Avec cela en tête, Vamplew avait interrogé son client au sujet de sa famille. Sa femme était morte et il ne lui restait qu'une parentèle : une fille dont il n'avait plus de nouvelles.

"J'ai su immédiatement qu'elle allait nous poser un problème. Je lui ai bien fait comprendre que pour éviter une action fondée sur l'Inheritance Act, qui contraint le testateur à pourvoir aux besoins de ses proches, il devait donner quelque chose à sa fille. Il m'a affirmé que c'était déjà fait. Ce n'est pas si simple, mais, en résumé, il a établi à son nom un legs par fidéicommis administré par son ancien cabinet juridique, qu'elle aurait dû toucher le jour de ses vingt et un ans. Les fidéicommis sont irrévocables en temps normal. Cependant, dans ce cas, il s'était réservé un pouvoir de désignation qui lui permettait, en tant que disposant, d'en revoir les termes. Ce qu'il a fait *in extremis*, décidant que sa fille ne percevrait le capital qu'à sa mort."

"Elle n'a donc rien eu à vingt et un ans ?"

"Non. Mais à présent, elle va pouvoir entrer en possession de cet argent."

"Il n'a pas mentionné les raisons de ce report ?"

"C'était un sujet douloureux dont il ne souhaitait pas parler. Mais pour revenir à la modification de ses dernières volontés, Mme Bernhard était la seule personne au courant de ses démarches. Je lui ai dit que je ne ferais pas figurer ses motifs ni ses sentiments personnels dans le testament, mais je l'ai encouragé à me les communiquer dans une lettre à part."

Vamplew sortit des feuilles réunies par un trombone. "Il voulait que ce texte apparaisse en préambule. Il y a des précédents. J'ai vu un document similaire en vers. C'était à l'évidence la première fois que mon client s'essayait à la rime. J'en ai également eu un sous la forme d'un sermon. C'est un genre qui se perd, mais ils disent tous peu ou prou la même chose : le virus pernicieux du socialisme qui infecte le pays depuis le début du siècle dernier est la cause de tous nos maux et l'auteur ne laissera pas un penny à l'État de son argent gagné à la sueur de son front. Je ne vois pas pourquoi vous ne pourriez pas lire le préambule de M. Madigan, vous êtes son héritier, après tout. Je l'ai mis de côté en cas de procédure. Sinon, c'est surtout une source de problèmes. Ma secrétaire vous en fera une photocopie."

"Peut-être que ça expliquera tout."

"Peut-être."

"Vous ne l'avez pas interrogé sur ses raisons, reprit Andy, mais vous avez dû vous demander pourquoi il posait des conditions aussi extraordinaires ?"

"Tout dépend de ce que l'on entend par extraordinaires, monsieur Larkham. Par comparaison à d'autres, Christopher Madigan est un testateur tout à fait banal. Lorsqu'il m'a décrit ses intentions, la première fois, j'ai pensé à cet avocat de Padoue qui avait déshérité tous ceux qui pleureraient à son enterrement, désignant comme légataire universel ‘celui qui rirait avec le plus d’entrain’. C’était au quinzième siècle. Plus récemment, vous avez peut-être entendu parler de l’aristocrate portugais qui a demandé à son notaire un exemplaire de l’annuaire de Lisbonne, dans lequel il a choisi au hasard soixante-dix noms. Selon ses propres dires, il voulait semer la confusion en transmettant son patrimoine à des inconnus.”

Vamplew rit pour lui-même, toute trace d’irritation envolée. Il avait trouvé son rythme. “Rien d’aussi arbitraire dans votre cas. Vous êtes venu à son enterrement. Vous étiez présent, au moins.”

“Il devait bien avoir des amis.”

“Il faut croire que non.”

“Et le prêtre ? Il semblait le connaître.”

“Un mercenaire employé par l’entrepreneur de pompes funèbres. Un créneau de vingt minutes, cent livres le laïus et pas de question – hormis celles qu’il m’a posées. Il m’a appelé avant la cérémonie pour me demander de lui communiquer trois particularités au sujet du défunt.

“Alors, vous lui avez dit quoi ?”

“Qu’il était aimant avec sa famille, généreux avec les bonnes œuvres, passionné par un tas de choses… les banalités d’usage.”

Il y eut un silence. “Mais si Madigan n’était pas fou, pourquoi tout ça ?”

“Disons qu’il avait certaines croyances.”

“Quel genre de croyances ?”

Les yeux mobiles de Vamplew s’attardèrent sur son interlocuteur. “Quel âge avez-vous, monsieur Larkham ?”

“Vingt-sept ans.”

"Et que faites-vous dans la vie ?"

"Je travaille dans l'édition."

L'homme fit un geste vague en direction de sa bibliothèque. "Toutes ces affaires... Je me demande souvent s'il n'y aurait pas matière à une anthologie."

"Certainement. Et Carpe Diem ne serait pas un mauvais choix." Andy avait besoin de son soutien. C'était ainsi que Goodman avait séduit ses épouses : en leur proposant de lire ce qu'il eût mieux valu laisser au fond du tiroir à chaussettes pour l'éternité.

Vamplew ôta ses lunettes et les essuya avec un Kleenex. Il avait l'air différent, son visage moins ordinaire. Andy entrevit le jeune avocat qu'il avait été, les cheveux plus bruns, les yeux plus vifs, la queue-de-cheval plus fournie. Sa voix aussi avait changé. On avait envie de l'écouter. La pièce semblait soudain s'animer au son de ses paroles.

"J'ignore quelle est votre expérience dans l'édition, mais quand j'ai débuté dans la profession, j'étais plutôt optimiste au sujet de la nature humaine. Force est de constater que les clients honnêtes sont rares. C'est pourquoi il m'est agréable de voir que les gens obtiennent parfois ce qu'ils méritent, dans un sens ou dans l'autre."

Il remit ses lunettes. C'était peut-être une question d'angle de vue, mais son strabisme convergent semblait avoir disparu.

"Vous me demandez quel genre d'homme était mon client, et je comprends votre curiosité. C'est pourquoi je regrette d'avoir si peu à vous raconter. Je ne l'ai rencontré que deux fois. Je serais bien en peine de vous parler de ses motivations profondes. Je ne suis même pas sûr que je le reconnaîtrais en photo."

Vamplew laissa tomber son Kleenex dans une corbeille à papiers et ferma les yeux, comme s'il essayait de se concentrer sur ce qu'il avait décidé de dire.

Lors de leurs brèves rencontres, Christopher Madigan lui avait donné l'impression d'un homme renfermé, solitaire, méfiant et un peu sourd, qui ne voyait pas beaucoup de monde, vivait simplement et ne dépensait guère, hormis dans ses domaines de prédilection : il aimait les chaussures de qualité, et les bons vins, à en juger par le bordeaux qu'il lui avait envoyé. Par ailleurs, son testament n'était pas malintentionné.

Vamplew allait même plus loin. Madigan était une personnalité d'une franchise exceptionnelle qui ne s'autorisait guère d'illusions. Il avait réfléchi à la manière de disposer de ses biens et conçu ses clauses de manière à offrir le moins de place possible aux émotions hypocrites. Il ne fermait pas pour autant la porte au hasard, laissait juste une fente infime à la chance qui était peut-être à l'origine de sa fortune. Vamplew souligna que son client ne lui avait jamais rien dit de tel ; c'était une simple déduction. Il en était venu à se demander si Madigan avait subi une mésaventure douloureuse ou une déception, qui l'amenait à douter de toute protestation d'affection, de loyauté ou d'amour. La lecture du préambule n'avait fait que renforcer sa conviction. Son désir de solitude semblait celui d'un homme d'une grande intégrité qui avait été profondément blessé et ne s'en était jamais remis. Il en avait assez des gens qui ne s'intéressaient qu'à son argent et avait décidé de se venger en donnant sa fortune aux seules personnes qui prendraient la peine d'assister à son enterrement.

“Il avait sans doute prévu que sa fille ne viendrait pas, tout en espérant se tromper. Lorsqu’elle est arrivée en retard et que j’ai refusé de la laisser signer le livre de condoléances, j’estime avoir exaucé les souhaits de mon client.”

“Vous saviez qu’il s’agissait de sa fille ?”

“Elle ne l’a pas dit ce jour-là. Mais mes soupçons se sont confirmés le lendemain matin, lorsqu’elle a téléphoné pour demander si elle faisait partie des légataires. Je lui ai dit que non. Elle s’est emportée. Je lui ai conseillé de s’adresser à un autre cabinet. Jeudi, j’ai reçu une requête de Bennett & Blaxworth, en son nom.”

“Et que voulaient-ils ?”

“Que je leur communique le testament rapidement. C’est la procédure. Je leur ai fait parvenir une copie des dispositions relatives à leurs questions. Mais seulement après avoir divulgué le contenu du document dans son entier aux bénéficiaires. C’est pourquoi je vous ai invités à mon cabinet.”

“Et c’est pourquoi elle est venue chez moi...”

Vamplew regarda Andy. “Si elle apprend que vous avez hérité de son père grâce à un concours de circonstances, cela risque de l’encourager à contester. Une situation qu’il serait préférable d’éviter.”

“J’ai prétendu que je le connaissais.”

L’homme de loi resta silencieux un moment.

“D’un point de vue légal, vous ne lui devez aucune explication. Je vous l’ai déjà dit, l’argent vous appartient.”

Qu’est-ce qui avait poussé Andy à raconter qu’il connaissait Madigan, à prendre sa défense, en dépit de ses éventuels défauts ? Quel vieux réflexe ?

"Je pensais peut-être à mon propre père."

Vamplew hocha la tête, comme s'il avait deviné certains détails sur lui. "Ma foi, attendons de voir ce qu'elle fera de cette information."

"Mais sa fille pourrait-elle contester le testament ?" C'était sa plus grande crainte depuis que Jeanine lui avait révélé son identité.

"Ça dépend."

"De quoi ?"

Vamplew s'appuya contre le dossier de son fauteuil, mains croisées, pouces se pourchassant comme des gerbilles sur une roue, réfléchissant.

Il se plaisait toujours à comparer le droit à un siège militaire du dix-septième siècle. On sapait un peu les murailles, on dévoilait ses batteries et on sommait l'ennemi de se rendre. En d'autres termes, on suivait la procédure de manière civilisée. Mais au vingt et unième siècle, on préférait un assaut meurtrier pour faire grimper la note. Certains étaient prêts à exacerber le moindre problème afin qu'une bonne portion de la succession tombe dans leur escarcelle plutôt que dans celle du légataire.

"D'après ce que je sais des anciens avocats de M. Madigan, ils sont déterminés et peu soucieux de ménager le compte en banque de leurs clients. De plus, ils ne doivent pas être très heureux d'avoir été évincés d'une affaire aussi lucrative."

Si les représentants de la jeune femme voulaient être désagréables, ils pouvaient bloquer la procédure en leur adressant une notification d'opposition avant l'homologation du testament – s'ils pensaient qu'il y avait quelque chose de louche, qu'il y avait eu abus de faiblesse ou que le cher disparu n'avait pas toute sa raison.

"Ensuite, une fois l'homologation obtenue, il leur reste l'Inheritance Act. Elle est sa seule parente en vie et Madigan doit pourvoir à son avenir. Et comme c'est sa fille, le tribunal acceptera de l'entendre."

"Et ?"

Les doigts de Vamplew cessèrent un instant de tourner pour repartir en arrière. Elle pouvait prétendre à des droits sur la fortune de son père. Autrefois, si le plaignant était adulte et qu'il travaillait, la cour ne se montrait pas très indulgente. Mais au vu de certaines affaires récentes, Vamplew ne pouvait se porter garant de la décision finale.

"Elle obtiendra sans doute quelque chose. Et si elle engage un avocat intelligent, capable de manipuler la cour, elle pourra même repartir avec un joli pactole, mais tout dépend aussi de ce que le juge aura mangé au petit déjeuner."

"Mais elle a déjà quelque chose. Le fidéicommis."

"Oui, bien sûr. Reste à savoir si, en tant qu'unique descendante, elle voudra faire valoir ses droits sur la totalité de la succession."

"Et que se passera-t-il si elle conteste le testament ?"

"Monsieur Larkham, vous devez comprendre qu'étant donné ma position, peu m'importe. Quelle que soit la répartition de l'héritage, je recevrai mon dû. C'est la règle d'or : l'exécuteur doit demeurer impartial en cas de différend entre les bénéficiaires. Tant que dure la dispute, c'est la succession qui paie."

"Alors, que me recommandez-vous de faire ?"

Le demi-sourire de Vamplew disparut. Ses yeux froids regardèrent Andy par la demi-lune inférieure de ses lunettes. “Je ne peux pas vous donner de conseil. Cependant, il me semble que moins vous éveillerez de soupçons chez la fille de M. Madigan, mieux vous vous en porterez. Elle ne doit jamais se douter que vous avez assisté à l’enterrement de son père par accident.”

12.

L'air sentait le houblon et la route s'étirait devant eux, rectiligne et déserte. Il se rappelait les chevrons d'oies sauvages dans le ciel, les bouquets de rhubarbe et les ziggourats de paille. Il y avait aussi un pygargue à tête blanche perché sur un peuplier abattu. Le paysage était plat, d'une monotonie déconcertante, sans variations où l'esprit aurait pu plonger. Comme le regard contemplatif d'un enfant.

Ils avaient traversé la frontière de la province et se dirigeaient vers Saskatchewan, à l'est, quand son père serra le volant et lança : "J'ai eu une vie merveilleuse et je n'en regrette pas un seul instant."

George Larkham n'était pas homme à faire de grandes déclarations ni à se confier. Il était simplement romantique. Sa notice nécrologique dans le *Blackmore Vale* dirait : "À sa sortie de l'école, il s'est présenté à la base de la RAF, à Chilmark, avec une lettre du Premier Ministre le recommandant pour devenir astronaute. Il avait signé Winstin Cherchill."

Il parlait peu de sa vie. Une fois, Andy surprit sa sœur en train de le questionner au sujet de son premier mariage avec une femme prénommée Avril. Tristement, il avait détourné le regard.

“Le passé est une porte qu’il vaut mieux ne pas ouvrir trop grand, ma chérie, à moins d’avoir un couperet dans chaque main.”

Il avait la discrétion d’un chat qui s’éclipse sans bruit au moindre problème, mais qui en cause lui-même beaucoup.

“Ton père, c’était un personnage”, disait la mère d’Andy. Alors, elle partait d’un rire bref et se mettait en quête de son sécateur.

Andy se débrouillait en général pour ne pas penser à lui. Il laissait une odeur de poils roussis trop désagréable. Puis, surgissant de nulle part, un souvenir lui serrait soudain la gorge.

Il avait beau refuser de se l’avouer, son père lui manquait. Pendant plusieurs années après sa mort, Andy s’était comporté inconsciemment comme s’il l’observait. Il imaginait qu’il lisait le nom de son fils dans le journal. Admirait ce qu’il avait fait. Il voulait vivre pour cet homme, qu’il se rappelait tendre, passionné et d’un optimisme irrésistible.

Mais sa mère et sa sœur l’avaient protégé de la vérité. George Larkham était pilote, donc infidèle.

Il y avait eu d’autres femmes, et cette Canadienne en particulier.

“Qu’est-ce qu’elle avait de spécial ?”

“La jeunesse, répliqua sa mère, qui avait déjà des cheveux blancs quand il avait sept ans. Et elle était pilote.” Elle en avait soudain assez des chimères de son fils.

Elle avait toujours été la plus directe de ses deux parents. Elle ne supportait pas la vie d'épouse de militaire, détestait cela. Au point où George Larkham avait quitté la RAF pour devenir pilote d'hélicoptère dans le civil, l'année des six ans d'Andy. Parmi ses nombreux avatars, il était transporteur de bois et combattant du feu. Et ses obligations professionnelles l'obligeaient à s'absenter pendant de longues périodes.

L'enfant avait dix ans lorsque son père était parti travailler à Terre-Neuve, où il l'avait rejoint pour les grandes vacances. Dans une ville appelée Grand Falls.

"Le vol s'est bien passé ?" tandis que la voiture s'éloignait de Gander Airport.

"Ça a été", dit Andy, admirant la spacieuse banquette arrière.

Il était inquiet à l'idée de devoir prendre l'avion seul. Par-dessus les grésillements de la ligne téléphonique, son père avait fait son possible pour le rassurer. Les deux pilotes n'avaient qu'à décoller et à activer le plan de vol IFR. Même s'ils s'évanouissaient, l'appareil atterrirait et s'immobiliserait en bout de piste.

"Et s'ils meurent tous les deux, tu feras sans doute un meilleur vol que s'ils étaient vivants."

Andy, qui se trouvait avec un autre mineur non accompagné, avait eu droit à une hôtesse pour le chouchouter.

"Alors, qu'est-ce que je t'avais dit ?" fit son père, avec un coup d'œil dans le rétroviseur intérieur.

"Tu avais raison, papa."

Sa nuque était plus claire que son visage. Les cheveux dans son cou étaient gris, et plus longs que du temps où il rentrait à la maison avec une casquette de l'armée de l'air.

"Et ta mère ?"

Sa sœur et elle avaient préféré rester à Shaftesbury.

"Elle t'embrasse." Il se souvint alors du cadeau dans sa poche. Il le sortit et le lui tendit.

"Tu m'as manqué, dit son père, posant sans l'ouvrir le mouchoir en papier bleu froissé sur le siège passager, à côté du paquet de poires séchées et du tube de pommade anti-inflammatoire. Vous m'avez manqué tous les trois."

Ses mains tapotaient le volant, tandis qu'il sifflait un calypso : un signe avant-coureur de danger.

Puis il fut pris d'une quinte de toux stridente qui tordit tous les muscles de son visage.

"Ça va ?" demanda Andy lorsqu'il se fut calmé.

"Ce n'est rien, rien du tout, dit-il en effleurant le coin de sa bouche. Je suis tout empoté dès que je touche le plancher des vaches. Un peu comme un capitaine de bateau : sur la terre ferme, c'est à peine si je suis capable de conduire une voiture." Et il ôta les mains du volant.

"Papa !"

"Je suis tout juste bon à être malade dedans", conclut-il en riant.

Ils participèrent à une fête du saumon. Ils se promenèrent sur le sentier qu'on appelait le Corduroy Brook Trail. Ils firent du patin à glace. Un matin, ils survolèrent une forêt en hélicoptère – "pour que tu puisses raconter à ta mère et à ta sœur ce que je fais".

C'était la première fois qu'Andy accompagnait son père. Il lui décrivit les journées de sept heures qu'il passait dans le cockpit, à transporter des troncs d'épinette noire et de bouleau jaune jusqu'à une aire dégagée, sur un épi de la rivière. "La semaine dernière, au moment où j'allais virer, un arbre est tombé des mâchoires du grappin. Je n'oublierai jamais ce spectacle."

Andy baissa les yeux vers le cours d'eau et imagina l'arbre chuter, chuter puis percuter la surface et exploser en mille morceaux.

Le cyprès de Nootka était l'essence préférée de George Larkham. On n'en trouvait pas à Terre-Neuve, mais en Colombie Britannique, où il emmena son fils ensuite. "Le cyprès de Nootka est un arbre extraordinaire. On peut encore s'en servir quand il a soixante ans et qu'il est tombé à terre. Les vers ne l'attaquent pas et il dure très longtemps."

Andy se pencha hors de la bulle de l'hélicoptère et regarda le grappin qui mordait le bois. "Les fantômes gris", les appelait son père. Les troncs avaient un grain albâtre et ils étaient très prisés des Japonais qui s'en servaient pour construire leurs temples.

Au fil de l'été, George Larkham se transforma un peu en fantôme gris lui-même, une ombre dont l'attention allait et venait, un hélicoptère qui vrombissait sur l'herbe et ébouriffait ses cheveux. "Il faut juste que je passe un coup de fil" : ce qui signifiait qu'il ne tarderait pas à s'envoler dans l'air vif du Manitoba où dominait l'odeur des céréales.

Ils roulaient vers l'est, parmi les blés, l'armoise et les graminées, parce que son père s'était mis en tête de lui montrer l'endroit où il avait appris à piloter les Sirkorsky, à l'occasion d'un programme d'échange entre l'OTAN et les forces aériennes alliées. Moose Jaw était l'un des lieux les plus importants du monde, d'un point de vue géopolitique, disait-il, espérant intéresser Andy, tandis qu'ils traversaient le paysage le plus plat qu'il ait jamais vu. Ses yeux étincelaient comme le pare-soleil en aluminium qu'il plaçait contre la vitre.

Même s'il ne recroisa jamais la jeune pilote aux cheveux ambre décolorés pour qui son père finirait par abandonner famille et foyer, Andy savait que c'était à Moose Jaw que vivait Lynn, dans un duplex en pierre de Tyndall à Wildwood Crescent. Lorsqu'il pensait à la fin de ces vacances, il se souvenait des lance-missiles qui roulaient bruyamment, d'un défilé estival avec des *pancakes* exotiques, et d'une promenade dans un champ interminable, semé de boutelou gracieux qui lui donna le rhume des foins. Les yeux bouffis, il regarda son père revenir vers lui avec une brassée de fleurs sauvages. “Pour ta mère.”

Le dernier jour, il le conduisit à l'aéroport. “Je reste encore un mois ici et je rentre. Plus qu'un mois, dis-le à ta mère.”

Andy hocha la tête.

Son père continua de rouler en silence.

À la radio, une voix canadienne parlait de la difficulté d'obtenir une place à l'université. “Je ne suis jamais allé à l'université.” George Larkham sortit le bras par la fenêtre et désigna le ciel. “La voilà, mon université.”

Il aperçut Andy dans le rétroviseur intérieur et sourit. Son visage avait la teinte de la pommade à la capsaïcine qu'il s'appliquait constamment à la commissure des lèvres.

“Tu m'as écouté ? Qu'est-ce que je t'ai demandé de dire à ta mère ?”

“Que tu rentres dans un mois”, grommela Andy à l’arrière de la spacieuse voiture.

Il s’écoulerait trois ans avant qu’ils ne se revoient. Et ce ne serait que pour quelques ultimes instants.

13.

Les cerisiers dessinaient des graffitis à travers le brouillard.

Andy avait travaillé tard pour compenser son absence. Il était vingt heures quand il arriva chez lui. Hortense Avenue était verglacée. Perdu dans ses pensées, il gravit le perron à pas précautionneux et ne remarqua pas que la porte s'ouvrait sans difficulté. Comme il atteignait son palier, une silhouette émergea de l'escalier qui menait à l'appartement de Marina.

"Salut", d'une voix d'ébène, sombre et sinueuse.

Elle avança dans la lumière.

"Jeanine..."

"Jerome vous fait dire que le propriétaire a réparé la serrure."

Il la regarda. Ne sachant que faire. Hormis rester là, comme si son apparition était un présage de mort certaine.

Pourquoi ouvrait-il sa porte et l'invitait-il à entrer ?

Il l'aida à ôter son imperméable.

"Merci." Elle se tourna lentement vers lui.

Dehors, il faisait moins quatre, mais sous son manteau, c'était le printemps. Haut jade décolleté. Minijupe noire. Jambes gainées de nylon au-dessus des bottes.

Un sourire parfumé est certes plus efficace qu'un froncement de sourcils, mais l'aménité de Jeanine était trop manifeste pour être honnête. Elle n'effaçait pas le visage indifférent de la femme qui l'avait reconduit chez lui le lundi précédent. Et encore moins le regard furibond qui vendredi soir le fixait avec une telle férocité qu'il n'aurait pas été autrement surpris si sa peau avait commencé à noircir et à fumer. À présent, elle lui souriait avec des yeux de soie moirée, qui lui rappelait la manière dont Sophie dévisageait Richard : comme si, dans un élan de passion, elle voulait le plaquer contre le tapis en sisal.

"J'ai une bouteille de vin rouge ouverte", dit-il, s'efforçant de secourir son regard qui menaçait de s'abîmer dans le décolleté de la jeune femme.

"Volontiers."

Il revint au salon avec deux verres rincés à la hâte et le Jacob's Creek qu'il avait entamé après la première visite de Jeanine.

Elle était assise dans le fauteuil de Sophie.

Il la servit.

Elle examina le rebord de son verre. "Santé", et but une gorgée.

Il leva le sien. "Santé."

Andy ne s'étonna pas qu'ils se soient installés ainsi, avant qu'il lui ait demandé la raison de sa présence. La manière dont elle s'était débarrassée de ses bottes pour glisser ses jambes sous ses fesses indiquait qu'il existait entre eux une intimité qu'il déplorait, mais contre laquelle il se sentait impuissant.

"Alors, Andrew...", dit-elle après avoir examiné une nouvelle fois la pièce qu'il avait passé tout son samedi à ranger. Mais, au-dessus du sourire qui le visait, il voyait la lunette d'une arme.

Il s'absorba dans la contemplation de son vin. Il n'était pas pressé de parler. Dès qu'on ouvre la bouche, on s'éloigne de ce que l'on est. Et il essayait de s'habituer à l'Andy qu'il s'apprêtait à être.

Quelque chose la gênait sous sa cuisse. Elle dégagea l'objet et l'inspecta.

"Oh, donnez-moi ça !"

Il se rassit, brandissant le dernier souvenir de Sophie. Elle avait dû prévoir son départ depuis des semaines. Les seules traces de leur relation : le blouson dans l'armoire, une pile de magazines de mode. Et cette barrette.

"Celle de Sophie ?" Comme si elle lisait dans ses pensées.

"C'est... C'était ma fiancée."

"Vous n'êtes plus ensemble ?"

Il secoua la tête.

Elle croisa les bras, se mordillant l'intérieur de la bouche. "Je m'excuse, je n'aurais pas dû me comporter ainsi vendredi."

Andy émit un son qui se voulait compatissant, le regard rivé sur sa main. "Mes condoléances pour votre père."

"Je le détestais."

"Oh ! Il n'était pas si méchant..." Les mots lui avaient échappé.

"Si. Pourri jusqu'à la moelle."

“Allons, personne n’est totalement mauvais. Pas quand on apprend à connaître les gens.”

Jeanine se frotta le front, contemplant le sol.

“Il n’a jamais permis à quiconque de s’approcher assez de lui pour cela.”

“Je n’en suis pas sûr.” Le père d’Andy n’était pas très à l’aise dans l’intimité lui non plus : une main sur l’épaule, un rapide baiser sur le crâne, c’était la manière dont il manifestait son affection.

“Moi si”, répliqua-t-elle.

Il attendait la suite, mais les yeux de Jeanine ne le voyaient plus. Ils contemplaient un passé glacé.

“Mais je veux bien croire qu’il pouvait être difficile”, concéda-t-il.

Une remarque mal avisée.

“Difficile ? s’écria-t-elle en bondissant sur son siège. Il a coupé les ponts avec moi, il a bloqué mon fidéicommis deux jours avant la date où j’aurais dû le toucher, et j’ai appris par le biais de son homme de loi que je n’aurais pas un sou tant qu’il serait de ce monde. Voilà le genre de relation qu’il entretenait avec sa fille !”

Andy avait seulement voulu dire quelque chose d’aimable au sujet d’un mort.

“Enfin, il a fallu que je gagne ma vie, ce qui n’était pas un mal.”

Mais le charme était rompu. Son visage s’était éteint, comme si à sa place était assise une grand-tante à elle, une vieille fille aux joues couleur de cendre qui regardait fixement devant elle.

Le doigt d’Andy suivit le rebord de son verre. “C’est pour ça que vous n’étiez pas à l’enterrement ?”

"Maral m'avait laissé un message, répondit-elle en fronçant les sourcils. La belle affaire ! C'est ce que j'ai pensé en l'écoutant." Curieusement, sa voix dure et râpeuse rappela à Andy sa sœur en train de gratter un toast brûlé. "Mais j'ai changé d'avis à la dernière minute. Je me suis dit : *Et puis merde, tant pis. Il n'y aura pas un chat. Il pleut à verse, mon père va se faire incinérer et il n'y aura personne à part Maral. Ce sera comme s'il n'avait jamais existé.* Malgré tout ce qu'il avait fait, cette idée m'était insupportable. Mais c'était compter sans la circulation londonienne. C'était compter sans vous." Elle partit d'un éclat de rire incongru. "Il m'aurait suffi d'arriver avant la prière finale..." Elle s'interrompit. "La prière, ça ne lui ressemble pas."

Andy étudiait la barrette, les quatre mois passés avec Sophie réduits à deux cheveux blonds. "Ce n'est pas si rare de découvrir Dieu à l'approche de la mort – c'est ce que j'ai lu en tout cas."

"Sans doute. Mais je ne me souviens pas qu'il ait jamais eu la fibre religieuse."

Ils burent tous les deux une gorgée. Peut-être était-ce parce qu'il était ouvert depuis quatre jours, mais Andy trouva au vin au goût ferrugineux, rance, médiocre.

"Je vous ressers ?"

"Non merci."

Elle tripota son bracelet et passa la main dans ses cheveux.

La manière dont elle était assise, les jambes glissées sous elle, incita Andy à examiner le reste de sa personne à la dérobée. Elle était séduisante, mais sa beauté avait quelque chose de tranchant ; elle ne donnait pas l'impression d'en tirer le moindre plaisir. Peut-être parce qu'elle n'avait pas eu d'aîné pour lui ouvrir la voie. Comme la sœur d'Andy. Toutes ces éraflures à la proue, là où elle avait dû fendre la glace.

En tournant la tête, elle surprit son regard et l'obligea à remonter vers son visage. Elle préférait à n'en pas douter qu'il la regarde dans les yeux.

"Ce testament, c'est lui tout craché. Il était d'un tel cynisme ! C'est un miracle que vous ne vous soyez pas disputé avec lui. Vous êtes homo ?"

"Non."

"Ce n'est pas pour ça que Sophie vous a quitté ?"

"Non !"

Elle regardait le verre qu'il portait à ses lèvres. "Est-ce que mon père était homo ?"

Il s'étrangla en avalant son vin. "Pourquoi cette question ?"

"Vous avez dit que vous étiez des amis proches. C'est nouveau pour moi. Mon père n'avait pas d'amis."

Andy avait en tête l'image que Vamplew s'était faite d'un homme renfermé, solitaire, un peu sourd.

"Je n'ai jamais rien vu indiquant quoi que ce soit de ce genre. À vrai dire, je n'ai pas l'impression que le sexe occupait une place importante dans sa vie." Il s'exprimait de manière guindée – c'était flagrant, même à ses propres oreilles.

"Donc, si vous ne couchiez pas avec lui, quelle sorte de relation aviez-vous ?"

"On se connaissait assez bien, fit-il avec le sentiment d'être pris au piège. J'ai rencontré votre père il n'y a pas si longtemps – enfin, dans ses dernières années, mais nous nous sommes liés très vite. Il ne se montrait pas toujours aussi cynique, vous savez."

“Dans ce cas, il a dû beaucoup changer.”

“Les gens changent”, répondit-il un peu vite, parce qu’il se sentait obligé de dire quelque chose.

“Pas à ce point. Où est-ce que vous l’avez rencontré ?” Elle avait parlé abruptement, son menton pointé en avant. Comme si elle devinait que quelque chose clochait.

“Où est-ce que je l’ai rencontré ?”

Il eut un rire forcé.

“Oui.” Son visage avait pris une expression féroce. “Vous voulez bien cesser de répéter mes questions ? C’est horripilant à la fin.”

“C’était il y a un bout de temps, Jeanine.”

Ses grands yeux bruns étincelèrent. “Vous allez me répondre, oui ou non ?”

Le cerveau d’Andy vrombit, projetant des gerbes d’eau pour chasser le requin-marteau qui tournait autour de lui. Il regarda le plafond, comme si le plâtre craquelé allait lui révéler la solution.

Une voix. Marilyn Manson. Mais qui se confondait avec celle de Furnivall.

“Je me souviens… que je l’ai rencontré au bord d’une rivière”, en se redressant sur sa chaise.

C’était le week-end après la visite de son père. Andy marchait sur le sentier en dessous de Sutton Mill.

“Il était assis sur un banc au bord de l’eau, il regardait vers l’amont…” Alors, comme dans un tableau en abyme hollandais, un visage vieillissant aux fossettes rieuses apparut au plafond.

Désireux de partager son enthousiasme, l’homme avait appelé Andy. Quelques instants plus tôt, il avait aperçu une loutre à la hauteur du moulin – alors qu’on croyait que l'espèce avait totalement disparu de cette région de l'Angleterre. Stuart Furnivall, c'est ainsi qu'il s'était présenté, fixait une mouche à sa ligne, quand la large tête luisante de la loutre l'avait regardé, puis elle avait continué à remonter le courant, "en ondulant comme le monstre du Loch Ness". Elle s'était enfoncée et il ne l'avait pas revue. Pas même une vaguelette ; juste l'odeur.

"On la sent encore si on s'approche."

Andy le suivit jusqu'à la berge et ils se penchèrent tous les deux au-dessus d'un rocher couvert de mousse dorée et de sédiment noirâtre. Le fumet si puissant et caractéristique rappelait à Furnivall l'étal de poissons de la grand-rue de Shaftesbury, le musc en plus. Andy ne savait pas à quoi l'associer, mais il n'oublierait jamais cette odeur.

Il voyait la scène au plafond avec la netteté de l'un des Bramer préférés de Furnivall, et il la décrivit à Jeanine. Elle désirait en apprendre plus sur son père ; il lui parlerait de l'homme croisé sur les berges de la Nadder, qui moins de quinze jours plus tard pénétrait dans sa classe pour remplacer "Staline" Podhoretz et souriait à la vue d'Andy : "Nous nous sommes déjà rencontrés, je crois."

"Après, on est souvent retournés à la pêche ensemble."

"J'ignorais qu'il pêchait", dit lentement Jeanine, qui pour la première fois semblait s'intéresser à ses paroles.

"C'était sa passion – vers la fin."

"La pêche ?" dit-elle, stupéfaite.

"Ce qu'il préférait, c'était attraper des petites truites avec un Muddler Minnow."

Elle secoua la tête. "Il ne savait pas pêcher."

"Quand l'avez-vous vu pour la dernière fois, Jeanine ?", très calme.

"Il y a environ sept ans. Je vous l'ai dit, nous n'étions pas en bons termes." Elle avait du mal à trouver les mots justes. "Il m'a chassée de chez lui quand j'avais dix ans. Je ne l'ai revu – brièvement – qu'à vingt et un ans. Au cours des sept dernières années, rien. Pas une visite."

"La pêche est un sport qui attire beaucoup de retraités."

Elle était toujours crispée dans le fauteuil revêtu de calicot. "Mais comment arrivait-il à viser quand il lançait sa ligne ?"

"Je ne vous suis pas."

Elle le regarda et un sourire se dessina sur son visage. Un rien trop jubilatoire, songea Andy.

"Eh bien, avec un seul œil, ça ne doit pas être simple."

Il médita cette nouvelle information. Vamplew n'avait pas mentionné l'aspect cyclopéen de l'affaire. Peut-être ne l'avait-il pas noté. En tout cas, voilà qui jetait un froid.

"Ce n'était pas toujours simple, en effet. Surtout au crépuscule. Mais, compte tenu de sa cécité partielle, il lançait remarquablement bien."

Elle l'écoutait, attentive.

"Je n'arrive jamais à me rappeler, poursuivit-il. C'était l'œil droit ou le gauche ?"

"Vous ne vous en souvenez pas ?"

"Je suis un peu dyslexique pour ce genre de choses."

Elle hocha la tête avec une apparente compassion. Puis sa main qui tenait son menton remonta vers le lobe de son oreille droite, qu'elle frotta d'un air songeur.

"Je me demande où sont passées ses cannes."

Il en avait trop fait, devina Andy, comme quand il expliquait à sa mère pourquoi il n'avait pas pu venir à Shaftesbury. Il devait faire attention où il mettait les pieds. “Mme Bernhard devrait savoir, non ?” dit-il, trempant dans l'eau une patte timide.

“Vous avez raison. Maral saura.”

“Il n'avait pas de grosses dépenses personnelles. À part les chaussures et le vin.”

Elle était toujours sceptique. “Si vous étiez si bons amis, il vous a peut-être dit ce qu'il fabriquait dans sa tour ? Est-ce qu'il écrivait un livre ?”

Un auteur caché ? Andy se dérida. La terre ferme n'était pas si loin.

“Figurez-vous que c'est ce qui nous a rapprochés. J'ai dû le rencontrer peu après votre dernière entrevue. Il a appris que je travaillais dans l'édition. J'ai proposé de jeter un œil à son manuscrit, et une chose en amenant une autre…”

“Alors, il écrivait vraiment un livre ?” Ses yeux s'écarquillèrent. “Je ne parlais pas sérieusement. Où est-il passé ? Non, je devine, ajouta-t-elle avec un rire froid. Avant de mourir, il vous a demandé de le sortir dans le jardin, de l'arroser de pétrole et de disperser les cendres avec les siennes, sous le hêtre pourpre.”

“Vous ne croyez pas si bien dire, répliqua-t-il avec un sourire conspirateur. Mais dans la bataille entre l'Art et l'Artiste, j'ai pris le parti de l'Art. Si les exécuteurs des dernières volontés de Virgile l'avaient écouté, nous n'aurions pas d'*Énéide*. Si Max Brod avait obéi aux vœux de Kafka, nous n'aurions pas de Kafka non plus.”

“Qu'est-ce que vous êtes en train de me dire ? Que mon père était un nouveau Kafka ?”

Que disait-il au juste ? La suite sortit toute seule, avant qu'il ait eu le temps de réfléchir.

"Ce que je dis..." Il parlait d'une voix sincère, conforté par l'image du manuscrit de son ancien professeur, qui moisissait sur un coin de son bureau. "C'est que j'ai pris la précaution d'en faire une copie."

"Vous avez fait une copie de son livre ! s'écria-t-elle, impressionnée malgré elle. Est-ce qu'il a un intérêt quelconque ?"

Andy baissa les yeux, secoué d'une quinte de toux. Le moment de se jeter à l'eau était venu. On se pince le nez et on saute. "À vrai dire, non."

"C'est bien ce que je pensais", un peu plus détendue.

Il n'avait pas prévu cette réaction. Mais son honnête évaluation du manuscrit de Furnivall lui conférait une autorité dont il ne bénéficiait pas jusque-là.

"S'il avait eu plus de temps..."

"Bah ! Le temps, il n'avait que ça. Il en avait à ne pas savoir qu'en faire."

"Ce n'est pas évident... Des mémoires philosophiques."

Elle tourna brusquement la tête. "Des mémoires philosophiques ? Ce n'était pas un ouvrage historique ?"

"Au début, si. Mais je l'ai encouragé à écrire quelque chose de plus personnel. De trouver sa voie. De chercher la petite histoire, et à travers elle, la grande histoire. C'est par l'individuel qu'on accède à l'universel", pérora Andy.

"J'ignorais qu'il s'intéressait à la philosophie..."

"Oh ! si. Aux textes de Montaigne en particulier."

"Montaigne ?"

Il s'était laissé emporter.

“Tout à fait. Il avait trouvé chez lui des raisons de continuer à vivre. Sa citation préférée était : ‘Il n’y a rien d’aussi beau et d’aussi légitime que de faire bien l’homme.’ Au cours de ses sept dernières années, et je suis sûr que nul ne me contredira, votre père a fait honneur à cette maxime.”

Jeanine posa son verre et regarda Andy dans les yeux. “Ça veut dire quoi, *faire bien l’homme* ?”

La réponse d’Andy ressemblait à une pierre que l’on cale sous une charrette branlante. “Ce n’est pas à moi de vous le dire, Jeanine. Vous devriez lire ce qu’il a écrit.”

Sur son visage, l’incrédulité et la colère le disputaient à la curiosité. “À la fin… il était comment ?”

“Complexe.” Puis, pour faire bonne mesure : “Il n’y en avait pas deux comme lui.”

“Vous le connaissiez mieux que moi, à l’évidence.”

“Différemment, c’est tout”, les yeux de nouveau levés vers le plafond. Sous le sarcasme, il percevait une tristesse dans la voix de Jeanine.

“Regardez-moi. Je veux savoir à quoi il ressemblait.”

Il n’y a pas de réponse, il n’y a que des questions, dit-on. Et voilà qu’il était en train de mentir à une jeune femme en colère au sujet de son père décédé, un dilemme dont ne traitait aucun ouvrage du catalogue de Carpe Diem. Il n’avait pas le choix, il devait plonger encore, vers Furnivall. Au moins Andy avait-il à sa disposition quelqu’un qui avait réellement existé. Et à présent un manuscrit.

La seule véritable autorité qu’il ait jamais possédée sur un livre. Écrit par un mort qui n’aurait sans doute aucun lecteur.

En désespoir de cause, il continua donc à dépeindre son enseignant. Il ne pouvait rien dire sur quelqu'un qu'il ne connaissait pas, mais s'il pensait à Stuart Furnivall, il était aisé de ressusciter Christopher Madigan.

En face de lui, Jeanine le regardait comme si elle le voyait pour la première fois et ne cherchait même pas à s'en cacher. "Anglais jusqu'au bout des orteils ? répéta-t-elle d'une voix rauque. Mais ses origines arméniennes le travaillaient pourtant."

"Ses origines arméniennes ?"

"Oh, n'allez pas imaginer qu'il m'en ait parlé, c'est moi qui l'ai découvert."

Andy avala sa salive. Lui aussi devait digérer un certain nombre d'informations.

Que savait-il de l'Arménie ? Le massacre, en premier lieu – mais les détails, c'était une autre histoire. Il se creusa les méninges. Il se souvint que l'Arménie était le premier État chrétien, que Byron pensait que c'était le site du paradis et que le pays qui portait ce nom aujourd'hui n'avait rien à voir avec l'Arménie originelle. Il se rappelait aussi que Charles Aznavour était arménien, ainsi que le compositeur Khatchatourian. C'était là la somme de sa science.

"Être Arménien comptait pour lui, bien sûr, mais d'autres valeurs lui étaient chères."

"Par exemple ?"

Il prit une longue inspiration et chercha encore Furnivall au plafond. Il songea que pendant les sept ans où Jeanine n'avait pas vu son père, beaucoup de choses avaient pu se passer. Peut-être avait-il fait une thérapie, peut-être était-il devenu un type en or. Allez savoir s'il n'avait pas commencé à lire Montaigne dans le texte.

Ou même à écrire un livre. Elle pouvait douter tant qu'elle voulait, tout était possible, ou presque. Ils avaient l'un comme l'autre une image très floue de Christopher Madigan. Andy n'avait qu'à lui en présenter un portrait plausible.

Fini de barboter. Andy enfonça la tête sous l'eau.

"Votre père, Jeanine, croyait au pouvoir de l'empathie."

"De *quoi* ?"

Son visage trahissait ses efforts pour assimiler cette révélation sidérante.

Il expira, s'accrochant au souvenir de son professeur. "'Mettez-vous à ma place, regardez avec mes yeux, sentez avec mon cœur.' C'était l'une de ses devises."

"Ah bon ?"

"Il aimait bien aussi : 'La vie n'est que fariboles et inconséquences, mais il est deux rocs absolus. Les problèmes de ton prochain, considère-les avec bienveillance, et les tiens avec un courage têtu.'"

Elle rit en secouant la tête, mais avec une pointe d'incertitude. Comme beaucoup de filles, Jeanine était au fond persuadée qu'elle comprenait son père mieux que lui-même, bien qu'elle n'ait pas vécu auprès de lui depuis sa petite enfance.

"On ne parle pas du même homme. Mon père n'avait pas de cœur."

"C'était le visage qu'il montrait en affaires, Jeanine."

Elle leva une main hésitante, puis la laissa retomber. "Vous... vous avez eu l'occasion de traiter avec lui ?"

"Pas personnellement, mais je l'ai observé avec d'autres."

"Dur. Je parie qu'il était dur comme une pierre." Elle examina ses pieds sous les bas. "En affaires, il faut trois Grecs pour négocier avec un Juif. Et trois Juifs pour un Arménien. J'ai lu ça quelque part."

"Votre père était un homme à qui on pouvait se fier, mais c'est vrai que personne n'aimait négocier avec lui. On disait de lui que s'il passait un contrat cinquante-cinquante, il partait avec le tiret."

Elle acquiesça, l'inclinaison de sa tête trahissant un certain amusement. "C'est tout lui. Mais quand même, à vous entendre, il a beaucoup changé… Le Christopher Madigan que je connaissais – que je croyais connaître – ne valait pas grand-chose."

"Ridicule ! C'est ridicule", jetant la barrette par terre. C'était imprudent de sa part, mais il avait soudain l'impression qu'il s'agissait de lui. C'était le sentiment que lui donnait Sophie. La manière dont sa sœur parlait de leur père.

"Andrew, s'il vous plaît ! Vous étiez son ami – sans doute le seul. C'est une découverte non négligeable. Je le pensais incapable d'amitié, d'amour…"

"Et vous, il ne vous aimait pas ?"

C'était une simple phrase lancée au hasard. Mais quelque chose en elle répondit à ce qu'il avait dit. Le regard de Jeanine croisa le sien, et il eut une révélation. Le sol était un radeau sur lequel ils naviguaient et c'était autour d'eux que régnait la confusion.

"Je pensais que rien chez lui ne méritait d'être sauvé…", d'une voix fracturée, le visage vulnérable, comme si le moindre contact risquait de la blesser.

Andy baissa les yeux. Pour l'instant, il s'en tirait bien malgré ses mensonges. Il posa son verre et se leva. Avant de se trahir. Avant de s'appesantir sur cette révélation. Mais il n'oublierait pas.

Elle le regarda. "Oh, ne vous inquiétez pas. Je l'ai aimé, moi aussi, je l'ai adoré – jusqu'au jour où j'ai découvert comment il avait traité ma mère. C'est ça qui a fini par la tuer. Elle ne parvenait pas à accepter la vérité."

"Peu de personnes en sont capables."

"Mais vous ? dit-elle d'un air désarmant. Vous semblez y arriver."

"Moi ? Oui, eh bien..." Il allait droit au casse-pipe. "Écoutez, je serais très heureux de bavarder avec vous de votre père, mais là, je n'ai vraiment pas le temps. Est-ce qu'on pourrait en reparler une autre fois ?"

"Quand ?"

"Je suis très pris ces jours-ci. Pourquoi pas à la fin de la semaine ?"

"D'accord." Elle semblait s'être ressaisie. Elle se pencha en avant, dégagea ses jambes repliées sous elle et tourna le buste. "Parce que j'ai quelque chose d'important à vous dire."

"Vous me direz ce que vous voulez. Et je vous parlerai de votre père et de son livre", lui assura-t-il de son air le plus cordial, tandis qu'il se levait pour aller chercher ses affaires.

"Vendredi ? proposa-t-elle en boutonnant son imperméable. Ça vous va ?"

"Vendredi, parfait. Je vous emmènerai à mon restaurant préféré."

Ils convinrent de se retrouver au Camões à dix-neuf heures trente. Il lui nota l'adresse. Il ne réfléchit pas. Ne lui demanda ni son numéro de téléphone ni un quelconque moyen de la joindre. Il fallait qu'elle sorte de son appartement. Qu'elle sorte de sa tête.

Jeanine plia le morceau de papier et enfonça les mains dans ses poches. Encore en train de réfléchir à ce qu'elle avait appris.

"Mon père était très secret. Vous m'avez rappelé à quel point je le connaissais mal."

"Ma foi, si je peux vous aider d'une manière ou d'une autre..."

"En fait, j'aimerais beaucoup lire ce qu'il a écrit."

"Vous le lirez", d'un ton léger. Il ouvrit la porte, surpris par ses propres mots. "Le manuscrit est à mon bureau."

"Vous pourrez peut-être l'apporter vendredi ?"

Ils étaient tout proches. Leurs épaules s'effleurèrent et ils eurent tous les deux un mouvement de recul.

Avant qu'Andy n'ait le temps de se réfugier derrière des faux-fuyants, Jeanine fronça les sourcils, comme si elle se souvenait soudain d'un fait important. Sa voix se durcit, son expression se tendit.

"Je ferais mieux de vous prévenir : je pense contester le testament. J'ai discuté avec mes hommes de loi cet après-midi – en fait ceux de mon père, avant qu'il les quitte pour ce Vamplew dont personne n'a jamais entendu parler." Dans son visage, ses yeux bruns brillaient d'un éclat redoublé. "D'après eux, j'ai toutes mes chances."

14.

Andy entendit le téléphone du perron. Un dernier regard à la Coccinelle qui s'éloignait. Puis il referma la porte et gravit l'escalier en trois bonds.

Il se précipita dans le salon et se jeta sur l'appareil.

"Allô ?"

Pas de réponse. Une femme chantait dans le fond "*Do you see, do you see, do you see how you hurt me, baby ?*" puis une voix qu'il connaissait depuis toujours dit : "Andy ?"

"Ah, c'est toi. Salut", et il se laissa tomber par terre.

"J'ai essayé de t'appeler toute la semaine. Maman m'a raconté pour Sophie. Je suis désolée, Andy."

"Merci", bien que sa sœur n'ait jamais caché ce qu'elle pensait de la Planche à pain, ainsi qu'elle surnommait la fiancée de son frère. Encore une qui trouvait qu'il manquait de maturité.

"À présent, tu comprends peut-être ce que j'ai ressenti quand Jeremy m'a quittée", fit-elle d'une voix meurtrie.

La relation entre Andy et sa sœur n'avait jamais évolué. Dès qu'ils étaient ensemble, ils retombaient en enfance et reprenaient le vieux scénario sur lequel ils travaillaient depuis Shaftesbury.

Elle avait attendu avec impatience qu'Andy ait quinze ans pour lui parler du dictaphone qu'elle avait trouvé cinq étés auparavant, dans le bureau de George Larkham. Ce jour-là, elle avait emporté l'appareil dans sa chambre et avait écouté, gênée et fascinée à la fois. Cela ne ressemblait pas à son père, ces paroles pleines d'amour, de tendresse, de considération. Il avait dû enregistrer ce message au cours de l'un de ses séjours à l'étranger et l'envoyer à son épouse, saisi d'un élan d'affection pour celle qui lui manquait, songea-t-elle. Jusqu'au moment où, avec une subtile altération dans la voix, il prononça le nom d'une autre femme, lui adjoignant le mot "chérie".

"Ce n'était pas Lynn non plus, j'en suis sûre. Sans doute celle d'avant."

La cassette confirmait ce que soupçonnait sa sœur et ce que leur mère s'était efforcée de leur dissimuler : leur père était un coureur de jupons. Voilà pourquoi elle avait refusé d'accompagner Andy à Grand Falls cet été-là. Lorsqu'elle put enfin lui révéler qu'elle avait simplement voulu protéger son petit frère de la vérité, George Larkham était mort et les rôles distribués. Andy la trouvait injuste avec leur père, et elle ne comprenait pas pourquoi il se vexait et s'entêtait à le défendre envers et contre tout.

Leurs échanges tournaient en rond.

Quand il était prêt à exploser, Andy laissait échapper des jets de vapeur acerbes. Sa sœur était un cas désespéré. Elle était trop grosse, trop gauche, trop morose, sujette à des accès de neurasthénie, et en plus elle se rongeait les ongles – la base de son alimentation, plaisantait-il cruellement. Qu'est-ce qui la rendait si susceptible ? Nul ne le savait. Au fil des ans, les amis d'Andy s'étaient fait d'elle une image épouvantable. Une pantouflarde qui vivait encore chez maman et préférait moisir à la campagne pour lécher ses plaies – certaines si anciennes qu'on aurait pu les dater au carbone 14, se plaignait-il. Souvent, elle allait mal au point de s'enfermer dans les toilettes pour sangloter. Et elle ne manifestait pas le moindre embarras quand Andy frappait à la porte et lui demandait ce qui se passait. Il n'y avait même pas moyen de l'emmener pêcher à la rivière sans que la sortie tourne au cauchemar.

"Je l'ai toujours vue malheureuse, aussi loin que je m'en souvienne, clamait Andy d'un ton sarcastique. Elle est sans doute née comme ça." Il la soupçonnait d'être la réincarnation d'un guerrier barbare nomade. Une grimace pareille, ça ne s'apprenait pas en une seule vie.

Quoi qu'il en soit, tout le monde en convenait : il y avait un truc qui clochait chez elle.

Elle pouvait être jolie. Elle était presque jolie. Leur mère lui serinait qu'elle serait belle, si elle cessait de s'habiller comme un canapé élimé, se maquillait et s'alimentait correctement. Une vision un brin optimiste, selon Andy : "Difficile d'être séduisante quand on essaie de ressembler au gardien d'une usine d'incinération de déchets." Au-dessus de la taille, elle était gracieuse, mais en dessous, c'était un mammouth hypertrophié de la croupe. Une tulipe dans un seau, plaisantait-il. Ou dans un des pots de peinture que leur mère utilisait pour ses plantes.

Sa sœur mettait les sentiments d'Andy à rude épreuve.

"N'allez pas croire que je ne l'aime pas. Au contraire. Mais ce n'est pas étonnant qu'elle soit toujours célibataire." Il hocha la tête d'un air entendu, tandis qu'une voix torturée à l'accent canadien chantait : "*I am on a lonely road and I am travelling, travelling, travelling.*" Parce qu'en plus, elle adorait Joni Mitchell.

Il était donc logique qu'elle n'ait pas connu beaucoup de relations amoureuses. Il y avait eu ce type atroce qu'Andy croisait parfois à Shaftesbury : un chômeur professionnel aux cheveux ébouriffés gluants de gel qui collectionnait tout ce qui touchait à la *Guerre des Étoiles*, et qui un beau jour s'était promu petit ami de sa sœur. Point final. Son expérience romantique se résumait à Jeremy P. Tanyard – ou la Créature du Marais, ainsi que l'avait surnommé Andy, qui ne le portait pas dans son cœur. Et pas uniquement à cause de sa frange grotesque. Il ne lui inspirait pas confiance. La suite des évènements devait d'ailleurs lui donner raison. Sa sœur emménagea avec la Créature dans un appartement à loyer modéré de Bell Street, dont il la chassa sans explication trois semaines plus tard.

Après cela, elle revint vivre chez leur mère. Là, elle tournaillait d'un pas saccadé et se cognait aux murs comme si elle était dirigée par une télécommande. Mais la boue qu'elle avait jetée sur Andy au fil des ans s'était craquelée et avait fini par tomber. Désormais, tout le mal qu'il lui souhaitait, c'était de rencontrer quelqu'un qui saurait apprécier ses qualités.

Diplomatique, Andy admit que oui, il comprenait mieux ce qu'elle avait souffert au moment de sa rupture avec Jeremy et regrettait de ne pas avoir manifesté plus d'empathie à l'époque. Mais il avait hâte de raccrocher.

"Merci d'avoir appelé."

15.

Andy était assis à son bureau le lendemain matin – il était arrivé le premier, à huit heures trente – quand Vamplew téléphona.

La fille de Madigan leur avait adressé une notification d'opposition.

Les regrets d'Andy étaient teintés de soulagement. En se rendant au travail, il avait réfléchi et pris une décision : peu importe ce que Jeanine comptait lui dire lors de leur prochain dîner. Il avouerait tout. Il ne connaissait pas son père. Sa présence dans la Chapelle 8 était un accident. S'il devait renoncer à sa fortune, tant pis.

Mais sa résolution s'évanouit tandis qu'il écoutait Vamplew poursuivre d'une voix égale : “En tant qu'exécuteur du testament, je leur ai écrit pour leur demander de produire un motif d'opposition recevable ou de retirer leur notification.”

Andy s'efforça de se rappeler leur précédente conversation. “Vous pensez qu'ils en ont ?”

“Peu probable. Je suppose que c'est du cinéma destiné à nous effrayer pendant qu'ils réfléchissent à l'opportunité ou non de porter l'affaire devant le tribunal. À ce propos, puis-je vous demander quelle sera votre attitude, le cas échéant ?”

“Mon attitude ?”

“Désirez-vous défendre vos droits sur l’héritage ?”

“Pourquoi ? Je ne devrais pas ?”

Vamplew rappela à Andy qu’en cas de procès, il devait rester neutre et attendre la décision de justice – sauf si les intéressés parvenaient à un accord à l’amiable.

Andy lui raconta la seconde visite de Jeanine. Il préférait qu’il sache la vérité.

Vamplew demeura silencieux un long moment. “Comptez-vous la revoir ?” demanda-t-il enfin.

“Je l’ai invitée au restaurant vendredi prochain.”

Il n’y eut pas de réponse. On n’entendait que le bruit de la circulation et, dans le couloir, Goodman qui saluait Angela. Puis cette voix formelle, froide : “Si vous souhaitez conserver vos droits sur la succession, vous ne devriez pas la revoir et tâcher de garder vos distances.”

Il ne se passa rien de neuf pendant les quelques jours suivants. Pas de coup de sonnette à minuit. Pas de courrier de Vamplew, sinon la lettre qu’il reçut le lendemain matin pour la direction de la banque. L’effet fut immédiat. Non seulement Mlle Obiora débloqua la carte de crédit d’Andy et augmenta son autorisation de découvert, ce qui lui permit de régler ses dettes et de rembourser les cent livres qu’il devait à Angela, mais elle l’encouragea à consulter un gestionnaire de fortune privé, offrit d’organiser le rendez-vous et même de l’escorter à la première entrevue, à Canary Wharf.

Vamplew lui avait également adressé une copie du préambule de Christopher Madigan. On voyait sans mal où il voulait en venir. La vie était absurde. Un jeu cruel. Quelques paragraphes suffisaient pour se faire une idée du texte :

"J'ignore qui vous êtes. Peut-être quelqu'un que je connais bien. Ou une vague relation qui se voit récompensée parce qu'elle est fidèle à une habitude, un rituel. Il se peut aussi que nous ne nous soyons jamais rencontrés. Je m'en moque. On croit connaître les gens, mais c'est une erreur…

"Quelle que soit la raison qui vous a poussé à assister à la prière finale, veuillez vous rappeler qu'un vieil homme se trompe rarement. L'argent m'a apporté l'aisance et le confort, mais aussi une forme de pauvreté. Nul ne devient soudain bon ou riche. Pas plus qu'on n'est soudain aimé. Avant, personne, hormis ma grand-mère, mes parents et la femme que je devais épouser, ne se souciait de mon bien-être. Avec la prospérité, tout a changé…

"L'argent m'a appris ceci : si vous croyez à l'amour, vous vous bercez d'une illusion qui vous tuera. Il n'y a qu'une vérité et c'est le hasard. Je dois ma fortune à la chance. Et je la distribue aujourd'hui suivant le même principe."

Andy lut et relut la lettre. Le style manquait de naturel. Il devait chercher ailleurs. Sa seule piste était l'adresse de Holland Park mentionnée dans le testament. La demeure où Maral Bernhard était autorisée à rester pendant dix-huit mois, avant qu'elle soit vendue. En dehors de Jeannine, elle était peut-être son unique chance de trouver des réponses à toutes ses questions.

Le 11 Clarendon Crescent était une grande maison blanche, dans une rue calme et bosselée de gendarmes couchés. En sortant du travail, à deux reprises, Andy poussa le portail bas en fer forgé, grimpa les marches et sonna. Mais les hautes fenêtres, quatre par étage, restèrent sombres derrière les stores et personne n'ouvrit la porte, qui ne manquait pas de distinction avec ses vitraux représentant le zodiaque.

La deuxième fois, Andy emprunta l'allée qui conduisait à l'arrière de la maison. Un grand hêtre pourpre masquait une façade crème. Le plus étonnant était la tour de briques qui se dressait dans le jardin – il n'aurait pas été surpris de voir une nuée de chauves-souris s'en échapper.

Si Maral Bernhard n'était pas là, il ignorait comment la joindre. Elle ne figurait pas dans l'annuaire et Vamplew refusait de révéler son numéro de téléphone. Il offrit de lui transmettre les coordonnées d'Andy et de lui faire savoir que le jeune homme souhaitait lui parler, mais elle ne l'appela jamais.

Toute la semaine, ces questions le tourmentèrent. Qui était Christopher Madigan ? Pourquoi est-il devenu misanthrope ? Et comment s'était-il enrichi ? Y avait-il un piège quelque part ? "J'ai quelque chose d'important à vous dire." Maral Bernhard avait déclaré la même chose à Jeanine, devant la chapelle de Richmond.

Le vendredi matin, David l'appela au bureau.

"Désolé, Andy, mais je suis dans une impasse. Christopher Madigan n'est lié à aucune société minière, ni à aucune organisation caritative et son nom n'apparaît nulle part dans les archives du journal. Et toi ?"

"Rien. Sauf qu'il a peut-être changé d'identité. Il était d'origine arménienne."

"Arménienne ?"

"Mais ça n'a aucune espèce d'importance."

Une pause. Puis : "Et qu'est-ce que tu comptes faire, ce soir ?"

"Je suis censé sortir."

"Avec qui ?"

Andy ne pouvait pas lui cacher la vérité.

"Tu ne songes pas sérieusement à revoir sa fille ?"

"Pas vraiment", admit-il. Il avait pourtant réservé une table au Camões. En réalité, il ne savait pas quoi faire. Il avait besoin de comprendre pourquoi Christopher Madigan avait agi de la sorte, même si chaque découverte risquait de lui coûter son héritage. C'était plus fort que lui. Quelque chose chez Jeanine – une énergie – avait trouvé une résonance en lui.

"Tant mieux, parce que le Camões est le dernier endroit où on te verra ce soir. Tu vas venir au Knopwood et je serai ton cerbère."

Andy sentait le souffle de David sur sa nuque lorsqu'il commanda deux pintes. Il était dix-neuf heures quinze passées. L'intensité du regard de son ami lui rappelait la fois où celui-ci couvait des yeux l'étiquette d'un pot d'Ovomaltine qui devait lui permettre de recevoir le décodeur secret de Captain Midnight. David lui fit aussitôt son rapport : "Il achetait ses chaussures chez Ducker's, à Oxford, avait un compte chez Berry Brothers à St. James's, et possédait le quart d'une jument qui un jour a été classée quatrième au Derby. En revanche, le grand magasin de pêche Farlows n'a personne dans ses fichiers répondant au nom de C. Madigan. C'était peut-être un reclus, mais il ne taquinait pas le goujon. La piste arménienne n'a rien donné non plus, même si l'absence de preuve n'est pas une preuve d'absence..."

Une fois son intérêt éveillé, David était aussi têtu qu'une mule.

Mais Andy était incapable de se concentrer. Il n'arrêtait pas de consulter sa montre. Il était bientôt dix-neuf heures trente, et il ne parvenait pas à oublier qu'il aurait dû être ailleurs. Une promesse était une promesse, quand bien même elle devait causer sa perte. Jeanine l'attendait au Camões ; elle attendait des informations sur son père ; elle attendait pour parler à Andy. Il était en retard plus souvent qu'à son tour, mais il finissait toujours par arriver. À présent, il éprouvait un désagréable sentiment de culpabilité, comme s'il avait violé une règle élémentaire.

Dans le coin, les Dry Heaves entamèrent "J'attendrai". Andy chassa Jeanine de ses pensées et but jusqu'à une heure avancée. Le lendemain matin, il ne savait pas comment il avait regagné son lit.

Lorsque Andy entendit le facteur monter les marches du perron en fredonnant, il se raidit, prêt à signer un nouveau recommandé. Rien.

Pendant tout le week-end, il eut les nerfs à vif. Il rôdait autour du téléphone, au cas où il sonnerait – et ne décrochait pas quand tel était le cas. Saisi d'effroi à l'idée que l'héritage de Christopher Madigan lui échappe. Et, en même temps, l'espérant presque.

Ce sentiment ambigu et déstabilisant ne disparaissait pas. Chaque fois que la sonnette retentissait, il se figeait, terrorisé. Même s'il avait voulu s'excuser auprès de Jeanine, il ne possédait pas son adresse. Il apaisa sa conscience en se disant qu'elle connaissait la sienne, de toute manière.

Tard un soir il entendit un bruit hésitant dehors. Le moteur d'un taxi qui cherchait un numéro. Il se leva et écarta les rideaux. Ce n'était pas elle.

Avait-il réellement commis l'impardonnable ? Était-ce pire que de brûler un feu rouge à un carrefour désert ? Est-ce qu'il était un mercenaire, un idiot ?

"Et si je concluais un accord avec elle et que je lui versais une certaine somme ?"

David n'était pas d'accord. "Ça risque seulement de lui donner des idées. Elle reviendra bardée d'avocats et empochera tout l'héritage."

Et pourquoi Andy lui ferait-il le moindre cadeau ? Dix-sept millions, c'était dix-sept millions, après tout. Un chiffre auquel il s'était habitué. Une contrepartie à ses déboires. C'était son argent, merci beaucoup.

Le mardi suivant, David l'invita à une projection de presse du dernier Altman. Il s'y rendit. Il apprécia le film. Il assista à une seconde séance. Mais quand David se mit en tête de lui arranger un ou deux rendez-vous galants, il dut feindre l'intérêt.

Une autre semaine s'écoula. Aucune contestation ne se profilait à l'horizon.

Il s'immergea dans son travail. Là, au moins, sa situation s'améliorait. Goodman avait cessé de le regarder comme s'il appartenait au passé de la maison. Idéologiquement, il était rentré dans le rang.

Au cours de la quatrième semaine, le téléphone sur son bureau sonna. Vamplew.

“Je voulais vous informer que nous avions mis en échec la notification d’opposition. La fille de M. Madigan s’est retirée. Elle n’avait pas de raison valable pour faire annuler le testament.”

Ce “nous” fit plaisir à Andy.

“Et maintenant ?”

“Maintenant, nous attendons de voir s’ils décident d’aller en justice au motif que son père n’a pas pourvu à ses besoins.”

Tandis que Vamplew s’occupait d’encaisser les assurances-vie de Christopher Madigan, pour alimenter le compte de la succession, Andy adopta un profil bas. Au bout d’un autre mois, il s’autorisa à penser qu’elle ne le contacterait peut-être plus.

Entretemps, sa vie s’était améliorée. Sa carte de crédit fonctionnait. Il pouvait ouvrir et fermer la porte de son immeuble. Il retrouvait ses amis. En mai, alors que *Le Guide de la sexualité en plein air* d’Enid Tansley atteignait des ventes records, Goodman le nomma directeur de la collection Valentino.

Les jours se traînaient. Les arbres se couvrirent de feuilles, même s’il ne semblait jamais être là à l’instant où les réverbères s’allumaient et les fleurs de cerisier s’ouvraient. Il corrigeait le nouveau Enid Tansley.

Enfin, par un matin d’août frais et ensoleillé, Vamplew l’appela. Bien que n’approuvant guère la méthode employée par Christopher Madigan pour choisir ses légataires, le juge avait statué que rien n’empêchait Andy d’hériter. Le testament était homologué. “J’ai le plaisir de vous informer qu’aucune plainte n’a été déposée. Je suis donc en mesure de procéder au partage de la succession.”

Le Testament

1.

“Je démissionne”, lâcha Andrew.

La nouvelle prit Goodman au dépourvu. Il avait reçu les chiffres du dernier Tansley. Il s’apprêtait à lui proposer de créer sa collection généraliste.

À dix heures, Andy avait nettoyé son bureau. Il alla jusqu’au bout du couloir pour saluer Angela, tout en fourrant un manuscrit dans sa sacoche.

Elle se tenait à côté de l’évier où elle procédait à son rituel matinal. Elle prit une cuillère de granulés dans une boîte sans étiquette et la versa dans sa tasse.

“Goodman va être triste.”

“Allons, il ne s’en apercevra même pas.”

Elle lui fit face. “Il n’y pas que l’argent, Andy. Il a un bon fond.”

Il n’en doutait pas – sinon, comment Angela aurait-elle pu tenir aussi longtemps chez Carpe Diem ? Mais cela ne transparaissait pas dans ses livres. Au bout de trois ans passés ici, le seul ouvrage qu’il souhaitait emporter était *À la recherche de Montaigne.*

Goodman apparut à la porte.

"Vous ne le croirez peut-être pas, Andy, mais vous allez me manquer", et il posa sa main sur son épaule, avec une maladresse paternelle.

Andy descendit l'escalier en sifflotant un calypso, plus léger qu'il ne l'avait jamais été.

"Hé, *man*, tu la sors d'où cette chanson ?"

"Tu n'étais même pas né, Errol."

Il l'étreignit et se retrouva sur Hammersmith Broadway. Rien ne vous prépare au premier jour de votre vie de millionnaire.

Avec l'assistance de Mlle Obiora, qui l'avait reclassé dans la catégorie "client à valeur nette ultra élevée" et lui avait demandé de l'appeler Ayodele, ce qui en Yoruba signifiait "la joie est entrée dans ma maison", Andy engagea le gestionnaire de fortune qu'elle lui avait présenté en mars.

Il acheta à sa sœur un cottage dans un village du nom de Sixpenny Handley et à sa mère une pépinière au sud de Shaftesbury. Ses amis n'eurent pas non plus à se plaindre de sa générosité. Un matin à son réveil, David, qui avait accepté de ne pas dévoiler son histoire dans son journal, découvrit un break Toyota noir devant sa porte, avec sur le siège passager un paquet qui contenait une canette de bière australienne vieille de trente ans et une carte : *Pour compléter ta collection.*

Il ne se refusa rien non plus.

"Vous avez quelque chose de prévu dans l'immédiat ?" lui demanda Ayodele de manière fort avenante, tandis que leur taxi s'éloignait de Canary Wharf.

“Là tout de suite ? Je vais chez Bradshaw Webb, sur le quai de Chelsea, où je dois récupérer le cabriolet CLK 63 AMG gris métallisé que j'ai commandé.”

Oui, il était un homme heureux. Ses ambitions éditoriales emportées par un raz de marée de possibilités. Il voulait tout expérimenter, il voulait tout découvrir.

Il était bien conscient qu'il obéissait à un cliché en s'offrant sa Mercedes. Mais les clichés contiennent une part de vérité et les désirs sont universels. *Tout homme aspire à posséder une belle voiture*, se disait-il. Et un nid douillet. Avec une super installation hi-fi et un home cinéma. Un lit gigantesque. Une guitare Fender Stratocaster blanche. Après s'être occupé de la famille et des amis, Andy acheta un appartement dans une cour privée, à côté de Kensington Square. Il équipa sa chambre de haut-parleurs Sensurround invisibles et d'une télévision à écran plasma haute définition. Il commanda plusieurs caisses de vin et de whisky pur malt de première qualité. Se mit aux cigares cubains. Et organisa une fête.

Il engagea le groupe de jazz du Knopwood et invita tout le monde : sa mère et sa sœur, Angela, Goodman et Errol. Il demanda à David d'amener ses copains et, par souci d'équilibre, appela l'agence de Sophie et pria Cassandra d'envoyer une troupe de mannequins célibataires.

À vingt et une heures, Andy se penchait à la tribune qui surplombait le salon. Un Partagas Lusitania qu'il venait de couper entre les lèvres. En bas, les Dry Heaves entamaient “Long Before I Knew You”. Au bord de la piste, Ivo discutait avec une fille solide aux cheveux très courts qui riait un peu trop fort. Angela dansait une gigue frénétique avec son prof de rhabdomancie, un homme furtif tout en dents qui n'arrêtait pas de cligner les yeux. David était en pleine conversation avec la mère d'Andy. En revanche, il n'apercevait sa sœur nulle part.

Il l'avait invitée, bien entendu, mais pas un seul instant il n'avait cru qu'elle viendrait. Il l'avait présentée incontinent au premier individu de sexe masculin non accompagné qui lui était tombé sous la main – Goodman en l'occurrence –, ce qui tout bien considéré n'était peut-être pas une riche idée, si l'on considérait son passif avec les femmes. Elle n'avait pas reparu depuis.

"Andy ?"

Il se tourna et devinez qui – en jean hippy-chic et fine ceinture de cuir d'autruche noir avec une boucle dorée en forme de tête de serpent ? La Planche à pain, en personne.

"Salut beau blond", comme si les six derniers mois avaient été emportés par le vent, telles des feuilles d'érable.

Il ouvrit de grands yeux.

"Sophie ! Que fais-tu là ?"

"Cassandra m'a chargée de veiller sur les filles", pressant son épaule d'un geste possessif, castrateur. Elle recula, plus belle que jamais. "Laisse-moi t'admirer." Le récemment prospère Andy surprit dans son regard une lueur qu'il n'avait jamais vue du temps où il travaillait chez Carpe Diem. "Mais tu m'as l'air en pleine forme !"

"Toi aussi."

“Je vais très bien, merci”, surtout après avoir signé un contrat avec un couturier parisien pour exhiber des ceintures semblables à celle qui lui comprimait la taille.

Il jeta un coup d'œil par-dessus son épaule.

“Et Richard ?”

Elle regarda autour d'elle. “Dis-moi, Andy, cet appart est absolument génial !”

Il éteignit son cigare et l'invita à faire le tour du propriétaire.

Il y avait des gens – que pour la plupart il n'avait jamais vus – entassés partout dans les couloirs et les chambres. Jusque dans la salle de bains carrelée de marbre.

“C'est occupé”, brama une voix qui rappela à Andy celle de Goodman. Il y eut un gloussement féminin qui ne lui était pas inconnu non plus, suivi d'un murmure qui cette fois ne pouvait appartenir qu'à son ancien patron. “Et qu'est-ce qu'il y a de mieux que ça ?”

Andy déverrouilla une porte.

“Viens, entrons ici.”

Ils se retrouvèrent dans son bureau. Sophie se débarrassa de ses chaussures et s'allongea sur une méridienne.

“Trop confortable !”

“J'espère bien, c'est un Le Corbusier.”

Peu au fait de l'art et du design, Andy avait engagé une jeune fille qui n'avait jamais terminé ses études d'architecture. India l'avait accompagné à des ventes aux enchères et lui avait indiqué quoi acheter – et même qui inviter à sa fête. C'était plus amusant qu'il ne l'aurait cru.

Sophie regardait un portrait au-dessus de la cheminée de pierre. Ses yeux s'écarquillèrent à la vue de la signature.

"Warhol… le vrai Warhol ?"

"Lui-même", s'asseyant en face d'elle dans un fauteuil Eames.

"Et le mec ? C'est Napoléon ?"

Andy mentionna le nom d'un politicien qui purgeait une peine de prison. India connaissait son épouse, laquelle souhaitait vendre le tableau afin de payer les frais de justice. "C'était une bonne affaire."

Dans la pièce principale, les Dry Heaves jouaient une version jazz de "In Dreams".

L'expression de Sophie s'était faite plus grave. Aux oubliettes son dédain pour Andy Larkham, éditeur de livres de développement personnel désargenté. "Si tu avais gagné dix cents chaque fois que j'ai pensé à toi…"

"Tu veux danser ?" Il ne semblait pas y avoir grand-chose d'autre à dire. Son propre calme le surprit.

Elle resta après le départ des invités. Ils avaient baisé tant et plus lorsqu'ils étaient ensemble, mais ce soir ils firent des étincelles.

Sauf que ce n'était pas pareil. Même si Sophie semblait avoir un autre avis sur la question.

"Tu m'as laissée partir et je suis là parce que j'ai compris que tu étais l'homme de ma vie", murmura-t-elle, un peu avant l'aube.

Elle était étendue sur le flanc. Son long corps mince étiré.

"Dans ce cas, pourquoi tu as filé avec ce banquier ?"

Sophie médita cette remarque et adopta un air tragique, comme si son esprit ne pouvait abriter une telle pensée. "Tu t'es débarrassé de moi."

“Non, je t’ai invitée à dîner parce que je voulais parler de notre lune de miel à Sintra et tu m’as quitté pour un autre homme.”

Elle secoua la tête et traça un dessin sur le ventre d’Andy avec son doigt. “Le fait est que nous sommes faits l’un pour l’autre, et c’est ainsi.”

Il réprima un ricanement.

Elle acheva son hiéroglyphe d’un point. “Andy, est-ce qu’on ne peut pas recommencer à zéro ?”

Il contempla le corps de la jeune femme, sa taille destinée à promouvoir un millier de ceintures en cuir d’autruche, et ouvrit la bouche, prêt à acquiescer, mais il s’entendit dire, comme si un autre homme allongé à côté de lui avait pris la parole à sa place : “Non, Soph’, je ne crois pas.” Il remarqua que les racines de ses cheveux étaient brunes. “En fait, j’ai rencontré quelqu’un.”

Il vit les mains qui s’étaient retirées vivement chercher de quoi se couvrir. “Comment oses-tu…” Elle prit une position pudique au bord du lit. “C’est… c’est sérieux ?” Sans plus le regarder à présent.

“Oh oui, on ne peut plus sérieux. Nous sommes fiancés. Il ne me reste qu’à acheter la bague.”

“Je la connais ?” Elle se leva et se tortilla pour enfiler son jean délavé. La boucle de sa ceinture projetait des formes menaçantes sur le mur, comme des lames de couteau.

“Ça m’étonnerait.”

“Pourquoi tu me dis ça maintenant ?”, se précipitant dans la salle de bains. Andy reconnaissait ces intonations hystériques. Il avait eu les mêmes au Camões.

“Parce qu’on ne se reverra plus.”

Il lui fallut encore quelques jours pour s'accoutumer à l'idée qu'il n'avait plus à se rendre à pied chez Carpe Diem chaque matin et à ingurgiter le café soluble d'Angela. Ni à boire une bouteille de vin australien éventé en rentrant chez lui. Ni à se raidir chaque fois qu'il apercevait une enveloppe brune. Il avait un million de livres sterling déposé dans divers comptes, dont les dividendes et les intérêts s'accumulaient jour après jour.

La peur qu'on lui retire sa nouvelle vie du jour au lendemain commença à s'estomper. Il regardait toujours derrière lui. Mais pour rien. Jeanine avait disparu. Et depuis six mois, il n'éprouvait plus de curiosité au sujet de son bienfaiteur. Jeanine avait sans doute raison. Son père était un salaud. Madigan, Maral Bernhard, Jeanine : il était bien content de ne pas avoir à penser à eux.

Pendant ce temps, sa vie s'améliorait par mille détails. Il prenait le taxi plutôt que le métro. Si quelqu'un lui conseillait un livre, il le commandait aussitôt sur Amazon, même s'il avait conservé quelques manies parcimonieuses – il refusait d'acheter certains ouvrages tant qu'ils ne sortaient pas en poche. Il avait adopté l'habitude de Goodman d'envoyer son courrier en économique. "Seuls les pauvres écrivent en prioritaire."

L'inattendu est source de plaisir. Il fit des chèques à ses amis les plus méritants, leur demandant de n'en révéler le montant "sous aucun prétexte". Il ne pouvait pas jouer les philanthropes de première division, mais cela l'excitait de faire des cadeaux anonymes à des étrangers. Un jour qu'il dînait seul à Launceston Place, il remarqua un couple d'amoureux. De temps en temps, il jetait des coups d'œil en direction de leur table. Il se reconnaissait dans le jeune homme qui commandait les plats les moins chers, mais encourageait sa compagne à prendre tout ce qui lui faisait envie. Andy était parti depuis longtemps au moment de l'addition et il dut se contenter d'imaginer l'expression du client lorsque le serveur lui annonça : "C'est réglé, monsieur, il n'y a rien à payer."

"Comment ça ?"

"Le monsieur là-bas m'a demandé de vous remettre ceci", avec un geste en direction de la chaise vide d'Andy. Et il dépliait le papier où il avait écrit : *Restez ensemble.*

Andy n'avait plus de petite amie, mais cela ne lui manquait pas. Cependant, il ne devait pas tarder à prendre conscience de la véracité du préambule de Christopher Madigan. Nul ne pouvait devenir riche trop soudainement. Rien de bien original, mais pour en prendre toute la mesure, il fallait l'avoir vécu. Et les premiers signes avertisseurs apparurent au sein de sa famille.

Sa sœur lui était reconnaissante de son aide, bien sûr, mais ses aimables reparties avaient un tranchant nouveau. "N'imagine pas que je vais te pardonner toutes les choses horribles que tu m'as dites et faites depuis des années parce que tu m'as acheté une maison." Il lui avait non seulement offert un cottage élisabéthain en brique rose avec un enclos pour un cheval, mais il avait ressuscité sa vie amoureuse en lui présentant Rian Goodman, qui dès le lendemain l'invitait à déguster un homard chez Wheeler's. Andy était certain qu'elle n'en avait jamais goûté.

Au début, il mit sur le compte de l'envie l'attitude de ceux qui ne se réjouissaient pas de sa bonne fortune et ne voyaient dans son argent que ce qui leur manquait. "Tu as eu de la chance. Pourquoi pas moi ?" Bientôt, il se sentit en butte au ressentiment et à la rage de ses proches. Il n'était plus qu'un être privilégié par le hasard. Si encore il s'était épuisé à la tâche dans la banque de Richard, on s'en serait tenu à une jalousie bougonne. Mais il s'était contenté d'arriver en retard à un enterrement qui n'était même pas le bon. Il n'aurait pourtant pas dû être surpris. Il n'aurait pas réagi différemment à leur place. Néanmoins, que des gens qu'il pensait bien au-dessus de cela puissent nourrir ce genre de rancœur le choquait. Ses relations amicales étaient rapidement devenues très compliquées.

Que faire de ceux avec qui on s'est lié au fil des ans ? C'est l'une des premières complications auxquelles on est confronté quand on se réveille riche un beau matin. D'un naturel sociable, Andy avait toujours accordé une grande importance à l'amitié. Ses anciens copains d'école étaient ses frères. Mais voilà qu'ils le décevaient. Ils semblaient incapables d'accepter sa réussite. Et Andy ne savait pas quoi faire. Ivo était trop occupé avec la fille qu'il avait rencontrée à sa fête pour lui être reconnaissant du chèque qu'il lui avait signé, tandis que David s'était contenté de lui écrire un mail minable pour le remercier de la Toyota. Montaigne avait raison. "Les bienfaits sont agréables tant qu'on croit pouvoir s'en acquitter ; mais s'ils dépassent beaucoup cette mesure, au lieu de gratitude, ils sont payés de haine."

Surtout, David se faisait de plus en plus rare. C'était un ensemble de petites choses, mais Andy nota que pas une fois il ne lui avait rendu visite pendant la rénovation de son appartement, et il était vexé. Mais après tout, pourquoi David aurait-il dû s'intéresser à ses travaux ? Parce qu'il était son meilleur ami, pardi ! Bien sûr, Andy n'en dit mot. Il connaissait déjà sa réponse : "Oh ! arrête, tu es parano." Un jour, cependant, il ne put s'empêcher de lui lancer : "Tu ne m'as pas posé la question, mais oui, je vais très bien et mon appartement est presque terminé. Puisque tu ne me le demandes pas." David le dévisagea avec cette drôle d'expression qu'il avait déjà à la maternelle de Semley. "Tu es sûr que ça va ?"

Finalement, devant l'attitude contrainte et le regard vide de David, il se dit qu'il se portait très bien sans lui. Ivo ne valait pas mieux. Il avait jeté un bref coup d'œil à la cheminée, donné à Andy un avis dont il n'avait pas besoin et décrété qu'il avait beaucoup de chance d'avoir trouvé une bonne décoratrice.

"Minute. J'ai choisi les couleurs, les tissus, la pierre. Elle ne voulait pas de calcaire d'Onondaga !" Car Andy s'était découvert plus qu'un intérêt pour la décoration – du talent. India lui avait assuré qu'il avait un excellent instinct pour les matériaux. C'était pénible de voir les gens qu'il estimait afficher à son endroit une indifférence presque hostile. On ne lui attribuait jamais le moindre mérite. Si ce n'était celui de payer au restaurant. Quand l'addition arrivait, il était celui vers qui tous les yeux se tournaient. Et il ne leur en voulait pas. Pas le moins du monde. Pas au début, en tout cas. Mais un geste de temps en temps – même à contrecœur – lui aurait fait plaisir. Quelqu'un qui ferait mine de chercher son portefeuille. Encore que, à sa décharge, David ne manquait jamais de lui envoyer un mail le lendemain.

Voilà pourquoi, songeait Andy, les riches restent entre eux. C'est un comportement tribal. Si on veut sortir avec des amis et qu'on peut s'offrir ce qu'il y a de mieux, on est plus à l'aise avec des gens qui ont des moyens similaires. Alors, peu importe qui paie : la situation finit toujours par s'équilibrer. Pas besoin non plus de cacher qu'on a claqué cinq fois son ancien salaire pour acheter la voiture de ses rêves.

Mais la richesse isolait, découvrait-il.

Peu après sa fête, Andy quitta Londres. Seule sa mère, à force d'insistance, obtint de lui un semblant d'explication au sujet de la destination et du pourquoi de ce voyage. Il souhaitait voir le château de Montaigne dans le Sud de la France et lire l'ouvrage de Furnivall. Sans lui, jamais il n'aurait touché cet argent, et il estimait qu'il était de son devoir – à présent qu'il avait tout loisir de donner au manuscrit l'attention méritée – de trouver un moyen d'honorer ce qui était un peu la dernière volonté et le testament de son professeur, avant que le temps n'efface totalement son nom.

Il eut l'impression qu'elle ne le croyait pas.

“Tu as appelé ta sœur ?”

Et quand il s'exécuta :

“Et moi ? Je compte pour du beurre ?”

“J'ai été débordé.”

“Tu es vraiment *anthropocentrique* !”

“Comment va Goodman ?”

D'une voix inhabituelle : “Il est à côté de moi. Tu veux lui parler ?”

“Goodman ?” Andy eut envie de rire, mais aucun son ne sortit de sa gorge. Il se ressaisit. “Pas maintenant. J'ai un ferry à prendre.”

2.

Les grandes vacances d'Andy devaient durer près d'un an, de septembre à août. Il se réveillait, le cœur léger à la perspective d'une nouvelle journée à n'obéir qu'à son bon plaisir. Néanmoins, il se rendait compte que la frivolité le guettait s'il ne se fixait pas des objectifs. C'est pourquoi, durant les premiers temps, il exigeait un bureau où qu'il fût. Le manuscrit sagement posé à côté de son ordinateur portable, ses crayons et son taille-crayon dans une tasse de la RAF qui appartenait à son père. Mais son unique projet – se plonger dans *À la recherche de Montaigne* – ne se concrétisa jamais. Dès qu'il s'asseyait, bien décidé à se mettre au travail, de nouvelles diversions se présentaient. Il y avait le déjeuner. Puis le dîner. Le casino. Les jolies femmes – disponibles. Et déjà il était l'heure de se coucher. Comment expliquer qu'en neuf mois, il n'ait pas dépassé la page trente-cinq ? Souvent il lisait quelques lignes et se rendait compte que ce n'était pas la première fois, ni la deuxième. Il se sentit bientôt comme l'homme qui s'échine toute la nuit à écrire une phrase qu'il raye au petit matin.

Peu après avoir quitté l'Angleterre, alors qu'il avait traversé la Manche quatre jours plus tôt, Andy se trouvait devant un hôtel de Cluny, à côté du monastère, montrant son nouvel iPhone à une jeune fille du nom de Lenka qui s'était arrêtée pour admirer sa voiture, quand l'appareil vibra.

Merci pour la fête. Alors, comment ça s'est fini avec Sophie ?

PS : À propos de ton mystérieux bienfaiteur : j'ai découvert une piste en Australie. Dans Oxford Street, la semaine dernière, je suis passé chez Ducker's et j'ai fait la connaissance de son bottier. Apparemment, Madigan avait commandé des chaussures particulières après être allé prospecter dans l'Outback australien. Est-ce qu'il a fait fortune là-bas ?

Quand David lui avait proposé de faire des recherches sur Christopher Madigan, Andy s'était senti reconnaissant. Mais voyant que Jeanine avait renoncé au procès, il lui avait demandé de laisser tomber. Mieux valait ne pas remuer le passé.

Lenka le regardait en souriant – un sourire adorable, il fallait en convenir – tandis qu'il tapait son message : *Ne t'inquiète pas, j'ai tourné la page. Combien je te dois pour le dérangement ? Envoie-moi ta facture.*

"Mon meilleur ami." Il montra à la jeune femme une photo de David chaussé de ses Crocs, qui ne lui fit ni chaud ni froid. Puis il la photographia – en gros plan – et lui montra le résultat, qui l'enchanta.

Leur liaison ne dura pas. Entre l'énergie initiale et le point d'épuisement qui scella la rupture : deux semaines. Mais son expérience avec Lenka, qui avait hissé le caprice au rang d'art, donna le ton des onze mois suivants. Il jouait le rôle de quelqu'un qui aurait dû être là à sa place. Comme David ne manquait pas de le lui rappeler à la moindre occasion.

Va te faire voir, Andy. Je ne fais pas ça pour l'argent, mais parce que tu étais un ami et que je pensais que c'était important pour toi. Le problème, c'est qu'à présent, c'est important pour moi. Je suis curieux de savoir qui était l'enfoiré qui a fait de toi un enfoiré. Amitiés, D.

Andy avait quitté l'Angleterre avec l'idée que sa vie était une toile vierge.

Il avait découvert le monde des casinos. Autrefois, avec David et Ivo, il jouait un peu au black-jack et aux dés, où les risques étaient moindres. Mais ses intérêts avaient changé depuis qu'il avait de l'argent. Il préférait la roulette, plus hasardeuse.

Il se rendit à Venise qui était bondée et dans l'Alentejo qui ne l'était pas, à La Havane (pour un congrès autour du cigare) et en Suisse (pour un rallye Bugatti). Avant, il ne laissait jamais de pourboire en voyage – et ne s'offrait pas une orange pressée chaque matin. Au Portugal, avec Sophie, il se disait tous les jours : *Est-ce que j'aurai assez ?* Désormais, il pouvait commander ce qui lui passait par la tête, n'importe quand, n'importe où – et il ne s'en privait pas.

Il n'y avait qu'avec les femmes que l'argent se révélait un obstacle, limitait la relation aux gestes et aux jeux superficiels. À force d'attendre l'amour, il avait l'impression de vouloir créer un oiseau à partir d'un abreuvoir. Il prenait du bon temps, mais rien ne durait. Et il ne rencontra personne avec qui il aurait souhaité faire un bout de chemin.

À Venise, il vit une femme seule dans un café. Son expression lui rappela quelque chose. Une impression presque oubliée, qu'il reconnaissait alors qu'elle ne correspondait à rien qu'il eût vécu. La sensation de se retrouver face à la balle qu'on a lancée au cricket. Il écarta cette pensée, mais tandis qu'il cheminait dans la rue mal éclairée qui conduisait à son hôtel, une étrange tristesse lui serra la gorge.

Régulièrement, Andy recevait des mails de David.

À Paris : *Aucun Madigan n'avait de mine australienne. On a besoin de son nom arménien.*

À Munich : *Parlé au type qui lui vendait du vin chez Berry Bros. Madigan aimait le rouge toscan & le Pétrus, & il possédait un petit vignoble près 2 Lisbonne.*

Au Casino de Campione, sur le lac Lugano : *Discuté à Epsom avec un jockey qui courait pour M. Son père adorait les chevaux : sa famille en élevait en Turquie.*

L'enquête sur Christopher Madigan avait remplacé sa collection de canettes de bière.

Aucun de ces mails ne reçut de réponse. Certes, le sujet l'intéressait au début, mais il avait tourné la page. Combien de temps David allait-il fouiller à la loupe dans le passé d'un mort ? Il devait quand même avoir mieux à faire. En tout cas, Andy oui. Il se rendait justement au casino d'un pas nonchalant.

Néanmoins, les messages continuaient d'arriver dans sa boîte aux lettres.

C. Madigan était le principal mécène de la Fondation Cigale & contribuait à diverses sociétés philanthropiques. Il y a eu également une Cheryl Madigan au conseil d'administration. La mère de Jeanine ? Je dois consulter les fichiers demain.

Jusqu'au jour où, se sentant mis à nu, un peu écœuré, il cessa de les ouvrir. Il créa un nouveau dossier : "Illisibles de David".

Il continua son errance vers le sud. De la Suisse à Vienne. Cafés, piano, desserts tièdes. Capri, Rome – une cité de statues, ainsi qu'il l'écrivit dans ses cartes à sa mère et à sa sœur. À Naples, il se laissa aller. Réchauffant ses nuits entre les bras et les cuisses de jeunes femmes dociles, dont les noms sonnaient comme des marques de vodka de contrebande.

À Sorrente, il vit quelqu'un se diriger vers lui et involontairement appela : "Jeanine ?"

Sa mère avait creusé un trou carré avant de planter sa bruyère rare : "Sinon les racines s'enroulent sur elles-mêmes au lieu de s'enfoncer." La partie émergée de sa personne lui paraissait de plus en plus lourde.

3.

La fin de l'été le vit rouler vers Florence, en compagnie d'une jeune femme prénommée Gabriella.

Leur idylle avait à peine quinze jours. "Andii", aimait-elle l'appeler. Jamais elle n'avait autant "adoré" quiconque.

On était en août, l'après-midi s'achevait. Ils filaient à cent quarante à travers le paysage toscan, et il lui expliquait en quoi cette voiture était plus perfectionnée que le modèle précédent. Mais il aperçut son visage dans le rétroviseur central. Plus que son laïus sur l'antipatinage dérivé de la formule 1, c'était le kilométrage qui la fascinait : le compteur affichait 99999 et elle n'arrêtait pas d'y jeter des coups d'œil avec une excitation enfantine, tripotant le collier qu'il lui avait offert, impatiente de voir le nombre s'arrondir.

Andy eut une sensation de déjà-vu. Est-ce qu'il n'était pas venu ici ? La mémoire lui revint soudain : il était l'homme de la publicité qu'il regardait il y avait un siècle de cela, dans l'appartement de Hortense Avenue, en plus mal rasé et en plus bronzé, les yeux implacables derrière ses lunettes de soleil.

À côté de lui, Gabriella s'agita.

"Oh, tu as vu ça ?"

Elle avait cette habitude, qui avait enchanté Andy la première semaine, de s'enthousiasmer pour le moindre détail qui attirait son regard. Quinze jours plus tôt, c'était lui l'objet de son émerveillement. Le visage figé, il se tourna vers elle et constata qu'il avait été supplanté par une église au sommet d'une colline.

Indulgent, il s'arrêta sur le bas-côté. À présent, il savait où ils étaient.

Au crépuscule, ils montèrent les marches raides et pénétrèrent dans San Miniato al Monte : sombre et fraîche, bruissante de l'écho des voix assourdies, tandis que dehors, au fond de la vallée, chantait un pinson.

À l'intérieur, le poli des marbres colorés. Et une odeur de loutre.

Il regarda autour de lui. La dernière fois qu'il s'était retrouvé dans une chapelle, c'était à Richmond. Il souleva ses lunettes de soleil d'un doigt.

Un homme costaud, la soixantaine bien sonnée, vêtu d'une veste de lin, parlait en anglais à un groupe de touristes âgés. Un visage buriné calculateur, des yeux bleu intense, des cheveux gris plaqués avec du gel. Un guide né, songea Andy.

Il suivit l'index pointé avec des yeux papillotants et il vit – haut sur un mur sombre – une silhouette peinte en robe écarlate et couronne d'or, qui tenait une lance et un lis.

L'homme poursuivit, avec un accent australien :

"L'église de San Miniato al Monte est dédiée au premier martyr chrétien de Florence…" Remarquant Andy, il sourit. Ses iris absorbaient la lumière de manière déconcertante et se paraient d'une étrange nuance.

Andy prit son récit en cours. Un jeune soldat de l'armée romaine. Devenu ermite. Arrêté sur ordre de l'empereur Dèce et jeté aux lions – qui refusent de le dévorer. Plongé dans un chaudron bouillant, pendu à une potence, lynché et décapité. Sur ce, il ramasse sa tête, la replace sur ses épaules et traverse l'Arno pour regagner sa grotte au sommet de Monte alle Croci, site de la présente église. Puis l'information qui retint son attention : "C'était un prince arménien."

Étourdi, comme s'il avait tourné sur lui-même trop vite, Andy sortit – l'obscurité complète à présent, les lumières de Florence en contrebas – et respira profondément. La mention d'un Arménien l'avait entraîné sur une autre colline. Christopher Madigan lui apparut. Quelque chose remua en lui quand il prononça silencieusement son nom ; la sensation d'avoir trop tardé. Il ne leva pas la tête tout de suite, mais lorsqu'il se décida, il découvrit une lune d'argent toute ronde qui le conforta dans son idée.

Cette idée ne s'évanouit pas pendant qu'il attendait Gabriella. Elle le rejoignit en courant et lui prit le bras – elle avait bavardé avec le guide –, puis ils descendirent les marches. La vive clarté de la lune tombait sur le col de la jeune femme.

Cette lueur médiévale dans le ciel, sous laquelle tout se découpait avec une netteté impitoyable et spectaculaire – Andy voyait très bien à présent…

Le testament de Madigan n'était pas différent des tours de bonneteau qu'on pouvait observer à la sortie de la station Ladbroke Grove. Ce qu'il avait pris d'abord pour un avantage injuste n'était qu'une astuce destinée à mieux le tromper.

Il faisait frais, soudain. Gabriella se pressa contre lui, son bavardage sifflant par-dessus les pourquoi et les si. Mais au clair de lune, une chose lui apparaissait distinctement. Le bonheur que l'on n'a pas gagné n'est pas le bonheur.

Il aurait aimé avoir sa sœur auprès de lui. Il l'entendait dire : "Quand est-ce que tu vas cesser de te conduire comme un Salaud Égoïste ?"

Ils atteignirent la route et la suivirent jusqu'à l'endroit où il s'était garé. Il tint la portière pour Gabriella et une phrase du manuscrit de Furnivall lui traversa l'esprit : "Plus pernicieux que les armes, le luxe pèse sur nous."

Gabriella remua et l'odeur du revêtement des sièges écœura Andy.

"J'ouvre le toit", dit-il.

Il ôta ses lunettes et les rangea dans la boîte à gants. Il aurait aimé demander une chose à San Miniato s'il avait pu. Pourquoi Christopher Madigan avait-il rédigé un tel testament ? La question qu'il avait arrêté de se poser, qu'il avait mise de côté, mais que David ne cessait de lui rappeler depuis un an.

Ses pensées transpercées par le cri de Gabriella.

"Oh ! on l'a raté", avec un regard déchirant vers le tableau de bord qui affichait 100001.

Derrière eux, une sirène hurla. Une ambulance les doubla à vive allure.

Andy poursuivit à la même vitesse, s'imprégnant des parfums méditerranéens. L'odeur des cyprès sur les collines, le reflet de la pleine lune sur les étangs et l'infini du ciel nocturne. Ils dépassèrent un barrage. Les phares illuminèrent une épaisse vapeur blanche qui stagnait au-dessus de l'eau et s'enroulait sur la route.

Il ralentit.

La brume les engloutit, s'éclaircit et les cerna de nouveau.

Quelque part, un cri discordant.

"Un canard ?", demanda Gabriella.

"Plutôt un faisan."

Elle écouta l'appel s'élever et retomber. "Je n'ai jamais rien entendu de pareil."

Lorsqu'ils émergèrent de la nappe de brume, il changea de vitesse et accéléra.

Peu après, ils arrivèrent dans un village. Il y avait de l'agitation sur la place principale. Un *carabiniere* en veste jaune fluorescent se tenait au bord de la route avec une lampe électrique pour dévier la circulation vers une autre rue.

En rapide succession, Andy vit une Vespa noire accidentée, la foule qui observait la scène derrière un ruban de balisage, l'ambulance garée sur le trottoir, hayon ouvert et lumières éblouissantes.

Il aperçut deux corps sur des brancards, plus jeunes et plus minces que lui, en pleine sève. Une fille et un garçon. Puis les portières se refermèrent.

Andy absorbait les ondes de chagrin irradiant de l'ambulance vers la place où se tenaient les parents, les amis, les proches, et il ne remarqua pas le policier qui lui faisait signe de s'arrêter. Un coup violent sur le capot le ramena à lui. Désorienté, il accéléra avant d'écraser la pédale du frein.

Le *carabiniere* lui intima de baisser sa vitre.

“D’où venez-vous ?” d’une voix brusque.

Un courant nauséeux, nerveux, se propagea à travers le corps d’Andy qui ne parvint pas à répondre tout de suite.

Gabriella s’en chargea, en italien. Ils étaient à San Miniato al Monte. Pour visiter. Il y avait un guide là-bas qui pourrait le confirmer. Oui, ils étaient des touristes.

Le policier l’écoutait distraitement, promenant sa lampe sur les flancs de la voiture, les pare-chocs. Comme il ne trouvait pas ce qu’il cherchait, il leur cria quelque chose.

“Il veut que tu ouvres le coffre.”

Andy descendit. La foule s’était tournée vers lui. Tandis qu’il insérait la clé, il connut la terreur de celui qui a commis un crime abominable. Il souleva le battant, s’attendant à découvrir un cadavre recroquevillé.

Le *carabiniere* toucha les valises sans les ouvrir, il enfonça la main dans le sac et feuilleta le manuscrit. Puis indiqua qu’il pouvait refermer le coffre. Gabriella les avait rejoints et il lui parlait avec colère, trop rapidement pour que le jeune homme puisse le suivre, avec des gesticulations occasionnelles en direction de la foule, une expression peinée sur le visage.

Il leur fit signe qu’ils pouvaient reprendre la route, mais Andy ne se sentait pas pardonné.

“Qu’est-ce qu’il t’a dit ?”

“Que l’autre voiture ne s’est pas arrêtée.”

Un couple âgé assis sur un banc avait tout vu. Les amoureux en scooter. Un cabriolet gris métallisé qui roulait beaucoup trop vite – plaque d’immatriculation étrangère, silhouette masculine au volant – et plus rien, disparu.

“Il les a renversés et il ne s’est pas arrêté !” Elle secoua la tête, se blottit contre lui. “Quel salopard !”

Il redémarra.

La pleine lune dans le ciel lui parut l’œil unique de Madigan.

“Ça va ? demanda-t-elle après un long moment. Tu n’as rien fait de mal, Andii.” Elle tapota son genou. “Tu es quelqu’un de bien.”

“Non. Pas tant que ça.”

“Au bout du compte, nous arrivons tous à la même auberge”, avait dit le pasteur à l’enterrement de son père. Ce soir-là, Andy et Gabriella dormirent dans une *pensione* de Ponte all’Asse. Le restaurant était fermé en raison de travaux et le gérant leur dessina un plan pour trouver un bistro sur une serviette en papier.

Andy commanda machinalement et mangea sans conviction. Les événements des trois dernières heures l’avaient secoué. D’abord un saint arménien sans tête, puis un couple de jeunes amoureux tués par un chauffard.

Le dîner achevé, il rentra à pied en compagnie de Gabriella, avec la sensation d’être surveillé. S’il s’arrêtait devant une vitrine, Jeanine se tenait là, sur le trottoir d’en face. Lorsqu’il monta l’escalier qui menait à leur chambre, elle marchait à quelques pas derrière lui, ses yeux marron imperturbables, une main par-dessus l’autre sur la poignée de son parapluie.

Il se réfugia dans la salle de bains tandis que Gabriella se déshabillait.

Dans le miroir, il se vit à travers le regard de sa compagne. Grand, anglais, proche de la trentaine, des cheveux blonds raides, un large front dégagé qui avait pris le soleil, un long nez fin et les yeux prudents de sa mère, bleu pâle, évaluateurs. Mais ce qu'il remarqua, c'était que son visage semblait interrompu, comme un livre resté trop longtemps ouvert à la même page. La figure épuisée, résignée, de quelqu'un qui n'était pas sûr de sa passion – ou qui la cachait.

De la chambre : "Andii ?"

Une image fugace lui revint : Jeanine assise en face de lui au premier étage de Hortense Avenue. Il se souvint de la brûlure, cette sensation de parenté quand il l'avait regardée dans les yeux. Est-ce qu'elle n'avait pas droit à la vérité plus que quiconque ?

Cette question le hanta alors que leurs corps fatigués s'étaient écartés depuis longtemps, troublant la paix qui aurait dû être la sienne, comme un téléphone qui sonne avec insistance et finit par se taire.

Le petit déjeuner se déroula en silence. Chaque fois qu'il regardait derrière lui ou à l'autre bout de la pièce, Jeanine l'attendait, assise, les paupières lourdes. L'odeur âcre qu'elle avait laissée agissait comme un levier élargissant une fissure. Gabriella, qui avait remarqué qu'il était particulièrement susceptible et déprimé, évitait de le déranger.

Il était assailli de souvenirs de sa vie à Londres, de son enfance. Trop abattu pour boire ou fumer, il passa la journée dans un état second, les nerfs à vif. Il alla se coucher tôt et, à son réveil, c'était fini.

Enjoué et reposé, son esprit aussi clair que celui d'un enfant de dix ans, il alluma son ordinateur portable. Un nouveau mail de David.

Pas eu de tes nouvelles depuis un bail. Ça va ? Toujours sur la piste de Madigan. Devine quoi ? Tu as dit à Jeanine que son père était un type bien – il semblerait que ce soit vrai.

PS : J'ai aperçu Sophie. Au bras du patron de Marks & Spencer. Couleur de cheveux : roux.

Andy s'apprêtait à le déplacer dans la boîte "Illisibles de David", mais il se ravisa. Pourquoi était-il fâché contre son ami ?

Il se leva et ouvrit une bouteille d'eau minérale, s'efforçant de mettre le doigt sur la source de son hostilité. Tandis qu'il buvait, il entendit David lui dire : "Tu me connais, Andy. C'est toi qui m'as fourré cette idée dans la tête, après tout."

Ce matin-là, dix-huit mois après qu'un prêtre de Richmond avait prononcé le nom de Christopher Madigan, Andy s'assit sous les néons d'un café comme tant d'autres à Ponte all'Asse et ouvrit le dossier des Illisibles.

Lorsqu'il arriva au dernier message, il dut reconnaître que David, au moins, s'était montré fidèle à lui-même. Il réalisait le travail qu'Andy aurait dû faire, et qu'il aurait fait à l'époque où il était intègre, du moins assez intègre pour être curieux.

À la lecture de ces mails – plus de soixante –, Andy eut l'impression de se retrouver. Il était temps de regagner Londres. Mais avant de se séparer de Gabriella, il lui restait une visite importante.

Après déjeuner, ils traversaient un plateau de pins rabougris, là où la Dordogne devient la Gironde, quand un bruit insistant le tira de ses pensées : son iPhone, sur lequel il avait enregistré ses photos préférées de l'année écoulée, fredonnait inlassablement les cinq premières mesures de "I'm Your Man".

"Andy ?"

"Oh, salut maman."

Il s'efforçait d'appeler sa mère une fois par semaine, le mardi en général – le jour où elle ne se rendait pas à la pépinière.

"Tu es où ?"

"Si j'en crois le GPS, à une cinquantaine de kilomètres à l'est de Bordeaux. Et toi ?"

"Je regarde le lac, en direction de Semley."

"Quoi de neuf ?"

"J'ai planté quelque chose dont tu n'as jamais entendu parler, et moi non plus jusqu'à la semaine dernière." Une plante taïwanaise nommée *Cardiandra*. Une teinte mauve hortensia, mais dont les fleurs piquées au bout de longues tiges lui rappelaient des papillons. Elle l'avait achetée dans une pépinière au sud-ouest de Paris. "Oublie Chelsea. C'est à Courson qu'il faut aller."

Sa voix était si enthousiaste qu'un élan de tendresse mêlée d'envie gonfla le cœur d'Andy. Trouver une nouvelle espèce, planter un arbre : sa mère en retirait un tel plaisir. *Melaleucas* et *banksias*, qui il y a quinze ans n'auraient peut-être pas survécu en Angleterre, s'épanouissaient chez elle grâce au réchauffement climatique. Il aurait aimé avoir une petite parcelle de sa passion.

"Et toi ? demanda-t-elle. Tu ne l'as toujours pas vue ?"

"Vu quoi ?"

"La maison de Montaigne."

"Non, mais ça ne saurait tarder : je suis à une heure du château."

"De toute manière, ce n'est pas pour ça que je t'appelle. C'est au sujet de ta sœur."

"Comment va-t-elle ? Elle n'a pas encore trouvé chaussure à son pied ?"

"Elle se marie."

Andy ferma un œil pour s'assurer qu'il ne souffrait pas d'hallucinations. "Elle se marie ?"

"Dans trois semaines."

"Arrête."

"Ce n'est pas une blague, Andy."

"Mais avec qui ?"

"Rian Goodman, bêta. Ton ancien patron. Qui veut que tu sois son témoin. Tu ne peux pas imaginer à quel point il t'est reconnaissant – à quel point ils te sont tous les deux reconnaissants."

"Pourquoi ?"

"Pour avoir joué les Cupidon."

Andy était médusé. Il ne savait s'il devait rire ou pleurer. Il avait bu deux grappas l'estomac vide, en attendant Gabriella partie rendre une robe qu'il lui avait achetée, et il ignorait si c'était l'alcool ou cette nouvelle qui lui donnait la nausée, comme s'il souffrait du mal des montagnes.

"Elle l'aime, poursuivit sa mère. Ils sont très heureux. Je te serais reconnaissante si, une fois n'est pas coutume, tu évitais de te moquer. Tu devrais te réjouir pour elle."

"Dans ce cas, je me réjouis", dit-il faiblement.

“Tu te réjouiras encore plus quand tu la verras. Elle a perdu beaucoup de poids. Vraiment.”

“Des bonnes nouvelles ?”, s’enquit Gabriella.

Andy la suivit dans une tour en pierre du treizième siècle – la seule partie du château original épargnée par le feu au dix-neuvième – et grimpa par un escalier en colimaçon au troisième étage. Un gardien les escortait d’un pas traînant pour leur montrer la pièce circulaire où Montaigne se réfugiait quand il entendait quelqu’un venir. Le sol glacé lui rappela la salle de bains de Hortense Avenue.

La plus grande pièce était la bibliothèque. Andy toucha les murs blanchis à la chaux où le philosophe entassait ses ouvrages. Il marcha sur les dalles et se pencha à l’étroite fenêtre. Il contempla la route sur laquelle Montaigne voyait arriver les visiteurs. Les collines à découvert. La forêt où il lâcha un cerf pour le roi de Navarre. “Imagine un peu, murmura Andy. Pendant plus de trois cents ans, toutes ces terres ont été anglaises.”

Il resta là un moment, à s’imprégner de l’espace où Montaigne dictait ses essais, étudiant les poutres en bois au-dessus de son bureau sur lesquelles il avait fait inscrire cinquante-quatre maximes en grec et en latin, lorsqu’il s’était retiré de la vie publique. Il en traduisit une pour Gabriella : “Je suis un homme et rien de ce qui est humain ne m’est étranger.”

“Comment tu sais ça ?”, très impressionnée. Elle lui faisait de la peine, Gabriella.

“Un de mes anciens profs a écrit un livre sur Montaigne.”

Il était arrivé au bout de quelque chose.

Ils sortirent du château et s'immobilisèrent sur l'herbe, à côté de la voiture. Ses sacs étaient faits. Il rentrait à la maison.

"Tiens, c'est pour toi."

Elle prit le chèque, un tressaillement dans ses yeux lents et sérieux, enfoncés sous l'arcade sourcilière. Ils s'écarquillèrent à la vue de la somme qui figurait dessus. Et après ? C'était l'argent de quelqu'un d'autre.

"Je te dépose à la gare de Bordeaux."

Gabriella le dévisageait.

On se trahit dans ces moments-là. Il se sentit mal lorsque leurs regards se croisèrent. Il contempla la tour circulaire, son toit rouge conique au-dessus de la tête de la jeune femme, et ajouta : "Quand on aime quelqu'un, on doit être capable de le laisser partir."

Maral

1.

Lorsque Andy monta les marches du bureau d'état civil de Chelsea, une femme séduisante se mit en travers de son chemin. Une blonde aux cheveux courts, avec une robe crème toute simple. Elle lui sourit.

"Excusez-moi, vous êtes ici pour le mariage Larkham-Goodman ?" de sa voix la plus aimable.

"Salut, grand benêt."

Il ne reconnaissait pas sa sœur dans cette jeune personne svelte qui passait ses bras autour de son cou, sentait le parfum français et le serrait contre elle. Peut-être parce qu'elle souriait.

"Quand est-ce que tu es rentré ?" tandis qu'elle couvrait ses joues de baisers. Adieu la burka de son chagrin.

"Hier soir."

"Je suis tellement heureuse que tu sois là", et elle se pencha en arrière pour mieux le regarder. Le pire, c'était qu'elle semblait sincère. "Rian était convaincu que tu arriverais en retard."

"Tu as l'air tellement..." Mais il ne trouvait pas le mot juste.

"Andy ! Il est à l'heure !"

Apparut le débonnaire Goliath de l'industrie du développement personnel, son estomac bien nourri enfermé dans un gilet de velours rouge, un sourire radieux à l'adresse de sa promise numéro trois, à qui il déclara qu'Andy était le meilleur assistant éditorial de l'histoire de Carpe Diem et qu'il n'avait qu'un reproche à lui faire : ne pas lui avoir révélé l'existence de sa sœur plus tôt.

Andy la regardait : engloutie dans l'étreinte écarlate de Rian Goodman, les yeux brillants de passion. A priori, c'était un progrès par rapport à la Créature des marais. Néanmoins, Andy ne pouvait s'empêcher de penser que, sous peu, il devrait rendre visite à sa sœur à Vancouver.

"Maman !"

Sa mère, un grand chapeau de paille sur ses cheveux permanentés, se tenait à l'écart, l'air préoccupé. Ses mains levées dans un geste de prière et ses yeux baissés rappelaient à Andy l'attitude d'un fidèle sur une carte postale qu'il lui avait envoyée de Rome. *Oh mon Dieu ! Pourvu qu'elle n'ait pas viré bigote !*

"Maman ?"

Elle ne bougeait pas, telle sainte Thérèse en extase. Puis elle claqua dans ses mains à la hauteur de son visage, les ouvrit et regarda sa paume d'un air satisfait.

"Pour attraper une mouche, il faut frapper au-dessus."

Ils quittèrent le bureau d'état civil une heure plus tard, sous un soleil éblouissant.

Tandis qu'Andy jouait les fils prodigues, son ancien patron avait découvert ce qui transformait sa sœur en dragon bileux, réussissant là où tout le monde avait échoué.

Une thyroïde paresseuse. C'était donc l'origine de tous ses maux. L'une des auteurs de Goodman était passée à *Woman's Hour* pour la promotion de *Mon corps, ma psyché et moi*, le dernier compendium sur la santé de Carpe Diem, et au milieu d'une tirade où elle expliquait que l'on oubliait souvent de chercher des causes physiologiques à la dépression, tant elle était fréquente chez la femme moderne, elle mentionna une maladie auto-immune qui portait un nom japonais. Goodman trouva le chapitre correspondant dans le livre et le montra à la sœur d'Andy, écouta ses commentaires et l'envoya faire les examens idoines. Un médecin lui dit qu'elle avait peut-être souffert depuis toujours d'une forme d'hypothyroïdie, qui expliquait son obésité, sa léthargie et son furieux besoin d'en découdre avec tous ceux qui croisaient sa route quand elle n'était pas apathique ; un autre spécialiste affirma que la maladie était plus probablement apparue au début de sa vie d'adulte. Quoi qu'il en soit, ces symptômes étaient courants chez les sujets présentant des niveaux faibles de thyroxine. Un simple déséquilibre hormonal.

Au bout d'un mois de traitement – une bête pilule quotidienne –, elle n'avait plus rien d'une baleine et son hystérie larmoyante appartenait au passé. Grâce à Goodman, elle avait rejoint la race des « anthropocentriques ». Elle se sentait normale et contente d'elle.

Cette sidérante métamorphose donnait matière à réflexion.

2.

Comme je le mentionnais dans ma précédente lettre, à mon arrivée en Cornouailles, j'avais l'intention de passer du temps au bord de la rivière, d'apprendre à fixer des mouches, de me plonger dans les ouvrages que j'aurais dû avoir lus et de relire mes auteurs préférés. Lorsqu'on a diagnostiqué la maladie, je suis revenu à Montaigne et c'était comme si les quatre cents ans qui nous séparent de lui ne s'étaient jamais écoulés. Il était assis dans la même pièce que moi, regardait la même étendue d'eau qui stimule mes réflexions. Puis une chose des plus étonnantes. J'ai senti qu'il me tirait par le bras et me conduisait à mon bureau pour que je reprenne le livre consacré à ses essais et à leur pertinence dans le monde d'aujourd'hui, un manuscrit que j'avais abandonné je ne sais combien de fois.

Il n'y a aucune raison que vous vous en souveniez et je ne voudrais pas donner à mon étude plus d'importance qu'elle n'en a, mais l'édition des Essais *dont nous disposons aujourd'hui a été revue après sa mort par sa jeune disciple et fille adoptive Marie de Gournay, qui y a apporté diverses révisions. La version à laquelle je m'intéresse est celle de 1588, annotée de la main de Montaigne, et qui a mystérieusement disparu. Elle comportait de nombreux ajouts, des opinions différentes, et tout indique qu'il avait développé certains passages, cherchant un ton plus personnel et plus sincère. Pendant un temps, j'ai été obsédé par ce qu'il avait pu insérer et retirer. Calquant ma reconstruction sur ce qu'il nommait ses "fantaisies", j'ai tenté d'imaginer les parties manquantes : ses méditations sur le mariage et l'argent, le courage et la trahison, sur sa fille qu'il n'évoque jamais, etc. Je n'avais aucun désir d'ajouter un ouvrage à la montagne de publications existantes (deux cent mille titres par an, ai-je lu ?), mais comme vous le voyez, je me suis laissé emporté par mes scribouillages.*

3.

Deux jours après la cérémonie, Andy se donnait un coup de peigne, enfilait un manteau et s'engageait dans Kensington High Street à pied. C'était la fin de l'après-midi, et sa sœur devait être en voyage de noces au Cap avec Rian – puisque Goodman insistait pour qu'il l'appelle désormais par son prénom. Après son discours au mariage, le couple lui avait offert un journal intime de chez Asprey, où il pourrait relater les cinq prochaines années de sa vie. À l'intérieur, on avait écrit d'une main ferme à l'encre noire : *Merci de nous avoir présentés – avec toute notre affection*, dédicace suivie de leurs signatures.

Mais l'idée de Rian Goodman en train de gambader avec sa dernière épouse en date parmi les pingouins de Camps Bay l'enrageait. Andy avait disposé d'une année entière pour réfléchir à sa vie et à ce qu'il en attendait. Et qu'avait-il trouvé ? Rien.

Il se dirigeait vers son rendez-vous d'humeur méditative. Le temps était venteux, mais il ne pleuvait pas ; un après-midi de septembre typiquement londonien. Le livre de Furnivall était encore tout frais dans son esprit, et Andy se demandait ce que son maître aurait dit de la métamorphose de sa sœur, lorsqu'il entendit des cris. Des adolescents accroupis autour de pots de fleurs retournés à l'entrée du métro. "Hé m'sieur ! Vous voulez deviner où se trouve le joker ?" Il accéléra, ignorant le jeu de bonneteau.

Andy avait terminé le manuscrit de son professeur la nuit précédente. Il se sentait vide maintenant qu'il était arrivé au bout. Creux et vide. Tel qu'il se présentait, *À la recherche de Montaigne* n'avait aucun sens aujourd'hui, au début du vingt et unième siècle, à Londres. Si, au lieu de les dépasser à toute allure, il s'était approché de ces adolescents pour leur demander : "Excusez-moi, puis-je vous parler de la vie et des réflexions d'un noble français mort il y a quatre cents ans ?", ils l'auraient dévisagé avec des yeux gonflés par les amphétamines que leur vendait Jerome et l'auraient estourbi avec leur pot de fleurs avant de détaler.

Montaigne avait bien raison d'écrire : "Quiconque met sa décrépitude sous presse fait des folies s'il espère en tirer des idées qui ne sentent pas le disgracié, le rêveur et l'assoupi."

Cependant, les pensées d'Andy ne cessaient de revenir à Furnivall. Il n'avait quand même pas fallu grand-chose pour que sa baleine de sœur se transforme en sirène. Et si *À la recherche de Montaigne* dissimulait le même potentiel ?

La voix de son professeur demeurait obstinément absente du manuscrit, mais ce n'était pas tout. Il manquait à ce texte quelque chose de vital – il souffrait sans doute d'un déséquilibre hormonal, lui aussi. Mais

Andy ne parvenait pas à mettre le doigt dessus, et il se creusait toujours les méninges lorsque, vers dix-huit heures trente, ses jambes, plus résolues que sa tête, le conduisirent au bout de Hobart Street, dans la salle bondée du Knopwood.

4.

“Hé, on se connaît”, lança l’homme assis dans un coin. Il posa son journal et sourit, mais son regard était circonspect. “Tu ne t’appelais pas Andy Larkham, dans le temps ?”

“David, dit-il en l’étreignant. Je suis si heureux de te voir.” Et il ne mentait pas.

“Jolie chemise, fit celui-ci, les doigts sur le col d’Andy. Coton Pima ?”

“Je ne me souviens plus”, répondit-il modestement.

Il avait peut-être changé, mais David était resté le même. La barbe poivre et sel, la chemise débraillée, les Crocs olive qu’il semblait garder aux pieds même pour dormir.

Andy paya sa tournée. Jamais la bière ne lui avait paru aussi bonne.

“Santé”, verres s’entrechoquant.

Sauf que David ne le regardait pas dans les yeux. Il contemplait son journal. “On est vraiment des salauds”, avant de le refermer. Encore un massacre en Irak. Et un autre au Congo. “Tu ne trouves pas bizarre que les mots les plus communément associés à 'humanitaire' soient 'catastrophe' et 'désastre' ?"

"Tu as reçu mes cartes postales ?"

"Oui. Oui." Mais David le regardait d'un air qui signifiait : "Tes cartes, je m'en balance comme de mes premières Crocs."

Andy prit une gorgée de cette excellente bière. "J'ai vu la Riley dehors."

"Oui, elle roule toujours."

Il ne lui demanda pas ce qui était arrivé à la Toyota.

"Julie ?"

"Elle va bien."

"Tu as de la chance de l'avoir, David."

"Alors, quelle tempête a ramené l'agneau au bercail ?"

Ils en étaient à leur quatrième pinte, quand David aborda le sujet.

"J'attends toujours ta réaction au sujet de ce que j'ai découvert sur Madigan."

"Pour être honnête, je n'y ai pas vraiment réfléchi", dit-il en se tassant sur son siège, un peu honteux.

"C'est quand même intrigant, tu ne trouves pas ?"

Andy hocha la tête. Et d'une voix plus forte : "Incroyable. L'histoire que j'ai racontée à sa fille était vraie, tout compte fait... C'était un type bien."

Il constata que David, qui gardait ses distances jusque-là, s'était rapproché, soudain attentif.

"Bien ou non, je ne sais pas si c'est la question. Ce n'est que le début."

"Le début de quoi ?"

“Est-ce qu’il était généreux, salaud, fou ? Tu ne meurs pas d’envie de le découvrir ? Si ce n’est pas le cas, tu devrais, car il s’agit de toi, après tout.”

“De moi ?”

Lorsque David ouvrit les vannes, ce fut tout grand.

“Tu n’as pas seulement hérité de la fortune de Madigan, idiot. Tu as aussi hérité de son histoire. Tant que tu refuseras de reconnaître ce qui va avec le fric, tu resteras un pauvre con. Pourquoi ? Parce qu’on n’a rien sans rien. Et maintenant, ne t’étonne pas si tu ne sais plus où tu habites.”

Andy toussa.

“Tu ne sais plus qui tu es. Je suis sérieux, Andy, dit-il, employant son prénom pour la première fois. C’est pour toi que tu dois aller au fond de l’histoire de Madigan, afin de comprendre pourquoi c’est toi, et pas un autre, qui te retrouves avec tout son argent. Et ça, tu ne le sauras pas tant que tu ne découvriras pas qui était Christopher Madigan.”

Il regarda Andy, pesant ses mots. “Tu te souviens, quand je t’ai dit que si tu étais en retard, il y avait une raison ? Tu n’as pas reçu ces dix-sept millions de livres sans contrepartie. Vois ça comme une avance pour un bouquin que tu n’as pas écrit. Ta présence à l’enterrement ? C’était simplement pour signer le contrat. Et depuis, tu as fait ce que font tous les imposteurs : tu as claqué ton avance. Mais là, il va falloir mouiller ta chemise. Bosser un peu si tu veux sortir du trou que tu as creusé.”

L’intelligence de David consistait en partie à ne pas avoir l’air intelligent. Andy s’efforçait de suivre son raisonnement, quand il ajouta : “Et c’est quelque chose que tu dois faire toi-même. Je ne peux pas être ton nègre – même si je peux t'aider un peu."

David lui dressa un rapide inventaire des informations qu'il avait réunies, aussi excité qu'un gamin qui parlait de ses cartes de foot. Il était prêt à lui faire cadeau de tout.

"J'ai la majeure partie de l'intrigue et les personnages principaux. Reste Maral Bernhard. Qui refuse de me répondre. Mais tu dois la voir. C'est la clé de l'histoire, la seule capable de lui donner un sens. En outre, il y a une petite chance qu'à toi, elle accepte de parler. Vous étiez tous les deux à l'enterrement, après tout."

La foule s'était éclaircie et le barman annonça d'une voix de stentor qu'il prenait les dernières commandes, lorsque David regarda Andy d'un air entendu. "Tu es conscient que depuis le début de la soirée il y a un nom que tu n'as pas prononcé ?"

"Hein ?"

"Tu revois Jeanine ?"

Andy vida son verre. "Qu'est-ce qui te fait penser un truc pareil ?"

"Arrête de rougir comme une paire de miches après une fessée."

"David, qu'est-ce qui te fait penser ça ?"

"Ivo a émis cette intéressante hypothèse pour expliquer ton silence. Si on reprend les choses du début..."

"Je n'ai pas revu Jeanine depuis le soir où on s'est retrouvés tous les deux dans ce bar et où tu m'as menacé de m'arracher les bras avec l'assistance des Dry Heaves si je bougeais de ma chaise." Il bouillonnait. Cette histoire lui tapait sur le système.

"Sérieux ? De toute manière, ça m'est égal."

“Bien sûr que je suis sérieux”, un peu trop vite.

”Allez messieurs, par ici la sortie.”

Indifférent à l’inexplicable changement d’humeur d’Andy, David se leva. “Je vais réunir tout ce que j’ai trouvé en rentrant. Tu habites toujours Kensington ?”

5.

Andy se rendit en voiture à Clarendon Crescent le lendemain, en fin d'après-midi. Mais quand il ouvrit le portail, tout courage le déserta. La nuit était froide, et la bâtisse blanche plongée dans l'obscurité semblait moins accueillante que lors de son précédent passage. Jusqu'à ce que les mots de sa mère lui reviennent : "Pour attraper une mouche, il faut frapper au-dessus."

Il gravit le perron et sonna.

Le vent bruissait dans les arbres. Mais rien ne bougea derrière les vitraux. Il se sentait un peu mal à l'aise.

Andy avait parlé à Vamplew, qui lui avait rappelé que Maral Bernhard et lui hériteraient de la maison à la fin du mois – date à laquelle elle était censée quitter les lieux. Même si elle se trouvait à l'intérieur ce soir, il était peu probable qu'elle réponde. Elle devait le prendre pour cet entêté de David.

Il sonna de nouveau. Un réverbère de l'autre côté de la rue éclairait une rangée de carreaux vernissés qu'il n'avait pas remarqués la dernière fois et sur lesquels était inscrit : "Villa Marash".

Andy tourna le bouton de porte. Verrouillée.

Il longea le mur du jardin. Personne ne le regardait. Il l'escalada et s'assit au sommet pour reprendre son souffle, scrutant le hêtre pourpre.

Un peu de lumière filtrait à travers les branches les plus hautes.

Il sauta du mur et atterrit sur un épais tapis herbeux. Il se dirigea vers la maison, s'attendant à chaque pas à déclencher une alarme, à voir s'éclairer les lampes de sécurité. Mais il y avait pour seul bruit le froissement du feuillage, et pour seule lumière cette fenêtre à l'étage.

Tu n'as pas seulement hérité de la fortune de Madigan, idiot. Il commençait à comprendre ce que David voulait dire. Il reconnaissait des fragments de son enfance dans l'allée qui traversait le jardin, les plantes et les fleurs en pots, la pelouse qui n'avait pas été tondue, le cadran solaire sur lequel il s'était écorché après avoir trébuché sur les racines d'un arbre. Il atteignit la porte de derrière et frappa.

Pas de réponse.

Il frissonna, frottant son coude. La nuit s'annonçait glacée.

C'était fermé à clé de ce côté aussi. Il chercha ce qu'il pourrait lancer contre la fenêtre. Seulement de l'herbe, longue et drue. Le bon sens et la peur lui soufflaient de partir, au lieu de quoi il attrapa une branche et se hissa sur le hêtre.

Il voyait Jeanine devant lui tandis qu'il grimpait. Il s'agrippa plus fort. Depuis Ponte all'Asse, il essayait de la chasser de son esprit, de lui tourner le dos, fuyant le regard de cette femme qui finissait néanmoins par conditionner le moindre de ses gestes, car tous étaient dictés par le désir de ne pas penser à elle.

Andy grimpa à la hauteur de la fenêtre et rampa sur une branche jusqu'à ce qu'il puisse voir à l'intérieur de la pièce. Il avait décidé que la maison était vide et ne s'attendait pas à cela : en dessous, une toux retentit, puis une silhouette se découpa dans la lumière.

Cette vision ! Son cœur battit plus vite. Pâle, hâve, avec un nez fin et un visage fripé qui semblait avoir passé trop de temps dans l'eau. Vêtue d'une mince robe de chambre vert paillis de pin.

Il avança encore.

Elle avait hérité de dix-sept millions de livres, mais paraissait anéantie.

“Madame Bernhard !”

Elle s'approcha de la fenêtre. Au clair de lune, il la reconnaissait : le dragon du jardin des Hespérides de Christopher Madigan.

Le cœur d'Andy battait plus vide qu'un tambour vaudou. Tenait-il vraiment à affronter cette créature dans sa tanière ?

“Maral Bernhard !”

Son visage se pressa contre la vitre. Une bouche ronde qui se faisait la moue à elle-même, et deux grands yeux écarquillés.

Que se passait-il ? Ne reconnaissait-elle pas son propre nom ? Le prenait-elle pour un écureuil ?

“Maral ! Maral !”

Elle haussa les sourcils et ils disparurent sous le filet qui couvrait ses cheveux gris épars. “Krikor...” Elle le dévisageait. “Krikor”, édentée, une expression d'angoisse indescriptible sur le visage. Andy songea que jamais il n'avait trouvé sa grand-mère aussi effrayante quand elle retirait son dentier.

“C’est moi.” Il lui adressa un signe, perché au-dessus d’elle, l’observant à travers le feuillage. “Andy Larkham. À l’enterrement.”

Maral Bernhard poussa le verrou et le fit entrer.

“Je vous ai pris pour lui”, dit-elle le souffle court. Elle regarda Andy d’un air timide et apeuré.

Elle se tourna et s’éloigna d’un pas traînant dans le couloir, ses pieds se soulevant à peine. Il suivit sa silhouette courbée et ils débouchèrent dans un vestibule spacieux, encombré d’une vingtaine de caisses en contreplaqué qui portaient des inscriptions : Livres, Papiers, Tableaux.

“Ne vous inquiétez pas, je serai partie d’ici la fin de la semaine”, dit-elle d’une voix tendue. Un frisson la parcourut. “Il fait plus chaud là-haut.”

Elle était tellement faible qu’elle devait gravir les marches une à une.

“Attendez, prenez mon bras.”

“Non, j’y arriverai toute seule”, se dégageant d’un geste brusque.

Très lentement, elle grimpa un large escalier circulaire qui se divisait en deux au second étage, puis entra dans la chambre qu’il avait vue de l’arbre. Elle tenta sans succès de fermer la porte puis se laissa tomber dans un petit fauteuil en osier. Le regard rivé au bouton de cuivre sur lequel se reflétait la lumière de l’ampoule nue au-dessus de leur tête.

Le seul autre meuble était une caisse en bois. Il la tira et s’assit en face d’elle.

Il ne s’était préoccupé que d’entrer dans la maison. Et à présent qu’il y était parvenu, il ne savait pas quoi dire.

Inutile d'être devin pour se rendre compte qu'elle n'était pas en état de discuter du père de Jeanine.

“Vous devez être triste de partir. Combien de temps avez-vous vécu ici ?”

Son visage était crevassé comme les mains de sa mère. Il éprouva le désir irrépressible de le caresser. Une fois de plus, une étrange envie de devenir son ami, alors qu'elle lui manifestait une aversion évidente.

Elle baissa les yeux. La pièce sentait les pieds et le vin rouge. “Vingt-neuf ans”, dit-elle d'une voix brisée, frottant ses chevilles fragiles comme si elle avait une crampe.

Elle était à bout de forces. Elle pouvait à peine parler. Le stress du déménagement, supposa-t-il. Devoir emballer trois décennies d'objets – pour que la propriété puisse être vendue, avec ces caisses en contreplaqué et leur contenu.

Escalader cet arbre l'avait rendu presque aussi flageolant qu'elle. Il faisait plus froid dans la maison que dehors et l'odeur d'alcool qui lui chatouillait les narines lui donnait une soif féroce.

“Vous auriez quelque chose à boire ?”

Elle offrit de se lever, mais il l'arrêta : “Dites-moi seulement où.” Elle marmonna quelque chose au sujet de la cuisine qui se trouvait à l'autre bout du couloir. Il s'y rendit et alluma. Il ne restait qu'une caisse de vin, avec cinq bouteilles en moins et une entamée, dont le bouchon flottait à l'intérieur. Un verre était retourné sur l'égouttoir d'émail. Il s'en empara. “Pétrus 1982, s'exclama-t-il en entrant dans la pièce. Vous savez ce que ça coûte ?” Ce à quoi elle répondit : “Non, j'avais faim”, alors il demanda : “Vous en voulez ?”, et comme elle secouait la tête, il se servit et s'assit pour étudier l'étiquette.

Combien de temps resta-t-il là, à déguster ce vin exceptionnel, il n'aurait pu le dire. Il avait l'impression que l'année et demie qui venait de s'écouler – depuis la première fois où il avait sonné à la villa Marash – s'était distillée dans son verre et qu'il la buvait pure.

Il regarda la pièce autour de lui. Une bibliothèque vide. Des zones plus pâles sur les murs là où on avait décroché des tableaux. Froide comme une tombe. C'était le genre d'endroit où il avait songé à habiter, autrefois. Plus maintenant. On se croyait à l'intérieur du crâne de quelqu'un d'autre.

“C'est une grande maison, pour deux personnes”, dit-il au bout d'un moment.

“Il dormait dans la tour”, se contenta-t-elle de répondre.

Le vin commençait à agir. Il se sentait généreux.

“Pourquoi ne resteriez-vous pas ici ? fit-il soudain. Je n'ai pas besoin de cet argent. Gardez la maison.”

Elle regarda entre ses jambes.

“Je n'ai pas envie de rester.”

Ses chevilles blanches qui dépassaient de sa robe de chambre lui faisaient penser aux pattes griffues et palmées de la baignoire de l'internat.

“Vous allez habiter où ?”

“J'ai des projets.”

“Oui ?”

Elle leva les yeux. Ses yeux de dragon, dérangeants. Le père d'Andy avait la même expression. Allongé sur le dos devant la maison, le reflet des fils télégraphiques dans ses pupilles. Ses doigts crispés dans la pelouse, avant qu'il parte pour de bon.

"Vous n'en savez rien, en fait, murmura Andy. Vous n'en avez pas la moindre idée."

Son fauteuil grinça lorsqu'elle s'avança. Elle balbutia des mots qu'Andy ne comprit pas, des fragments dans une autre langue.

Il tendit la main pour prendre la sienne. Glacée. "Depuis combien de temps est-ce que vous n'avez rien mangé ?"

Était-elle en train de mourir ? Les veines de ses poignets comme l'intérieur d'un vieux livre et le visage hâve de quelqu'un qui depuis des semaines ne se nourrissait que de Château Pétrus, quand bien même ce serait un 1982.

"Maral Bernhard, quand avez-vous avalé un repas autre que liquide pour la dernière fois ?"

Il constata qu'elle ne l'écoutait pas. Quelque chose dans son regard le bouleversa. Il posa son verre. "Vous vous laissez aller. Il faut que vous voyiez un médecin."

"Non, non, pas de médecin", en secouant la tête. Nerveuse, elle avait haussé la voix.

"Peut-être, mais vous avez besoin d'aide." Il avait pris une décision. "Vous devez manger, vous aérer. Si on allait à la mer ?" Il ignorait ce qui l'avait poussé à parler ainsi.

Son front se creusa d'un pli profond, assez large pour y loger un crayon. "La mer ? Je n'ai jamais été à la mer."

Andy aida Maral Bernhard à enfiler son manteau de fourrure, la fit grimper dans sa voiture et attacha la ceinture de sécurité. Elle dormit chez lui cette nuit-là. Le lendemain, il l'escorta à un café de Thackeray Street, où elle mangea un copieux petit déjeuner, engloutissant un demi-litre de jus d'orange sans un mot, avant de s'attaquer au croissant et aux deux œufs pochés.

Dans la matinée, il la ramena à Clarendon Crescent pour qu'elle prenne une valise. Qui rejoignit celle d'Andy sur la banquette arrière, avec le sac qui contenait *À la recherche de Montaigne*, ainsi que le journal intime offert par sa sœur et Rian. Une impulsion de dernière minute, au moment de charger la voiture.

Un grand camion de déménagement arriva au moment où ils repartaient. Dans le coffre d'Andy : les sept bouteilles de Pétrus 1982, plus une caisse de Sassicaia, le rouge toscan rare sur lequel il était assis la veille, et une autre de Colares portugais qu'il avait découvert dans le vestibule. Il héritait de la moitié du vin, après tout. Il ne faisait que prendre ce qui lui revenait.

Ils empruntèrent Hammersmith Grove, dépassèrent son ancien bureau et filèrent en direction de la Cornouailles. Emmitouflée dans son putois des steppes – à moins que ce fût du chameau ou du caribou : de toute manière, la couleur ne ressemblait à aucun animal connu d'Andy, elle évoquait la poussière d'une terre battue par les vents –, Maral Bernhard contemplait le paysage. Elle ne desserra pas les lèvres, même lorsqu'ils passèrent devant Stonehenge. Ses seuls mots, en arrivant à St. Buryan, cinq heures plus tard : "Vous savez que vous êtes un très, très mauvais conducteur, monsieur ?"

Il leur avait réservé des chambres dans un Bed & Breakfast. De son bow-window au premier étage, il voyait le toit d'ardoises d'une ferme à moins de huit cents mètres, de l'autre côté d'un champ labouré.

La propriétaire correspondait à l'image qu'il s'en était fait au téléphone : une ancienne bibliothécaire affairée, grande amatrice de Radio 4, les cheveux teints de la même couleur que sa marmelade au citron.

Elle les prit pour la grand-mère et le petit-fils. Il ne chercha pas à la détromper, c'était trop compliqué. Et il y avait là une certaine justesse. Tous deux étrangement, inévitablement liés par l'héritage de Christopher Madigan.

6.

23 septembre, Pension Ashfield, St. Buryan.

16 h 30. J'écris ces quelques mots pour faire passer le temps pendant que Mme Nettlefold prépare le thé. Nous n'avons pas fait grand-chose ces derniers jours. Je me suis immergé dans le Furnivall. J'ai pris des notes, tourné en rond, tenté de trouver un moyen de sauver son manuscrit. Maral Bernhard est coupée du monde, trop occupée à récupérer pour parler. En ce moment, elle est assise à côté de moi dans le jardin d'hiver : une couverture verte sur ses genoux, les bras croisés, elle contemple la haie en attendant le chariot du goûter et les galettes maison que Mme N. conserve dans une boîte métallique avec sur le couvercle un prince Charles et une Lady Di rayonnants.

Elle est toujours méfiante, tendue. Hier, Mme N. lui a demandé : "Le thé, vous l'aimez comment ?"

"Votre thé ? Il a un goût de pisse de chat", d'une voix si brusque que la boîte à biscuits a eu un sursaut de frayeur.

"Non, je voulais savoir comment vous le preniez", en versant une théière imaginaire.

Deux fois, je l'ai surprise qui me regardait en fronçant les sourcils et marmonnait dans sa barbe, comme si elle ne voyait pas vraiment qui j'étais. J'ai veillé à ne pas l'interroger. Quand j'ai abordé le sujet de Christopher Madigan, elle m'a traité de pauvre idiot avant de sombrer dans un de ses silences maussades. "Ce n'est pas la peine d'être désagréable", ai-je répondu. Je n'ai pas encore mentionné Jeanine.

24 septembre.

Aujourd'hui, le soleil est sorti. Elle a levé son visage froissé vers la lumière, et pris une longue inspiration. "Dès que le soleil brille, ça change tout", à personne en particulier.

Cet après-midi, je l'ai aidée à monter dans la voiture et nous sommes allés nous promener au-dessus de Lamorna. Elle m'a laissé lui tenir le bras et nous avons grimpé en silence. Le vent est tombé comme nous arrivions au bord de la falaise, et elle est restée là un moment, immobile, à goûter la chaleur sur sa peau, sans ce regard torve qu'elle a tout le temps. "Alors, c'est ça la mer…", et elle a fermé les yeux. Sur son visage, ce n'étaient soudain plus des rides, mais des rayons, et j'ai entrevu une femme vive, ouverte.

"Quel âge avez-vous, si ce n'est pas indiscret ?"

"J'aurai soixante-cinq ans dans trois minutes. Question suivante."

Nous avons fait demi-tour. Je me suis soudain rendu compte que c'était le paysage de Stuart Furnivall et que j'avais choisi cette région de la Cornouailles pour lui – pour me rattraper par de petits gestes. Parcourir ses falaises, respirer l'air salé, regarder les bateaux qui se dirigent vers Newlyn frapper les vagues, leurs cales poisseuses de la sole dont nous dînerons tout à l'heure.

Mme N. continue à la prendre pour ma grand-mère.

Passé la soirée seul, à batailler avec le manuscrit de Furnivall.

25 septembre.

Ce matin, j'ai laissé MB dormir dans le jardin d'hiver et, grâce aux indications de Mme N., j'ai longé une série de bâtiments de ferme jusqu'à un cottage en brique des années soixante-dix qui donne sur la mer, un peu en retrait. Mme N. connaissait Furnivall de vue et de réputation. Elle se souvient bien de cet homme aux cheveux bouclés qui parcourait les sentiers, perdu dans ses pensées, mais n'a jamais eu l'occasion de discuter avec lui. Je n'imaginais pas que j'éprouverais une telle émotion devant sa maison. Je m'imprégnais de tout ce qui m'entourait – les feuilles orange sur les arbres, un cercle de pierres dressées, le ressac de la mer contre les rochers –, quand une femme au visage dur est sortie par une porte basse et s'est redressée de toute sa hauteur, me fusillant du regard. "Si vous espérez voir Tricia, son père est tombé, et elle a dû aller chez Zenna. Mais comme vous n'aviez pas laissé de numéro, on n'a pas pu vous appeler." Je lui ai avoué que je ne venais pas pour Tricia. "Alors, qui est-ce que vous cherchez ?" a-t-elle fait d'un ton aigre. Et quand je lui ai expliqué que je connaissais quelqu'un qui vivait là avant : "Eh bien, il n'y habite plus."

Je suis remonté en voiture et je suis rentré chez Mme N., où j'ai trouvé MB dans un état de grande agitation. Elle voulait savoir où j'avais été et qui j'avais vu. Sans réfléchir, je lui ai parlé de Stuart Furnivall, de son importance pour moi et de la manière dont je l'avais trahi la seule fois où il m'avait demandé quelque chose. Comment je m'étais trahi moi-même. Ces mots ont paru la pacifier. Elle m'a regardé avec attention, hésitant entre soupçon et curiosité, puis elle a murmuré : "Alors, comme ça vous êtes vraiment Andy Larkham..." Elle l'a répété deux ou trois fois. Pour qui d'autre me prenait-elle ?

26 septembre.

MB n'est pas descendue petit déjeuner. À dix heures je suis monté et je l'ai trouvée dans sa chambre, assise devant la coiffeuse. Dessus, différents objets qu'elle avait sortis de ses bagages. Une baguette de trente centimètres, un fragment de ce qui ressemblait à une brique et une pile de photographies.

Elle a pris un petit cliché en noir et blanc, puis a reniflé.

"Il semblait si seul dans son cercueil. Il ne portait pas le lainage jaune que je lui avais tricoté. Je lui disais de le mettre quand il se levait la nuit."

Je me suis rapproché. Sur le point de le voir pour la première fois.

Un jeune garçon chevauchant une Vespa : étroit d'épaules, mince, environ dix-huit ans. Sous les sourcils noirs, le visage prudent et souriant, avec les traits épurés d'un coureur de marathon.

"Madigan ?" Mon pouls s'est accéléré.

"Probablement le plus bel homme que j'aie jamais rencontré."

Ensuite, le portrait d'un monsieur plus âgé, avec un cardigan sous son costume. Son père ?

"Avant et après."

"Après quoi ?"

"Après qu'on lui a pris Jeanine."

J'ai constaté que ses mains étaient crispées. J'étais tendu moi aussi. Je voulais qu'elle me dise tout.

"Comment ça ? Je croyais que c'était lui qui ne souhaitait plus la voir."

"Qui vous a raconté une chose pareille ?" De l'électricité dans ses yeux.

"Il paraît qu'il a fait bien pire. Qu'il a pour ainsi dire tué la mère de Jeanine. C'est ce qu'elle prétend."

"C'est faux." Elle était furieuse. "Un ramassis de sottises."

Madigan avait impressionné Vamplew et David avait découvert beaucoup d'éléments en sa faveur. Mais là, dans la chambre de MB, j'ai été saisi d'un besoin irrépressible de défendre le point de vue de Jeanine.

"À l'entendre, c'était un monstre."

"Non ! C'était un homme généreux. Un homme merveilleux."

J'ai regardé une nouvelle fois les deux photos. Il était malaisé de concilier ces portraits contrastés et le tyran décrit par Jeanine.

"Son pain manquait de sel, c'est tout, dit-elle. C'est tout."

"Qu'est-ce que vous voulez dire ?"

"Personne n'était au courant de ses bonnes actions. On vous a menti." Elle pleurait silencieusement. "C'est ma faute. Il ne faut pas écouter sa fille. C'est moi qui ai commis une erreur."

27 septembre.

Nous avons reçu du courrier de Londres pendant le petit déjeuner : il y avait deux colis de David. Je les ai ouverts sans attendre : un fatras d'articles de presse, de transcriptions d'interviews, de photocopies de correspondances, d'adresses.

Mon excitation s'est vite dissipée. C'étaient les documents dont parlait David dans ses mails, mais ils ne menaient à rien, sans contexte. Des papiers de Turquie, d'Arménie, de Syrie, d'Australie… Des notes à propos d'une conversation téléphonique avec un dénommé Henry Pyke, de Perth ("Le beau-père de Madigan", avait gribouillé David en haut de la page.) Une communication sans intérêt de Crispian Bennett ("L'avocat de Madigan à Londres, entre 1968 et 2004.") Un bref échange avec un certain M. Purves des chaussures Ducker & Son, 6 The Turl, Oxford. Un autre avec Pamela Chenevix, 9 Holland Park, au sujet d'une photo de sa fille que Madigan avait prise. Un chirurgien ophtalmologiste à la retraite de Mooloolaba qui se souvenait d'une opération pratiquée sur Chris Makertich, en 1959 ou 1960. Un rapport du gouvernement arménien à propos d'une fuite de cyanure dans la mine de cuivre Aurora. Et ainsi de suite. Des pages et des pages. Je me rappelais avoir lu certains de ces noms dans les mails de David ; d'autres ne m'évoquaient rien.

J'ai commencé à lire un article de 1962, du *West Australian*, qui relatait la découverte spectaculaire d'un gisement de fer, lorsque Mme N. est entrée dans la salle à manger, le visage inquiet : "J'ai entendu des râles cette nuit. Est-ce que c'était votre grand-mère ?"

Je suis monté et j'ai frappé. Pas de réponse. J'ai appuyé l'oreille contre la porte. Endormie.

Vers dix-sept heures, j'ai frappé de nouveau pour la trouver debout et habillée.

Elle tenait la baguette qui s'avérait être une branche séchée. Elle l'a agitée en l'air comme un magicien jetant un sort ou un prêtre avec une crosse imaginaire, puis elle l'a reposée.

“Les gens ne combattent jamais le mal, a-t-elle marmonné. Vous croyez au Diable, monsieur Larkham ?”

“Comment ça ? Rouge, avec des cornes ?”

“Non, sous apparence humaine.”

“Si on veut”, ai-je répondu prudemment. Quel genre de piège me tendait-elle ?

Elle m'a dévisagé, puis avec un sourire si petit qu'il aurait fallu une loupe pour le voir : “Et si je vous disais que j'étais persuadée que le Diable était à son enterrement ?”

J'ai mis un moment à comprendre.

“Vous m'avez pris pour le Diable ?”

“Oui.”

Tandis que je digérais cette information, elle m'a montré une autre photographie. Elle représentait Madigan jeune, environ cinq ans après le cliché sur la Vespa. Mais différent, les traits disjoints, comme si un incendie de forêt les avait ravagés. Un bandeau noir masquait son œil gauche et il était entouré d'un paysage désertique, une montagne à l'arrière-plan.

J'ai pris la photo et je l'ai examinée. “L'Australie ?”

Elle a acquiescé.

“Il était arménien, non ?”

“Oui, mais son père était turc.” Ses yeux fixaient ses mains jointes qu’elle serrait entre ses jambes. Puis elle ajouta précipitamment : “Je n’en sais pas plus sur lui, et Krikor n’était pas mieux renseigné.”

J’étudiais le visage de l’homme. “Est-ce qu’il a vécu en Turquie ?”

“Jamais.” Elle s’est penchée en avant. “Il est né en Syrie, il a grandi en Australie et possédait un passeport britannique.”

“Et un nom britannique. Pourquoi ?”

Elle n’a pas répondu.

“Il avait honte de celui qu’il avait reçu à la naissance ?”

Elle a secoué la tête. “Ce n’est pas si simple.”

“Il fuyait quelqu’un ?”

“Personne d’autre que lui-même.”

“Qu’est-ce qu’il avait fait de mal ?”

Elle m’a regardé sévèrement. “Rien du tout ! Il y a une chose que vous devez comprendre : il était arménien. On ne vous a jamais parlé des Arméniens, monsieur Larkham ? Non, il est évident que ça ne signifie rien pour vous. Pourtant, la réponse est là. Je serais bien en peine de vous faire des discours sur le bord de mer. En revanche, l’Arménie, je peux.”

Sa chaise protesta comme elle redressait le dos.

“Si je commence à parler de Krikor, je ne sais pas où je m’arrêterai.” À mesure qu’elle s’animait, ses traits paraissaient se lisser.

J’ai sorti une des bouteilles de Madigan. “Et pourquoi pas ? Commencez donc et on verra bien.”

“Mais je commence où ?”

“Où l’avez-vous rencontré ?”

Elle a porté ses mains à son visage. Secoué la tête. Gonflé les joues. “À Vienne. Je l’ai rencontré à Vienne.”

28 septembre.

Elle a dormi toute la matinée et elle est descendue déjeuner. Quelques jours à peine se sont écoulés et elle n’est déjà plus la femme abattue de la semaine dernière. Les yeux plus limpides, plus bruns. La voix plus forte, moins saccadée. Et son accent est moins marqué – ou est-ce que je m’y suis habitué ? Elle emploie un anglais précis, presque administratif, qu’elle maîtrise à la perfection, même si on a parfois l’impression qu’elle vit à une autre époque. J’ai honte de l’avoir prise pour une virago irascible. Elle est très équilibrée. Manifeste même des élans de tendresse. Il n’y a qu’avec Mme N. qu’elle refuse de baisser sa garde.

Après le déjeuner, nous nous sommes installés dans le jardin d’hiver et elle a fait la sieste jusqu’à ce que la porte s’ouvre timidement, comme si un enfant se trouvait derrière. Mme N. est entrée avec son chariot.

Mme N. : “Je vous ai préparé de délicieuses galettes toutes fraîches.”

MB, la toisant d’un air renfrogné : “Ma bonne dame, si vous saviez à quel point vos galettes m’indiffèrent”, de sa voix de prédicateur en chaire.

Aussitôt Mme N. sortie, elle s’est levée pour en prendre une qu’elle a dégustée à petites bouchées. Puis elle m’a lancé : “Débarrassez-moi de cette couverture. Je déteste sentir ça sur ma peau.”

Désireux de ne pas l'offenser, je l'ai repliée et je l'ai rangée. Elle a secoué la tête et j'ai eu peur qu'elle regrette déjà de m'avoir parlé la veille.

"Là, vous avez une...", en portant la main à mon nez.

Elle a épousseté la miette de galette et souri. Ses yeux sont devenus minuscules. Mais ce sourire qu'il fallait mériter, une fois qu'il avait desserré ses lèvres, il ne quittait plus son visage.

"Je me suis arrêtée où, hier soir ?"

Je lui ai rafraîchi la mémoire.

Sa voix crispée s'est gonflée comme une voile et elle était lancée. Elle a parlé jusqu'au dîner. Nous avons bu une demi-bouteille de Sammarco 1997 de l'autre caisse. (Mme N. a bien tenté de nous refiler un Valpolicella de son défunt époux, mais MB a refusé tout net.) "Le vin ne me fait rien inventer. Tout ce que je vous raconte est vrai", a-t-elle dit à un moment donné.

30 septembre.

Il se passe quelque chose d'étrange. J'ai abandonné le texte de Stuart Furnivall pour retranscrire ce que MB a décidé de me confier au sujet de Christopher Madigan.

1er octobre.

Ses joues ont pris des couleurs. Jusqu'à son manteau de fourrure qui est plus lisse, plus brillant. Il a quelque chose de solaire, de vivant.

2 octobre.

Aujourd'hui, pour la première fois, elle a évoqué Jeanine. Elle lui lisait des histoires quand elle était petite. Je ne sais pas pourquoi, je me voyais à l'arrière d'une grosse voiture en train de regarder le mouchoir en papier bleu dans lequel mon père avait trouvé des crocus blancs séchés et écrabouillés.

Parlé tout l'après-midi et toute la soirée.

3-14 octobre.

Idem.

Makertich

1.

Le dernier samedi de septembre, alors que la lumière commençait à baisser, Andy prit l'un des deux fauteuils jumeaux verts dans la chambre de Maral Bernhard, une bouteille ouverte de Castello dei Rampolla sur la table entre eux.

“Vous voulez savoir qui était Christopher Madigan.” Elle portait une robe d'été mauve et blanc, avec trois gros boutons à l'arrière. “Avant que j'aille plus loin, il faut que je vous parle de la personne la plus importante dans sa vie.”

“Jeanine ?”

“Monsieur Larkham, je vous en prie ! Sa grand-mère.”

Andy dut réprimer sa frustration. Il ne se souciait guère d'une vieille femme morte depuis des lustres. Mais c'était manifestement le prix à payer pour connaître la suite. Et le vin était bon.

“Elle venait d'Anatolie, d'un village arménien appelé Marash. Et comment a-t-on réagi au sort des Arméniens de Turquie à l'époque ? De la même manière qu'on accueille les malheurs des Tchétchènes ou des Rwandais aujourd'hui. Les gens n'y pensaient pas. On oublie que les Turcs ont profité de la Première Guerre mondiale pour procéder à un vaste nettoyage ethnique." Sentant la gêne de son interlocuteur, elle le regarda. "Mais peut-être savez-vous tout cela ?"

"Pas vraiment", admit Andy.

"J'ai grandi avec cette histoire, mais elle révolte ceux qui l'entendent pour la première fois. Personne ne s'y attendait. Les Arméniens, dont certains soutenaient les Jeunes Turcs, étaient des citoyens de seconde classe, mais ils occupaient des positions importantes : ils étaient médecins, professeurs, avocats, musiciens, intellectuels. Et ça a été un choc quand les Turcs sont passés à l'action, durant les quelques mois où les yeux du monde étaient tournés vers Gallipoli. Ils ont opéré avec une grande discrétion. L'existence des Arméniens gênait les Jeunes Turcs. Ils ont si bien réussi leur coup que Hitler les citait en exemple pour prouver qu'il était possible d'exterminer les Juifs chez eux : 'Qui aujourd'hui se souvient des Arméniens ?' Et nous parlons du peuple qui le premier a adopté le christianisme..."

Elle dut s'interrompre le temps de se ressaisir. "Ce récit, je l'ai entendu dans la bouche de presque tous les Arméniens que j'ai rencontrés. On a emmené les hommes pour les massacrer. Violé les femmes. On leur disait qu'on devait les transférer et on les obligeait à traverser le désert sans rien à boire ni à manger, puis on les abandonnait sous un soleil impitoyable. Quand on ne les jetait pas d'une falaise dans l'Euphrate. La plupart sont morts. Un quart de notre population. Un million et demi d'hommes, de femmes et d'enfants, monsieur Larkham."

Elle passa la langue sur ses lèvres. “C’est énorme, mais il y a aussi tout le reste. Une certaine relation au monde, des siècles de culture et d’histoire : l’Arménie est apparue sur la carte des milliers d’années avant la Turquie. Mais on n’a pas laissé aux Arméniens le temps de faire leurs bagages. Ils ne possédaient plus rien, absolument rien, hormis les sandales à leurs pieds. Comme la grand-mère de l’homme que vous appelez Christopher Madigan, ils n’avaient que des histoires et des souvenirs.”

Sa famille vivait sur la même montagne depuis quatre cents ans. Mais au cours de l’hiver 1915, les Turcs chassèrent les siens à travers le désert syrien, et elle s’installa à Alep, où Madigan devait naître, vingt-trois ans plus tard.

“Quand deux Arméniens se rencontrent, ils se demandent d’où ils sont. J’étais imirtsi : d’Izmir. Il était halebtsi : il venait d’Alep.”

En ce temps-là, il ne s’appelait pas Christopher Madigan, mais Krikor Makertich.

Il était très proche de sa grand-mère. “Il pouvait lui raconter ses rêves, ce qui l’effrayait.” Tout ce qu’il ne pouvait pas dire à ses parents, trop occupés. Sa mère chez le tailleur où elle travaillait, son père à l’usine où il était soudeur, “quand il n’était pas à la table de jeu”.

Enfant, Makertich s’amusait avec les mégots de sa grand-mère. Il l’écoutait chanter la liturgie en lavant la vaisselle. *Der voghormia – le Miserere.* Il se cachait dans son armoire.

“Ses quelques beaux habits, elle les gardait emballés : un chapeau de rechange, un pull. Elle en prenait grand soin, comme si elle se tenait prête à s'enfuir du jour au lendemain."

Jamais il n'était aussi heureux que lorsqu'il s'asseyait sur l'accoudoir de son fauteuil protégé d'un napperon, pour l'entendre évoquer la vie qu'elle menait au même âge que lui. La brume, les abricotiers, les chèvres qui mordillaient l'écorce et, dans le sable autour du lac, les œufs de tortue qu'elle utilisait afin de lustrer ses cheveux. C'était une femme émancipée qui avait étudié à Paris et parlait à Krikor comme à un adulte. Déjà, avant qu'il soit assez grand pour comprendre, elle s'installait avec lui dans le salon bas, et, tandis qu'une Gitane formait un lent ver de cendres entre ses longs doigts, de sa voix rocailleuse qui abhorrait la malhonnêteté, elle lui lisait des passages de ses auteurs préférés – Dumas, Shakespeare, Hugo –, si bien qu'il avait fini par associer la lecture à la puanteur du tabac.

"Sa famille finançait l'Empire ottoman." Autrefois, ses ancêtres étaient maçons et laboureurs. Ils avaient le chic pour mieux gagner leur vie que leurs voisins turcs. Largement inférieurs en nombre, ils devaient s'adapter, négocier, accepter des compromis. Baisser la tête, ne pas faire de vagues, garder de bons rapports avec les autres. "Car ils étaient tous des gens du Livre."

Elle estimait qu'il était de son devoir de lui enseigner l'alphabet créé par saint Mesrob au cinquième siècle pour traduire les Évangiles.

Bien que croyante, la grand-mère de Makertich n'avait pas perdu son esprit bohème, souvenir de l'époque où elle étudiait Rive Gauche, à Paris. Elle pouvait se promener dans la maison en combinaison sans penser à mal et elle avait son franc-parler. Elle réprimandait constamment la mère de Krikor : "Qu'est-ce que vous avez dans ces mamelles ? De l'eau ?" Et son père : "Non, je te prêterai plus un sou !"

C'était seulement au repos que les muscles et les nerfs autour de ses yeux trahissaient la bataille de chaque instant qu'elle se livrait pour ne pas raconter certaines scènes. Et en premier lieu le meurtre de son mari.

Au cours de l'hiver 1915, un "bataillon de bouchers" composé de détenus libérés dans ce but débarqua chez eux. Nazareth Makertich fut séparé de celle qu'il avait épousée à peine deux mois plus tôt et emmené derrière les écuries, avec tous les hommes valides du domaine. Cette femme, qui n'était pas encore enceinte du père de Krikor, se rappellerait jusqu'à son dernier souffle le bruit étouffé des coups de bâton – "les Turcs ne voulaient pas gaspiller de munitions" – et plus tard, le corps ensanglanté de Nazareth tordu sur le sol, les bras en croix, les baïonnettes plantées dans la neige à travers ses paumes.

Elle ne se remaria jamais.

"Elle était comme moi : une Arménienne, élevée pour être fidèle à la même personne toute sa vie. Krikor était pareil. Des gens qui ne connaissaient ni le mensonge ni la vengeance."

L'enfant interrogea une fois sa grand-mère au sujet de la traversée du désert syrien. Il se souvenait qu'elle s'était tassée, il revoyait la manière dont elle l'avait pris par les épaules. Son visage parcheminé était une page de bible tendue sur des os. "Krikor, regarde-moi dans les yeux", et quand il obéit : "Tu ne peux pas savoir à quel point je brûle de décrire ce que j'ai subi. Mais lorsqu'il ne reste aucune preuve, aucun témoin, on ne peut pas dire ce qui était. C'est impossible." Elle n'avait raconté à personne, ou presque. Plus simple d'éliminer certains souvenirs que d'entrer dans le jeu dément des vérifications.

"C'est très courant, poursuivit Maral. Les gens sont incapables d'en parler. Ils voudraient faire comme si on n'avait jamais frappé à la porte. Ma propre grand-mère s'est enfuie d'Izmir avec ma mère. Son mari a été emmené. Des soldats ont frappé chez nous, mais je n'ai jamais vraiment su ce qui s'était passé après."

À son petit-fils et à lui seul, elle finit par raconter les évènements de 1915, alors qu'elle était déjà atteinte de la maladie qui devait l'emporter.

"Elle avait toujours refusé d'être une 'femme larmoyante en deuil perpétuel'. Cependant, elle voulait parler. Elle se sentait coupable de ne pas s'être battue, d'avoir laissé faire. Mais elle avait aussi la volonté farouche de transmettre son histoire. Toute sa vie, elle avait espéré une chose : que les Turcs s'excusent et admettent leur responsabilité."

Ce jour-là, elle évoqua certaines images au fil de sa confession décousue : le miroir dans le panier où mangeait son âne qui reflétait une file d'hommes et de femmes sales, dépenaillés, trébuchant derrière elle en direction de l'horizon impitoyable ; les semelles de ses sandales poisseuses de sang ; la flaque où elle avait essayé de boire, avant que le *zaptieh* turc la pousse et qu'elle se retrouve étalée par terre ; son regard qui de son visage était descendu vers ses seins libres sous son corsage, tandis qu'il avançait avec une expression figée vers l'endroit où elle gisait dans la boue.

"Lorsqu'elle a découvert qu'elle était enceinte – elle était persuadée que ses règles, comme celles des femmes autour d'elle, avaient cessé en raison du traumatisme –, elle a tout de suite pensé à l'avortement, mais son frère ne voulait rien entendre."

Ce n'était certainement pas par hasard qu'elle choisit de confier ses deux reliques à son petit-fils plutôt qu'à son fils : un morceau de pain dur comme une balle de plomb, fait de terre, de fumier et d'herbe, et le bracelet d'argent du monastère de Varak qu'elle avait reçu à son baptême et cousu dans le panier de l'âne.

"Je vous fais un cours d'histoire, parce qu'il faut comprendre l'origine pour connaître l'homme", dit Maral.

2.

Au début, Andy se contentait d'écouter.

Quand la radio était allumée au rez-de-chaussée, des bribes de musique ou de conversations s'insinuaient dans les interstices du récit ; parfois, Maral Bernhard levait la main avec animation, et une ombre – celle d'un homme, pensait Andy – s'étirait sur la table.

Puis, après lui avoir souhaité bonne nuit, il regagnait rapidement sa chambre et noircissait les pages du cahier dans lequel il avait noté des idées pour la révision d'*À la recherche de Montaigne*.

Maral Bernhard avait vécu auprès de Christopher Madigan pendant vingt-neuf ans. Elle connaissait sa vie par cœur. À présent qu'elle avait pris la décision de se livrer, la pression croissante des souvenirs la forçait à parler sans reprendre haleine, ou presque.

Mais, à la grande frustration d'Andy, l'homme qui se matérialisait devant lui quand elle racontait son histoire s'évanouissait à peine l'avait-il quittée. Lorsqu'il essayait de consigner ses paroles de mémoire, même si très peu de temps s'était écoulé, il avait l'impression de vouloir recopier un numéro de téléphone d'une importance capitale avec un stylo qui ne marchait pas. Il lui manquait trop de détails, de phrases, de nuances. Il ne faisait qu'égratigner la surface de Madigan.

Le quatrième soir, saisi d'impatience, il retranscrivit le discours de Maral sous ses yeux.

"Attendez, monsieur Larkham, qu'écrivez-vous ?"

"Ce que vous venez de dire."

Elle tressaillit et il remplit son verre.

"Continuez", le stylo en l'air.

Bien plus tard, une citation de Montaigne lui revint : "Le parler franc ouvre un autre parler et tire au-dehors, comme font le vin et l'amour."

Quand elle reprit, Andy constata qu'il parvenait désormais à visualiser Makertich.

3.

La Seconde Guerre mondiale était achevée depuis quatre ans lorsque sa grand-mère mourut. Makertich avait onze ans.

Il sentit quelque chose se fermer dans sa gorge. Il n'éprouvait presque plus rien. Mais cette disparition s'avéra moins traumatique pour ses parents : ils pouvaient enfin être comme tout le monde. Ils décidèrent de quitter Alep.

L'Angleterre, leur premier choix, les ayant refusés, au printemps suivant ils embarquèrent à bord d'un ancien cargo réfrigéré qui les conduisit en Australie-Occidentale, où ils trouvèrent à se loger dans un quartier de jardins maraîchers de Perth. À l'arrière de la maisonnette en bois de Furneaux Park passait un ruisseau qui se jetait un peu plus loin dans une rivière, et ils pouvaient mettre quatre poneys dans la cour. C'était le dernier vestige de leur fierté d'antan, mais Nazareth, le père de Krikor, s'y accrochait. Sur les collines herbeuses du domaine familial, en Anatolie, ses ancêtres avaient longtemps élevé les chevaux tant prisés des Perses.

En été, il faisait plus chaud à Perth qu'à Alep. On avait l'impression que la moindre étincelle pouvait déclencher un incendie. Son père traversait la cour sur la pointe des pieds, comme si sa vie était un escalier vermoulu qui menaçait de céder à chaque pas.

Krikor était jeune, il apprit donc l'anglais beaucoup plus rapidement que ses parents. Après trois ans à l'école du quartier, il fut accepté à Perth Modern, le lycée qui se trouvait en face de l'hôpital où sa mère faisait le ménage. Une petite tête brune dans une marée blonde.

En fin de journée, il regardait ses camarades grimper à bord de l'Holden familiale ou du bus qui partait dans l'autre direction, et marchait pendant une heure (ils n'avaient pas les moyens d'acheter une bicyclette) : Roberts Road, puis Hay Street, une rue interminable, jusqu'aux bicoques des années 1890 où vivaient les grands-parents de ses condisciples avant que la chance ne frappe à leur porte.

“Ici, n'importe qui peut trouver une mine d'or, pour peu de savoir chercher. C'est la magie de Perth”, affirmait Mlle Stapenell, son professeur d'anglais.

Si le père de Krikor ne découvrit jamais d'or, vers la fin de leur deuxième année en Australie, il tomba sur un filon qui valait son pesant de cacahuètes. Une fois par semaine, après l'école, le garçon l'accompagnait au fond d'une ruelle, jusqu'à une cave qui ressemblait à l'entrée d'une grotte sombre et chaude, d'où s'échappait l'odeur des arachides, expédiées de Kingaroy dans des sacs en toile de jute, qui blondissaient dans un four en sous-sol. Ils transportaient les balles à l'aide d'une charrette et les ouvraient sur la véranda, à l'arrière de la maison, pour en transvaser le contenu avec des chopes à bière. Son père, cigarette roulée aux lèvres – "du Champion Ruby, prétrituré, coupe fine", ainsi qu'il le faisait répéter à son fils quand il l'envoyait à l'épicerie générale de Mme Gover –, prenait le plus grand verre, Krikor le petit, et ils versaient les cacahuètes salées ou grillées dans des pochettes en papier blanc. Ils trouvaient bientôt leur rythme. Assis côte à côte, ils remplissaient les sachets qu'ils fermaient en rabattant les coins, avant de les ranger dans une corbeille d'osier. Puis son père se rendait au pub du bout de la rue, où le patron l'autorisait à circuler parmi les clients, son panier sous le bras, pour vendre les cacahuètes grillées de l'oncle Dick : "Deux shillings le paquet normal, un shilling pour les tailles de guêpe."

L'oncle Dick, puisqu'il se présentait ainsi, ne tarda pas à faire la tournée de tous les bars et d'un motel du quartier. Mais presque tout l'argent gagné passait dans les chevaux – pas les poneys derrière la maison, ceux de l'hippodrome de Belmont Park.

"C'était sans nul doute un homme intelligent, mais une part de lui refusait l'Australie", expliqua Maral. Il était sociable, mais chez lui il s'apitoyait sur son sort et ne parlait que pour raviver les souvenirs de sa mère au sujet du domaine dont s'étaient emparés les Turcs, la résidence secondaire d'Héliopolis, la voiture, une Vauxhall Prince Henry – toutes choses qu'il n'avait jamais vues, ainsi que son épouse (qui était également une cousine éloignée) ne manquait pas de le lui rappeler :

"Arrête avec ça, maintenant. Tu es en Australie, dans une maison infestée de termites qui sent le gaz. Et tu vends des cacahuètes."

Maral comprenait très bien ce que cette femme endurait : "Mon père n'était pas différent. Tout ce fiel – il devait rester secret, comme si admettre un ressentiment aussi tenace, c'était reconnaître que les Arméniens étaient des victimes absolues. Il souffrait d'un cancer invisible, mais impitoyable."

Lasse de récurer des toilettes pour financer les paris de son mari, la mère de Makertich ouvrit un étal de légumes le week-end. Ils venaient de chez Lenny Sing, un Chinois de la rue qui possédait un lopin de terre. Elle mettait l'argent dans un bidon de kérosène coupé avec une poignée en fil de fer, et elle avait glissé un lit pliant sous le comptoir, où son fils pouvait s'allonger et lire parmi les oignons.

"Il disait que la simple odeur des oignons nouveaux le ramenait immédiatement sous cet étal."

Makertich se plaisait à Perth Modern. C'était un athlète au corps vif et nerveux, doté d'un charisme inné. Il avait également le charme de l'exilé, originaire d'un pays qui n'existait pas. Un visage ouvert intense, des sourcils et des cils très bruns, des yeux attentifs qui vous regardaient un peu de biais et invitaient aux épanchements, que l'on soit élève ou professeur. Lui se dévoilait peu.

Son teint olivâtre n'attirait guère de questions : il se faisait appeler Chris et la plupart des gens le croyaient italien. À cause de son histoire, il avait intégré qu'il valait mieux ne rien divulguer sur ses origines. Taire les baïonnettes plantées dans les congères.

Au cours de sa dernière année au lycée, il tomba amoureux d'une de ses camarades, Cheryl Pyke. Une torsade de cheveux blond pâle jusqu'aux épaules, grande, souple, le rire paresseux. Ils se lièrent le jour où l'on posa à la jeune fille une question particulièrement difficile en cours de mathématiques. Son visage se crispa, tandis que le professeur se tournait vers le tableau, craie à la main, prêt à écrire la réponse. Agitée, inquiète, elle resta muette. Jusqu'à ce que Chris Makertich, séparé d'elle par un seul bureau, griffonne la solution et la lui fasse passer.

Il ne tarda pas à aider Cheryl à faire ses devoirs de maths et de sciences ; il corrigeait ses dissertations – son orthographe ne valait guère mieux que son algèbre – et il lui fit découvrir ses auteurs préférés. Il n'y avait qu'en cours de dessin qu'elle se débrouillait sans assistance.

Peu après l'incident, elle l'invita chez elle à l'occasion d'un barbecue. Son père rentrait en avion de Marble Bar – où il dirigeait l'exploitation d'une mine d'or qui venait de rouvrir – pour faire son rapport annuel au siège, à Perth. Elle avait hâte qu'il rencontre son nouvel ami.

Cheryl avait décrit Chris à sa mère en termes assez vagues, aussi Drusilla Pyke le salua-t-elle avec circonspection lorsqu'il lui fut présenté dans le jardin typiquement anglais qui faisait sa fierté. En revanche, Henry s'enticha immédiatement de lui. Et contrebalança l'attitude de sa femme qui voyait d'un mauvais œil l'intrusion de cet adolescent aux traits méditerranéens et au sourire de star.

À Noël, l'homme proposa à Chris un emploi de vacances à la mine à ciel ouvert de Marble Bar. Bien qu'âgé de dix-sept ans, il se vit confier des tâches d'adulte : faire des prélèvements dans les cuves, mesurer le pH des solutions, conduire des poids lourds.

Pendant six semaines, il travailla huit heures d'affilée. Couvert de poussière rouge, il ne connaissait plus le blanc – le blanc avait carrément cessé d'exister. De fines particules tomberaient encore de ses livres et de ses enveloppes des années plus tard, comme pour lui rappeler les jours à la mine. "Quand j'ai terminé ma journée, je me douche, je mange, je bois, je joue au billard, je dors, je secoue ma gueule de bois, je me lève et je recommence, écrivait-il à Cheryl. Et jamais je ne cesse de penser à toi."

La plupart de ses week-ends, il les passait avec le père de son amie.

Des années plus tard, Pyke ressusciterait cette époque d'une voix lente, depuis son yacht à Freemantle :

"Je lui ai appris les rudiments de la géologie et la lithologie. C'est moi qui lui ai expliqué comment déposer une demande de concession pour empêcher un prospecteur ou une société minière indélicats de s'approprier le gisement à cause d'une erreur de procédure. Il me doit beaucoup. Sans moi, il serait resté d'une ignorance crasse."

Un après-midi, ils escaladèrent une pente abrupte et se retrouvèrent devant un arbre rabougri au sommet aplati.

"Un arbre à fer." Les doigts de Pyke suivirent les racines jusqu'à l'endroit où elles se tordaient pour s'enfoncer dans un bloc d'hématite de qualité inférieure. Il en détacha un fragment et l'inspecta. "Si tu étais prospecteur et que tu voyais un de ces arbres, tu irais creuser au nord." Et presque aussitôt : "Sauf que si tu étais prospecteur, tu ne chercherais pas de fer."

"Pourquoi ?"

Il lui expliqua qu'en 1938, le gouvernement fédéral avait interdit l'exportation du minerai. "Le jour où l'embargo sera levé, tu peux prendre un piolet et revenir ici. En attendant, il n'a aucune valeur."

Pyke était obnubilé par le métal jaune. Bien qu'on ait passé au crible toutes les terres aurifères du continent, il continuait d'ignorer le fer sous son nez.

Il lança les débris d'hématite vers l'horizon. "Le vieux Ziegler dit que c'est le plus ancien pays du monde", citant son géologue.

"Qui a le droit de prospecter ici ?" s'enquit Makertich avec un regard curieux pour le paysage qui l'entourait.

"À partir du moment où tu as les papiers adéquats ? Tom, Dick, Harriet, toi, moi : n'importe qui..." Les Aborigènes n'existaient pas à ses yeux.

Makertich plaça sa main en visière sur son front. Un orage somptueux se déchaînait à l'horizon, sur leur gauche. "On a délivré beaucoup de titres de propriété dans le coin ?"

"Ici ?" Pyke plissa les paupières, embrassant du regard l'étendue rouge aussi ravinée que son visage. "Un peu, autour de la mine, mais dès qu'on s'éloigne, ces foutus rochers n'appartiennent à personne."

"On peut s'adjuger quelle surface ?" Il se souvenait d'Alep. L'importance du fer, là-bas. Son père qui soudait des chutes de métal. C'était en Syrie qu'était apparue la ferronnerie, s'il avait bonne mémoire.

"Tu peux planter tes piquets où ça te chante." Pyke frotta sa main contre son pantalon. "Le plus dur, c'est de trouver autre chose que de la terre et des caillasses."

Il redescendait déjà en direction de la Land Rover, mais Makertich s'attarda un instant pour contempler les éclairs bleu électrique au-dessus du sol rouge. Comme la pointe des flammes sur laquelle son père se concentrait du temps où il soudait.

Pendant l'année scolaire, Pyke employait le jeune garçon à tondre la pelouse de sa maison au bord de l'eau, à Perth, et l'été il le chargeait de conduire un des camions qui transportaient le minerai à l'usine de traitement de Marble Bar. Makertich était apprécié des autres chauffeurs : "Les Arméniens sont doués pour la mécanique." Il n'avait pourtant révélé à personne ses origines. Sauf à Cheryl.

Elle n'était pas particulièrement belle : elle avait le nez de son père, la mâchoire dure et la bouche trop grande de sa mère – mais il la trouvait irrésistible dans son chemisier impeccable imprimé d'hippocampes jaunes.

Après avoir dansé toute la nuit avec elle au bal du Nouvel An – c'était la première fois qu'il faisait une chose pareille –, ils s'étaient retrouvés tous les deux à la plage de Cottlesloe. Il lui avait raconté sa grand-mère et la maison d'enfance à Alep, mais il avait omis les détails du voyage jusqu'en Australie, le camp d'internement de Hay Street, le métier de ses parents. Cheryl insista pour qu'il lui parle en arménien, et dans sa langue maternelle il lui dit qu'il l'aimait. Puis il lui demanda de ne répéter à personne ce qu'il lui avait confié. Ce n'était pas important, de toute manière, ces histoires appartenaient au passé. Un jour viendrait où il les coucherait par écrit, mais d'ici là il était australien "de la tête aux pieds".

"Pas un mot", promit Cheryl, qui ne comprenait pas vraiment son besoin de secret, mais appréciait ce qu'il sous-entendait d'intimité. Elle caressa le visage du jeune garçon et l'empreinte de sa boucle d'oreille qui s'effaçait déjà, là où il l'avait serrée contre lui. Makertich, parce qu'il l'aimait et qu'il était incapable de trahir un serment – un autre trait hérité de sa grand-mère –, la crut.

"Cheryl et Krikor, était-ce réellement sérieux ? Si rien n'était venu contrecarrer leurs projets, la relation se serait probablement éteinte d'elle-même", observa Maral.

C'étaient des adolescents de dix-huit ans qui s'aimaient avec la fièvre de la jeunesse ; Cheryl l'embrassait comme si c'était la seule raison de son existence. Ses baisers le ramenaient toujours à Peppermint Grove, en Vespa, l'Agfa Box dans son étui de cuir marron accroché à son cou par une lanière rigide.

Lorsqu'il ne tondait ni ne conduisait de camion, il emmenait Cheryl à la plage et la photographiait en train de se faire bronzer ou de nager, parfois nue au-dessus de la taille, mais jamais entièrement, au grand regret de Makertich. Au cours de cette longue année où ils se fréquentèrent assidûment, jamais ils ne firent l'amour. "C'étaient les années cinquante, rappelez-vous."

Alors que s'achevait leur scolarité à Perth Modern, trois dessins de Cheryl furent sélectionnés pour l'exposition du lycée. Seule Drusilla Pyke remarqua que l'étude la plus frappante, représentant un pommier du jardin, semblait avoir été réalisée d'après photo. Premier indice que sa fille atteignait l'âge dangereux où il aurait fallu placer un chien de garde à chaque chemin menant à son cœur.

Le père de Cheryl était ravi que Chris travaille pour eux et le traitait comme un membre de la famille.

Drusilla, en revanche, pouvait se montrer d'une rare grossièreté.

"Prends donc celle-ci", avec un geste en direction de la banane la plus pourrie, le regard fuyant.

Elle était impérieuse quand ils étaient seuls. Elle se lavait les mains après avoir serré la sienne, frottait au savon la terre séchée et l'herbe. Elle sortait pour lui parler au lieu de l'inviter à entrer et ne se laissait amadouer qu'à l'heure du repas, les week-ends où son époux était là.

"Vous devinez la suite. Lorsque le risque que Krikor devienne un membre de la famille s'est précisé, la situation a dégénéré."

Drusilla Pyke flânait au bord du Swan avec sa partenaire de golf Heather Anderson, lorsqu'elle reconnut sa fille sur la berge, son maillot de bain défait, en compagnie d'un jeune homme bronzé qu'elle connaissait trop bien et qui, à genoux, la mitraillait avec son appareil photo. Elle bouillait de rage. Elle s'inquiétait au sujet de leur degré d'intimité depuis une dissertation dans laquelle Cheryl ouvrait son cœur. Drusilla l'avait lue avec consternation. Mlle Stapenell se figurait peut-être que ces phrases étaient de Cheryl Pyke, mais sa mère ne le croyait pas un seul instant. Sa fille avait besoin d'aide pour remplir le formulaire d'adhésion au Country Golf Club de Lake Karrinyup. Membre enthousiaste de ce cercle, Drusilla comptait la marier à un homme de leur milieu, et de préférence au neveu d'Heather Anderson, un riche éleveur du Pilbara. Son enfant unique n'allait pas s'enliser dans le bourbier de misère où voulait l'attirer un immigrant pauvre, un photographe en herbe à la tête farcie d'idées romantiques.

Car Mme Pyke avait fini par découvrir qui était leur jardinier occasionnel, et compris pourquoi Chris semblait ne pas avoir de parents et évitait de parler de lui, pourquoi il n'avait jamais invité Cheryl de l'autre côté du chemin de fer, dans la bicoque coiffée de tôle située dans la partie la plus pouilleuse de Furneaux Park. Elle avait mené son enquête. Elle avait obtenu une adresse et elle était passée en voiture devant une silhouette émaciée qui se tenait derrière un étal rudimentaire, sur le trottoir sud de Hay Street. Elle s'était arrêtée pour acheter des oignons nouveaux. Et avait souri à la vendeuse austère qui comptait sa monnaie. Cheveux noirs attachés en chignon, mules en simili cuir, blouse fleurie en coton – de celles que portaient les femmes de ménage.

"Oh, gardez tout. Dites-moi, d'où venez-vous ?"

"Je suis australienne", répondit la mère de Makertich d'un air obstiné. Elle avait les yeux marron de son fils, en plus délavé.

Drusilla Pyke ne se départit pas de son sourire. "C'est drôle, vous n'avez pas l'accent australien."

Ce soir-là, elle fit irruption dans la chambre de Cheryl, qui, avec la candeur propre aux adolescentes australiennes des années cinquante, lui avoua tout, même le mot qui en arménien signifiait "aimer".

Drusilla Pyke se montra catégorique : "Il est peut-être intelligent, chérie, mais on peut en dire autant des chiens", avant de refermer la porte sans bruit.

Le samedi suivant, Makertich gara sa Vespa dans Peppermint Grove. Il avait prévu d'emmener Cheryl voir un film au drive-in de Swanbourne. Il défit son casque, frappa et entra. Personne. Il se rendit sur la véranda à l'arrière. Une nuit chaude, fenêtres ouvertes. Il s'apprêtait à appeler Cheryl, lorsqu'il entendit une dispute dans la cuisine. À travers la moustiquaire, le père de la jeune fille : "Allons, ce n'est pas sérieux, ce ne sont que des gosses."

Chris était rentré de Marble Bar à bord de l'Auster de Pyke. Il avait atterri à Perth hier après-midi. Il lui avait bien fallu tout ce temps pour que le tonnerre des marteaux-piqueurs et le cliquetis des chaînes de l'usine de traitement cessent de résonner dans ses oreilles. Plusieurs secondes s'écoulèrent avant qu'il comprenne qu'on parlait de lui.

Après un silence pesant, Pyke ajouta : "Elle n'est pas enceinte, quand même ?"

"Non, et ça ne risque pas d'arriver, compte sur moi." Et d'une voix remplie d'angoisse : "Si encore il était italien. Ou même juif."

"Tu crois vraiment que..."

L'odeur des oignons frais avait révélé à Drusilla tout ce qu'elle avait besoin de savoir.

La plupart des mères de Perth auraient sans doute simplement pensé que les Arméniens étaient "bizarres" et les auraient mis dans le même sac que les Grecs et les Italiens. Mais sa grand-mère était morte à Gallipoli. Dans sa cosmogonie étroite et floue, les Arméniens – dont elle ne connaissait pas la réelle origine, uniquement l'odeur d'oignons – étaient des victimes nées, comme les Hongrois et les Aborigènes. Porteurs de Dieu sait quelles maladies héréditaires rares, en plus des gènes qui lui donneraient des petits-enfants basanés. Et courts sur pattes.

Elle avait également fait des recherches au sujet du père de Chris. Lorsqu'elle avait découvert qu'il n'était autre que "l'oncle Dick, le vendeur de cacahuètes", bien connu des bookmakers à qui il devait de l'argent, sa décision n'en avait été que plus facile.

Quand Chris apparut à la porte de la cuisine et demanda Cheryl, Drusilla lui annonça d'une voix glacée et implacable, évitant ses yeux, concentrée sur le casque qu'il serrait contre sa poitrine : "Je suis désolée, Chris. Cheryl ne te verra pas ce soir." Et, après lui avoir fourré entre les mains une liasse de feuilles manuscrites – "Tiens, je pense que c'est à toi" –, elle lui montra la sortie.

Elle referma la porte-moustiquaire derrière lui et croisa son regard à travers le treillis. "Adieu."

Pendant plusieurs jours, il crut devenir fou. Il se rendit en titubant jusqu'à la digue et se glissa dans un trou du mur, à l'abri du vent, où il savait qu'elle ne viendrait pas le chercher, bien qu'il espérât le contraire. Combien d'heures passa-t-il à la plage, à attendre que sa main se pose sur son épaule ? Il ne compta pas, mais un matin, il se réveilla, frotta ses yeux rouges pleins de sable, se leva et partit.

Dans son délire, il avait compris que la porte de Cheryl lui était définitivement fermée.

"Il avait été idiot d'évoquer sa grand-mère. De parler en arménien. Désormais, il veillerait à ne plus se livrer ainsi."

Lorsque les vacances arrivèrent, il ne se rendit pas à Marble Bar.

4.

“Et maintenant, les parents de Krikor.”

En janvier, un incendie ravagea le bush et se propagea à travers Furneaux Park.

Il faisait très chaud ce jour-là et le vent soufflait du nord – c’était une de ces journées suffocantes où il était impossible de respirer. Makertich réparait sa Vespa lorsque sa mère sortit précipitamment et l’avertit qu’il y avait le feu dans Shenton Way. À la vitesse à laquelle les flammes tournoyaient à l’horizon, sans rien pour les arrêter, il comprit que le brasier était gigantesque. Des nuages de fumée menaçants s’élevèrent au-dessus du pub et grossirent. Bientôt, des cendres épaisses flottèrent dans l’air et se déposèrent en tapis noirs sur l’herbe autour d’eux.

Sa mère entreprit de remplir la voiture d’affaires, hurlant à Makertich d’aller réveiller son père.

Il se précipita à l’arrière de la maison où celui-ci somnolait au soleil, en maillot de bain, étendu sur le ventre, tandis que la radio à côté de lui retransmettait la Perth Cup, qui se déroulait à l’hippodrome d’Ascot.

“Papa, papa ! Lève-toi ! cria-t-il en le secouant. Maman t’attend dans la voiture.”

“Les chevaux…”, bredouilla-t-il d’une voix ensommeillée.

“Je m’en occupe.”

Leur mère les appelait.

“Je vous retrouve à la rivière.”

L’air était très sec. Il avait l’impression que s’il frottait ses doigts, il en jaillirait des étincelles.

Il traversa la pelouse à la hâte et s’immobilisa. Juste là, dans l’enclos, un mur de flammes fonçait sur lui en rugissant à une vitesse inimaginable. La fumée était si épaisse qu’il distinguait à peine les poneys. Il tenta d’en guider deux vers la sortie, mais ils ruèrent, terrorisés. En désespoir de cause, il ouvrit le portail pour qu’ils s’échappent tous les quatre.

La fumée masquait le soleil. Il ne discernait qu’une lueur cuivrée. Il courut le long du ruisseau et arriva à la rivière, haletant, au bord de l’asphyxie. Les Makertich n’étaient pas là. Il paniqua. La voiture – que sa mère avait achetée à Lenny Sing grâce à l’argent des légumes – démarrait mal. Quelques minutes plus tard, il entendit klaxonner et à travers un ruban onduleux de brouillard jaune, il vit passer la Morris Oxford, la silhouette de ses parents à l’intérieur. Il cria et parvint même à toucher le pare-chocs brûlant, mais elle ne s’arrêta pas : ils ne l’avaient pas reconnu.

Les ombres floues d’hommes à cheval s’efforçaient en vain de rassembler un troupeau de vaches affolées. Ce fut la dernière chose qu’il distingua avant que la fumée ne se referme sur lui. Grondant et sifflant, le feu atteignit la rivière. Les étincelles pleuvaient autour de lui et s'éteignaient en grésillant au contact de l'eau. Pour que ses vêtements ne s'enflamment pas, il s'immergea entièrement.

Lorsqu'il remonta à la surface, il fut témoin d'une scène qui lui serra le cœur. La voiture du patron du pub avait avancé aussi loin que possible dans la rivière. Autour étaient accroupis l'homme, sa femme, leurs deux filles et leur petit whippet, blottis les uns contre les autres. Enfin, après un temps qui parut une éternité, la fumée se dissipa : l'incendie était passé.

Makertich tituba jusqu'à la rive. L'horizon illuminé par les meules de lin embrasées, là où les flammes invincibles poursuivaient leur course. Il examina tous les visages sur la berge, la plupart protégés par un mouchoir mouillé devant le nez, mais ne reconnut ni son père ni sa mère.

Il découvrit finalement la Morris Oxford abandonnée au milieu de la rivière. L'eau si transparente en temps normal était noire de cendres. Un tracteur mit une heure à dégager la voiture.

Makertich la laissa au bord de la route, ruisselante dans l'herbe carbonisée. Ses parents avaient dû trouver quelqu'un pour les ramener chez eux. Il rentra d'un pas lourd, à la tombée du jour. Les pierres étaient bouillantes sous ses bottes. Il poursuivit sur le sol calciné, dépassant des lotissements réduits en cendres. L'éclat des arbres et des poteaux télégraphiques qui brûlaient encore éclairaient son chemin, tandis que des centaines de moutons formaient des tas fumants ici et là.

À Furneaux Park, des scènes de désolation. La population avait évacué les lieux. Des vaches paniquées galopaient en mugissant sur la route, ou restaient immobiles et tremblantes, en état de choc, des rigoles de sang sur leurs flancs pelés. Des hommes à la recherche de leur famille. Des femmes effrayées, recroquevillées devant les vestiges de leur maison, assises sur ce qu'elles avaient réussi à sauver. La voisine des Makertich, une veuve, était prostrée, silencieuse, enveloppée dans le manteau de l'armée de l'air de son mari, une machine à coudre et une cage à oiseaux à côté d'elle, tandis que ses deux jeunes enfants, très pâles, mais calmes, s'efforçaient de la réconforter. À l'arrivée du feu, elle s'était étendue dans un fossé et il était passé au-dessus d'elle. De son bungalow, il ne restait aucune trace.

Krikor constata avec stupéfaction et soulagement que leur maison avait été épargnée. Le ruisseau avait dévié les flammes qui l'avaient contournée par l'arrière.

Ses parents n'étaient pas là.

Planté au milieu du salon, il les appela. Ça sentait l'œuf pourri et tout était noir. Sa Vespa. Le rocking-chair de son père. La photographie encadrée du mont Ararat qui appartenait à sa grand-mère. Le contenu de sa commode, en revanche, avait été miraculeusement préservé. Il vérifia à la hâte que tous ses clichés étaient là, fourra dans sa poche le bracelet en argent et le morceau de pain solidifié qu'il rangeait dans le tiroir du bas, et il sortit. Il fallait à tout prix qu'il trouve ses parents, mais il ne savait pas comment s'y prendre. Il n'y avait pas d'électricité, pas de téléphone. Jusque-là, il avait réussi à garder son calme, mais la panique le gagnait.

Lenny Sing s'arrêta devant chez lui. Il était dans un état affreux, le visage dégoulinant de poussière et de sueur.

“Ils sont partis te chercher”, dit-il d’une voix chevrotante. Il regardait ses pieds. Refusait de lever la tête. On l’éloigna de Makertich pour le conduire à un canapé avec des accoudoirs en bois que quelqu’un avait traîné dans la rue. Il se laissa choir sur le coussin, une main devant les yeux.

Le jeune homme s’assit à côté de lui et écarta son bras.

“Où sont-ils ?”

Ses parents étaient entrés dans la rivière avec la voiture. N’apercevant leur fils nulle part, ils en avaient déduit qu’il était encore en train de s’occuper des poneys.

“J’ai entendu ton père t’appeler.”

Et il l’avait vu, main en l’air, qui faisait des grands signes par-dessus le toit de la Morris et demandait en criant à Lenny s’il n’avait pas croisé Krikor.

“Il voulait te retrouver. Ta mère aussi.”

L’oncle Dick s’était extrait de la voiture par la fenêtre avant, il avait aidé sa femme à sortir et l’avait prise dans ses bras pour traverser le fort courant. Jusqu’à la fin de ses jours, confirmerait la veuve de Lenny, il fut hanté par la vision des parents de Krikor, leurs habits dégoulinants et fumants, qui se dirigeaient vers l’incendie d’un pas incertain, hurlant le nom de leur fils.

Après quelques jours de vents déchaînés, les cendres noires se dispersèrent pour laisser une terre pelée et roussie. La rumeur faisait état d’un chiffon suspect découvert à l’endroit où le feu avait démarré, mais personne ne semblait l’avoir vu. Les enclos et les rues se revêtirent d’une teinte rouille. Les arbres étaient particulièrement sinistres. Nus et carbonisés, ils gémissaient sous les rafales.

5.

Lorsque Andy entra dans la salle à manger le lendemain soir, Maral l'attendait à table.

Elle leva vers lui des yeux étranges et fiévreux. "Allez, asseyez-vous. Je parle, je parle et je n'ai même pas encore mentionné Don Flexmore", d'une voix atone.

Trois ans s'étaient écoulés depuis l'incendie. Makertich avait quitté Perth pour s'installer sur l'Hawkesbury, un fleuve proche de Sydney – aussi loin de Peppermint Grove que possible.

Le bateau, un cotre danois aménagé en habitation, était amarré à une rive herbeuse au nord de Richmond. Du pont, il voyait les maigres pommiers dont le capitaine du ferry qui vivait un peu plus loin tirait un cidre à vous arracher la gorge. Un cacatoès aimait se poser sur le bastingage à la proue pour réclamer des miettes de pain. C'était la première chose que Makertich avait cherchée quand il avait poussé la porte de la cambuse. Le matin, il nourrissait l'oiseau, puis prenait la passerelle et traversait le verger jusqu'au ferry. Son atelier se trouvait à quinze minutes à pied de l'autre côté du fleuve, dans Blight Street.

Il avait ouvert à Richmond un studio de photographie qui menaçait de le mettre sur la paille. On était en 1959 et les rumeurs à propos d'une nouvelle loi bancaire précarisaient les petites entreprises. Seule l'assurance de la maison familiale, à Perth, pouvait encore le sauver. Le remboursement était imminent, mais des chicanes légales ralentissaient le processus. Il avait dû placer une annonce dans la vitrine de sa boutique pour sous-louer l'autre cabine du bateau.

Le jeune homme au visage allongé qui se présenta sur le quai branlant quelques jours plus tard déclara s'appeler Don Flexmore. Il était de taille moyenne, mince, avec des cheveux jaunasses qui couvraient ses oreilles, et des cils noirs. Makertich n'en avait jamais vu d'aussi noirs. Ils intensifiaient encore le bleu des yeux qui le dévisageaient.

"On ne s'est pas déjà rencontrés ?" demanda le visiteur avec un rire d'enfant.

"Je ne crois pas."

"Je ne sais pas pourquoi, j'ai l'impression qu'on se connaît." Il arrivait tout juste de Nouvelle-Zélande. "Si tu vas à Auckland, dis-le-moi. Je peux t'avoir une chambre dans le meilleur hôtel, là-bas."

Makertich lui promit qu'il n'y manquerait pas.

Le sans-gêne aimable de Flexmore lui fit presque l'effet d'une libération. Celui-ci avança sur la passerelle d'un pas assuré, caracolant comme un poulain. Il expliqua qu'il était entre deux logements et qu'il avait besoin d'un endroit où dormir pendant quelque temps. Lorsqu'il découvrit la cabine, il tâta le matelas et jeta son sac à dos sur la couchette. "Ce sera parfait."

Un cintre dépassait du sac.

Il défit la sangle et sortit un costume bleu marine. Un livre de poche tomba par terre.

Makertich le ramassa. *La Dianétique : la puissance de la pensée sur le corps*, L. Ron Hubbard.

“Tu devrais le lire”, affirma Flexmore en lui prenant le livre des mains.

Makertich lui montra le reste de son domaine, tandis que son nouveau colocataire le bombardait de questions.

“Et là ?” devant une porte fermée.

“Ma cabine.”

“Pourquoi avoir choisi d'habiter un bateau ?”

“Je n'ai trouvé que ça.” Sans préciser que c'était un acte délibéré. Que depuis tout petit il rêvait de vivre sur une arche.

“Il y a quoi dans ces arbres ?”, le nez contre un hublot.

Les branches immobiles semblaient l'écouter.

“Des pommes.”

Flexmore hocha la tête. On avait l'impression qu'il brûlait de bondir sur la rive pour se présenter.

Ils se rendirent dans la cuisine où Makertich prépara du thé.

“D'où est-ce que tu viens, Chris ?” en ôtant sa veste de lin.

“De Perth.”

L'autre le regarda. “J'y étais il y a quelque temps. Et avant ?”

“De Syrie.”

“Et encore avant ?” Il fixait des yeux ses épais cheveux noirs.

“De Turquie”, après une hésitation.

Flexmore sourit. “Alors, on met un peu de fongicide sur les racines familiales, hein ?” Il souleva sa chemise et ébaucha un mouvement des hanches. “Maman était danseuse du ventre, peut-être ?”

“Mes parents sont morts.”

Il s’interrompit. “Oh, je m’excuse”, se rhabillant. Et un peu plus tard, alors qu’il examinait Makertich pardessus son thé : “Parfois, perdre son père est la meilleure chose qui puisse arriver à un gosse.” Il avala une gorgée bruyante. “Tu sais, quand je t’ai vu, sur le moment, j’ai cru que tu étais aborigène.”

Au début, ils s’entendaient bien. Makertich était soulagé de ne plus avoir le temps de penser à lui-même. Il était trop resté seul, et il était sensible à l’énergie communicative de Flexmore, à son besoin enfantin d’impressionner les autres.

De leurs échanges initiaux, il avait déduit que le jeune homme, qui avait vécu avec sa mère veuve à Gundagai jusqu’à l’âge de dix-sept ans, était un solitaire, comme lui.

“Tu connais Gundagai, Chris ?”, en l’observant tartiner son pain de Vegemite.

“Non”, son regard planté dans celui de Flexmore. Ce n’était pas la première fois que le bleu de ses yeux rappelait à Makertich les langues des lézards qui rôdaient sous les arbres.

“Là-bas, on dit que tout le monde a le droit de tuer une personne dans sa vie.” Il avait le rire facile.

Son histoire se dessinait peu à peu. Il n’avait pas réussi à entrer dans la police, alors il avait été gardien de nuit pendant quelque temps, avant d’étudier le théâtre en Tasmanie. Il adorait imiter l’accent snob des présentateurs anglais d’ABC. Gregory Peck et Buddy Holly occupaient également une place de choix dans son répertoire. Le premier soir, il se leva et entonna d'une voix étonnamment belle "Oh Boy" en frappant les flancs du bateau. Il était dingue de Buddy Holly ; sinon, plaisantait-il, la seule musique qu'il aimait était celle des pelles qui creusaient une tombe.

Soudain las de chanter, il roula une cigarette et prit une longue bouffée. Il regarda l'allumette se noircir jusqu'à ses doigts, puis la secoua comme un thermomètre, s'étendit sur les coussins rouge fané et exhala une fumée au parfum douceâtre. Ce n'était pas l'odeur du tabac français de la grand-mère de Makertich ni celle du Champion Ruby de son père ; c'était de la marijuana – un mot qu'il entendait pour la première fois. Flexmore l'achetait à un médecin herboriste chinois de Richmond et voulait qu'il goûte, mais il refusa.

Ce qu'il préférait chez son compagnon, c'était son goût immodéré pour la propreté. Le lendemain de son arrivée, il le trouva à genoux dans la cuisine, occupé à récurer le sol. "Ces planches n'ont jamais été nettoyées, Chris." Le désordre, confessa-t-il, lui donnait des démangeaisons. "Tu as besoin d'un colocataire comme moi."

Amusé, Makertich lui demanda s'il avait vu la Vegemite.

"Regarde dans le placard au-dessus de l'évier. Troisième étagère à gauche, entre la boîte de cacao Milo à moitié pleine et la sauce Worcestershire – drôle d'endroit pour la ranger, soit dit en passant."

Et, notant la surprise de son compagnon : "J'ai une mémoire photographique."

C'était un don des plus singuliers. Flexmore était capable de dessiner sur un bout de papier tous les bateaux de l'Hawkesbury, après avoir observé le fleuve pendant quelques secondes. Ou la configuration des étoiles un soir précis. Le tressage des ombres que les arbres projetaient sur la rive. Mais c'était une mémoire qui avait quelque chose de monstrueux, où il manquait certains éléments.

Le dimanche suivant – par un après-midi exceptionnellement chaud –, ils étaient sur le pont. Flexmore avait déjà pris l'habitude de s'étendre, jambes étirées, avec une de ses cigarettes à l'odeur douceâtre, et relisait sans lassitude *La Dianétique*, pendant que Makertich pêchait des écrevisses.

Soudain, il leva les yeux de son livre.

Son compagnon, qui se tenait devant le bastingage, avait lui aussi entendu le grincement. Pendant plusieurs jours après leur conversation, il se souviendrait de l'eau autour du bateau qui bruissait d'insectes au ventre orange et aux ailes de la taille des boucles d'oreilles de Cheryl.

“Des cigales. Ce doit être à cause de la chaleur.”

Dans un accès d'expansivité, Makertich répéta ce que son voisin Barry Cotton lui avait expliqué. Lorsqu'elles tombaient par terre, les jeunes cigales s'enterraient et se nourrissaient de la sève des racines des arbres. Elles restaient là longtemps, muaient à mesure qu'elles grossissaient, cinq ou sept ans, toujours un nombre impair, dix-neuf ans parfois, silencieuses, immobiles, jusqu'à l'ultime métamorphose qui se déroulait la nuit. Puis, en partie grâce à leur horloge interne, en partie grâce à ce qu'elles percevaient de leur abri sous terre, elles s'extrayaient du sol pour accomplir un vol nuptial au cours duquel elles devenaient adultes, et s'accouplaient quelques jours plus tard.

“On croirait entendre mon professeur de sciences naturelles.”

Mais Makertich n'avait pas fini. “Ensuite, elles doivent encore pondre, après quoi, elles sont bonnes à jeter ou à se faire bouffer par les lézards.”

“En tout cas, elles font un satané raffut, commenta Flexmore, assez à l'aise pour se curer le nez. Normal, après avoir passé dix-neuf ans à la boucler.”

“J'imagine que tu aurais du mal.”

Il accueillit la raillerie avec un sourire.

Makertich remonta le piège à écrevisses qu'il avait bricolé à partir d'une boîte de lait en poudre. “À en croire Barry, l'espèce qu'on trouve autour de l'Hawkesbury est l'une des plus bruyantes au monde.”

Flexmore contemplait les pommiers. Il réfléchissait. “Et toi, Chris ? Je parie que tu pourrais. Je parie que tu pourrais la boucler pendant encore plus longtemps.”

Il attendit sa réponse. Puis, comme elle ne venait pas : “Je vais te dire quelque chose dont je n'ai jamais parlé à qui que ce soit.” Il baissa la voix, bien que le fleuve fût désert. Seul Barry aurait été susceptible de surprendre leur conversation, et il devait déjà être bien imbibé de cidre. “Je ne plaisante pas, Chris, à personne.”

Le concert d'acouphènes des cigales résonnait autour d'eux.

Makertich continuait de pêcher leur dîner. Il les ferait cuire à peine, le temps que les écrevisses changent de couleur. Il ne se fatiguait pas de leur goût.

“Je te demande de ne pas répéter ce que je vais te dire.” Flexmore posa son livre et d’une voix vibrante d’excitation lui dévoila sa stratégie pour mener à bien “une entreprise liée aux ressources naturelles”.

Gundagai était trop petit pour satisfaire ses ambitions. L’Australie aussi. Hubbard avait raison. “Si tu veux devenir riche, crée une religion. Ou plante un arbre.”

Investir en écoutant la sagesse conventionnelle était idiot. Son projet était de semer des eucalyptus partout. Ils atteignaient une taille exploitable au bout de cinq ans et vivaient jusqu’à quatre siècles. Il s’apprêtait à mettre en place des plantations chez des grands propriétaires en Nouvelle-Zélande, en Uruguay et en Grande-Bretagne. Il comptait vendre des “parts” de ces plantations. Et laisser la nature travailler.

“Alors, qu’est-ce que tu en dis ?”

Makertich crut voir des lézards derrière ses yeux, qui avançaient la tête et regardaient autour d’eux.

Il réfléchit. “Ça peut marcher…”

Flexmore l’observa hisser son piège sur le pont et plonger le bras dedans. “Le problème, Chris, c’est que je suis un peu coincé. Je ne peux pas faire le premier investissement.”

Makertich se leva, avec dans chaque main une écrevisse dégoulinante d’eau qui se contorsionnait.

“Et je me demandais si tu envisagerais de me donner un coup de pouce”, dit-il d’une voix raisonnable.

La veille, Makertich lui avait révélé qu’il attendait un remboursement pour la maison de ses parents. Il avait reçu un courrier de la société d’assurances. Ce n’était plus qu’une affaire de jours à présent.

Flexmore jeta son mégot sur le pont.

"Tu récupéreras ton argent, avec des intérêts généreux." Il avait à l'épaule une marque bleu foncé qu'il gratta. "C'est seulement pour m'aider à démarrer, vieux."

Makertich lui rappela qu'il avait besoin de cette somme pour sauver son studio. Mais il resterait peut-être quelque chose.

Son compagnon l'observait comme s'il le découvrait sous un angle nouveau.

"C'est une promesse ?"

"Oui. Pourquoi pas ?"

Pendant les quelques jours suivants, Flexmore ne fit qu'aller et venir ; jamais debout quand Makertich partait travailler, il ne rentrait qu'en pleine nuit, les yeux souvent dans le vague, et invariablement à l'heure où le photographe s'apprêtait à se coucher. Quand ils se croisaient, il était toujours disposé à entamer la conversation.

Un soir où Makertich était allongé sur son lit, Flexmore fit irruption dans sa cabine sans frapper et se cogna contre le linteau. Il regarda autour de lui, se frottant le crâne, sidéré.

"C'est toi qui les as prises ?"

"Oui."

"C'est bien ce que je pensais", tandis qu'il examinait attentivement les photos affichées aux murs et même au plafond.

Makertich voyait ses yeux glisser sur les images.

"Pas mon genre, dit-il enfin, sans pourtant cesser d'étudier la jeune fille blonde – tous ces portraits d'elle ! –, une lueur de curiosité dans ses pupilles mobiles. Pourquoi est-ce que je ne t'ai jamais croisé avec un appareil ?"

"Je ne travaille pas à la maison."

"Et c'est quand la dernière fois que tu as vu cette poulette ?"

"Il y a trois ans."

La fidélité de Makertich le laissait perplexe.

"Tu l'as vraiment dans la peau", son sourire tordu et plissé comme le joint qu'il sortait de sa poche arrière.

Flexmore l'alluma, aspira une bouffée et approcha son visage d'une photo de Cheryl prise au bord du Swan.

"Vise un peu ces nichons !" La pointe de la langue au coin de la bouche et les yeux presque noirs. "Celle-là, elle risque pas de se casser le nez si elle tombe en avant, encore qu'elle pourrait se briser la nuque en rebondissant."

Makertich ne répondit rien. La pensée de Cheryl troublait encore son sommeil. Flexmore devina sans doute qu'elle était à l'origine de son étrange comportement. Cette jeune femme blonde, ce dangereux cheval de sa mémoire dont le sourire paresseux et le corps voluptueux tapissaient les cloisons de sa triste cabine, transformée en autel.

"À mon avis, Don était tout bêtement jaloux", dit Maral. Jaloux d'un sentiment qu'il ne pouvait ni ne pourrait jamais éprouver. Même s'il avait vécu encore quatre siècles. "Il avait un flair étonnant quand il s'agissait de détecter les faiblesses des autres."

Makertich le compara un jour à un de ces tourbillons qu'il avait vus dans le désert ; un maelström errant qui emportait des vieilles boîtes de conserves et les entrechoquait, ramassait la poussière, les bouts de papier, les rubans, les cages à poules et les toits, une force à laquelle on ne pouvait pas échapper si on se trouvait sur son chemin.

"Les deux nerfs optiques sont les plus gros du corps humain", disait Makertich à Maral.

Il perdit son œil le 24 avril 1959. Flexmore et lui se trouvaient dans un bar. Le photographe avait prévu d'aller allumer un cierge à l'église St. Andrew et de retrouver une fille après. Il avait confié ses projets à son colocataire. Ce dernier était venu, mais pas la fille.

"Allons ailleurs", décida Makertich.

Ils s'installèrent dans un restaurant de l'autre côté de la rue pour dîner et Flexmore lui parla d'une jeune femme qu'il avait aimée et quittée, et qui aujourd'hui vivait au bord de l'Huon.

"C'est compliqué. Elle voudrait bien se remettre avec moi, mais je ne changerai pas d'avis sur elle."

"Qu'est-ce que tu lui reproches ?"

"Elle est un peu écervelée. Je ne sais pas toi, mais moi, je ne supporte pas les écervelées."

Ils sortirent. Makertich ne paya pas, car le propriétaire lui devait de l'argent pour ses écrevisses. Ils se dirigèrent vers l'hôtel Fovant, où Makertich commanda un scotch. Il n'avait pas décidé de se saouler, mais il avait bu. Deux bières et un whisky. À l'occasion de l'anniversaire de la mort de sa grand-mère, et pour un tas de raisons.

"On fête quelque chose ?" Les lèvres de Flexmore esquissèrent un sourire sournois. "En trois semaines, je ne t'ai jamais vu toucher une goutte d'alcool."

"Peut-être que c'est mon anniversaire", le regard vacillant.

Flexmore termina son verre et en commanda un nouveau au serveur – "Et cette fois, soyez un peu plus généreux. Le précédent était tellement petit qu'il a fallu l'aider à sortir du verre." Il sourit à Makertich et rota. "Joyeux anniversaire, camarade. Je vais aux chiottes."

Mais Makertich n'avait rien à fêter et quand l'autre homme revint des toilettes, il lui parla de la lettre des assurances qui était arrivée le matin même.

Le sourire enjoué de Flexmore s'évanouit. Il partit d'un rire creux.

"Irrecevable ? Hé, qu'est-ce que c'est que cette histoire, mon pote ?" S'il l'appelait "mon pote", ses yeux, eux, ne mentaient pas. On aurait dit ceux d'un chien sauvage.

"Ils prétendent que l'incendie était un acte de Dieu. Ils ne me donneront rien."

À ces mots, un étrange mouvement transforma le visage de son interlocuteur. Son regard devint dur et vague à la fois. Sa main posée au coin de sa bouche glissa et, avec un mépris qui surprit Makertich, il déclara : "Toutes ces compagnies d'assurances ne valent pas un clou." Celui qui les avait inventées pouvait aller au diable. Il méritait d'être roué et écartelé. Mais le problème n'était pas là. Cette nouvelle sabotait ses projets. Il s'était engagé, parce qu'il comptait sur Makertich.

Celui-ci se taisait, comme autrefois sur la véranda à l'arrière de la maison, quand il devinait aux épaules basses de son père qu'il avait encore perdu aux courses.

La ferme, dit-il, mais en silence.

“Tu m’as roulé, Chris !” Et celui-ci entendit le rire dédaigneux de Nazareth Makertich, vibrant de roublardise impuissante. “Putain, ouais ! Tu m’as bien roulé dans la farine !”

Cela, il ne pouvait pas le laisser passer. Il devint aussi rouge que lorsque sa mère le giflait parce qu’il avait refusé d’aller chercher les pantoufles de son père.

“Et moi ? Et mon studio ? Tu crois que ça me fait plaisir ?”

Mais il aurait pu parler à un mur : Flexmore ne l’écoutait pas. Il quitta la table avec la brusquerie d’un homme en colère et, comme il ne revenait pas, Makertich en déduisit qu’il était parti. Il paya les consommations et le retrouva dehors, en train de se disputer avec une jeune femme. Le serveur sortit avec quelques gars et flanqua une bourrade à Flexmore. Celui-ci, qui avait plus bu que son compagnon, commença à s’énerver.

Un autre soir, il aurait marché jusqu’à l’embarcadère. Mais voyant que son colocataire était d’humeur belliqueuse, il héla un taxi et ils grimpèrent dedans. Il donna son adresse au chauffeur qui traversa le pont, tandis que Flexmore chantait à tue-tête : “Un million de dollars, quand j’y pense… j’en ai les larmes aux yeux.” Excédé, l’homme arrêta sa voiture.

Makertich paya et ils sortirent.

Une nuit brumeuse. Pas de feuilles sur les arbres ; les branches et l’herbe couvertes d’un léger voile de pluie. Il avança le long de la rive et Flexmore le poussa pour le dépasser. Le sol était glissant et ils manquèrent de trébucher tous les deux. Flexmore l’attrapa par l’épaule pour ne pas perdre l’équilibre. Makertich fit deux grandes enjambées, mais la main qui s’accrochait à lui le déstabilisa et il tomba. Il tendit le bras et la branche d'un pommier taillée en pointe transperça son œil.

Il eut l'impression qu'on lui avait donné un coup de couteau. Le rameau était bien planté dans son orbite. Il recula et il sortit, mais le globe oculaire se fendit et la rétine se déchira.

Il était à terre, la tête entre les mains.

Flexmore paniqua. "Merde ! Ton œil pend sur ta poitrine ! Je te ramène au bateau."

"Non, lança-t-il d'une voix cinglante. Fais signe à une voiture", et il chercha son compagnon dans l'obscurité, mais il ne vit que les ténèbres.

Un œil énucléé, il y a là-dedans une dimension d'une cruauté et d'un absolu insondables. Lorsqu'il entendait parler d'un homme torturé ainsi, il portait ses mains à son visage.

Pourtant, plus tard, lorsqu'il aurait son œil de verre, les gens ne s'en apercevraient pas toujours.

"C'est lequel ?" lui demanda Maral. Et ce, après six ans à son service.

"Le gauche", ôtant ses lunettes noires. Alors, pour la première fois elle vit : un grand œil brun, beau mais immobile, et l'autre, plus pénétrant, plus petit, plus vif. Plus trouble aussi – avec des cernes de fatigue. Comme s'il l'avait pressé contre un télescope.

À l'hôpital, on lui enfila une blouse et on lui administra un sédatif. Il sentit l'aiguille qui s'enfonçait. Il avait peur de bouger la tête. On ne parvint pas à sauver son œil. Les cellules moururent et la cornée se remplit d'eau.

Il n'y avait pas de cacatoès gris et rose pour l'accueillir à son retour, ce matin-là. À l'entrée de la cuisine, un parfum douceâtre qui s'exhalait de sous le pont lui chatouilla les narines.

Il ouvrit la porte de sa cabine et trouva Flexmore allongé sur sa couchette, ses cheveux blonds brillantinés, à demi nu à côté de la fille avec qui Makertich avait rendez-vous le soir de l'accident. Elle était étendue, les genoux pliés, enveloppée d'une guirlande de fumée. Flexmore lisait des extraits d'un texte manuscrit.

"Hé, Chris, je ne t'ai pas entendu rentrer", et il posa négligemment les feuilles. Son joint s'était éteint. Il craqua une allumette. Sa fascination pour la flamme avait quelque chose de malsain. Il poursuivit d'une voix méditative : "Je disais justement que cette réflexion sur l'amour et la justice, tous les deux aveugles, c'était bien vu."

Makertich le dévisagea. "Qu'est-ce que tu lis ?"

Il ramassa la liasse de papiers. "J'ai trouvé ça sur ton lit. *Les Limites de l'amour.* De Cheryl Pyke." Il lui adressa un clin d'œil.

"Je pense qu'il est temps que tu partes", répliqua Makertich, avec l'impression de l'apprécier un peu plus, maintenant qu'il avait admis à quel point il le détestait.

Flexmore aspira une autre bouffée. Il leva ses yeux bleus vers le visage de la jeune femme blonde punaisé au plafond. "Je t'emmerde et je partirai si je veux."

Le lendemain, il n'était plus là. Lorsque Makertich se rendit à la cuisine, il trouva une tasse de cacao à demi pleine et encore tiède. Mais son colocataire avait plié bagage. Il lui devait cinq semaines de loyer.

Deux jours plus tard, un policier se présentait à la passerelle. C'est ainsi que Makertich apprit que Flexmore était un parasite et un escroc accompli. À Richmond, il opérait d'une petite boutique où il louait des espaces de stockage pour couvrir ses activités douteuses. Grâce à un fil de cuivre relié à la cabine téléphonique publique – "au bouton qui permet de récupérer sa monnaie" –, il passait des appels gratuits à l'étranger. Il s'était enfui avec l'argent des "parts" qu'il avait vendues, et ceux qui avaient investi dans ses plantations d'eucalyptus fantômes avaient tout perdu.

"C'est un salaud qui s'en prend aux plus faibles, ajouta le policier qui avait appris que Flexmore avait été expulsé de deux écoles pour avoir frappé d'autres élèves. Heureusement que vous ne lui avez rien prêté."

6.

Pendant les deux années suivantes, Makertich cacha son œil derrière un bandeau acheté dans une boutique de déguisements de Richmond. Il se trouvait laid et il était complexé. Il se comparait aux clowns, qui en Chine étaient un symbole de mort. Il était persuadé qu'aucune femme ne s'intéresserait plus à lui et que jamais il ne connaîtrait la paternité.

"Avec un seul œil, on n'a aucune profondeur de champ, confia-t-il à Maral. On perd trente pour cent de la vision périphérique et on est toujours plus loin que l'on croit. Mais ce que l'on voit prend une autre importance. Aujourd'hui, quand je regarde quelque chose, je m'en imprègne totalement. Est-ce qu'avec mes deux yeux, j'aurais remarqué ce que j'ai aperçu de cet avion ? Allez savoir."

Il demeura cinq mois de plus sur le bateau. Il était laid et fauché. L'ostracisme vint peu à peu. La banque saisit son studio. Il ne trouvait pas de travail. En septembre, le propriétaire lui donnait son préavis et il quitta l'Hawkesbury.

Dans le bus, son bandeau effrayait les passagers qui refusaient de s'asseoir à côté de lui. Sans argent, il se rabattit sur l'auto-stop. Mi-octobre, il se dirigeait vers l'ouest, décrivant une large boucle au sud. Il traversa Canberra, Melbourne, puis Adélaïde et Albany, avant de remonter au nord pour rejoindre Perth. Paradoxalement, il avait décidé au cours de son périple que le père de Cheryl serait son sauveur. Depuis, son pas était plus résolu. À son arrivée à Perth, il prit un avion qui se rendait à Marble Bar, avec l'intention de demander à Henry Pyke de l'embaucher à la mine.

Par un clair matin de novembre, il décolla de l'aérodrome de Jandakot, à bord d'un Auster monomoteur. Le pilote était un Finlandais à la langue bien pendue, qui se rappelait l'avoir ramené de Marble Bar avec M. Pyke, à la fin des vacances d'été. Aujourd'hui, il transportait un courrier important pour celui-ci. On murmurait à Perth que le gouvernement fédéral projetait de lever l'interdiction sur l'exportation du fer.

Makertich était le seul passager. Il songeait aux paroles du pilote, tandis qu'ils survolaient les toits de tôle.

Rapidement, les maisons cédèrent la place à des champs de blé, puis à de vastes étendues broussailleuses de moins en moins fertiles, dédiées à l'élevage des moutons. Le sol devint rouge et, parmi tout ce rouge, il remarquait parfois des pustules blanches autour de la bouche d'un ancien puits minier.

L'avion se dirigeait vers le nord, suivant la Great Northern Highway. Il survola d'étroites gorges vertigineuses, des collines coniques et des cuvettes de sel, puis un terrain plat et accidenté. Plus tard, il en viendrait à penser que ce paysage l'avait façonné à son image, que c'était lui qui l'avait rendu intransigeant, impénétrable, paradoxal.

Rien n'indiquait qu'ils fonçaient dans une tourmente avant d'arriver à Tuckanarra. Le ciel devant eux était gris de cumulus, une masse compacte qui remplissait l'horizon. Pressé d'atteindre Marble Bar, le pilote décida de courir le risque. Il poursuivit sa route, persuadé que le plafond nuageux allait s'élever, au lieu de quoi il continua de s'assombrir et de s'abaisser, jusqu'à avaler le sommet des montagnes.

Alors qu'ils longeaient un nuage, ils furent brusquement happés à l'intérieur et ils comprirent qu'ils étaient pris dans un Charlie Bravo : un orage. Ce qu'ils observaient depuis tout à l'heure, c'était toute la pluie de l'année qui se concentrait avant de se déverser en moins de dix heures sur ce désert recuit par le soleil.

Des cahots secouaient le petit avion.

Le pilote regarda son horizon artificiel, vérifia la vitesse. Le visage encore calme. Ils n'auraient pas dû se retrouver dans cette situation, mais maintenant qu'ils y étaient, il devait faire un cent quatre-vingts pour sortir de ce pétrin, et vite.

Il tenta de virer de bord, mais l'appareil résista. Un instant droit, puis versant sur le côté.

"Ça va mal", cria-t-il, tandis qu'il luttait pour reprendre de l'altitude. Il tapota la jauge tremblotante. Le Charlie Bravo se déplaçait. Le vent les poussait vers l'ouest et les monts Hamersley. Il n'y voyait rien.

"On ne peut pas passer par-dessus ?" hurla Makertich.

"Dans cet Auster ? Tu rêves !"

“On ne peut pas le traverser non plus ?”

Le pilote regarda devant lui. “Trop épais.” Et trop large pour le contourner. “Il faut se poser ou on est morts.”

Il agrippa le manche à balai afin qu’il cesse de vibrer et obligea l’avion à descendre. Il pleuvait à verse sur le pare-brise.

“Merde !” s’exclama-t-il lorsqu’ils émergèrent du nuage. Il espérait une cuvette d’argile aride, une piste, n’importe quelle surface plane pour atterrir. Mais ils survolaient des gorges.

Ils plongèrent dans un ravin de plus en plus encaissé. Le pilote, qui se concentrait pour éviter les eucalyptus, ne prêta pas attention à ce qui attira l’œil du photographe. À gauche et à droite, près de la pointe des ailes, les pentes rougeoyaient sous la pluie.

Il comprit immédiatement de quoi il s’agissait. Il tapa sur l’épaule de son voisin : “On est où ?”

À la mine, les gars de Pyke pataugeaient dans la boue. Aucun déplacement possible et des rivières brun roussâtre qui ruisselaient dans le puits. Toute la journée, Pyke s’était occupé d’aplanir un mur et de surveiller les chargeuses qui déversaient de la terre pour détourner l’eau. La pluie s’était arrêtée lorsqu’il regagna son bureau, où l’attendait un jeune homme avec un bandeau sur l’œil.

“C’est pour vous”, et il lui tendit l’enveloppe que lui avait confiée le pilote.

Pyke l’accueillit d’un air contraint. Ses yeux verts durs et froids. Mais il se détendit quand Makertich lui expliqua l’objet de sa visite. Parce qu’il se sentait coupable, il lui offrit un emploi de chauffeur de tombereau sans même consulter son contremaître. Un Arménien borgne sans le sou ne représentait pas une réelle menace pour Cheryl. La seule fois où Makertich s'enquit d'elle, Pyke répondit qu'elle allait bien et qu'elle devait se marier en janvier prochain.

"C'est un Rosbif. Mais on ne lui en tient pas rigueur."

Pyke était à un an de la retraite. Lorsqu'il aurait payé les noces de sa fille, il comptait investir le reste de sa pension dans un bateau de pêche à l'écrevisse de quatorze mètres appelé le *Daphné.*

Makertich réunit le matériel nécessaire en une quinzaine de jours. Il emprunta un sextant à un géomètre polonais dont il avait réparé le delco et passa une semaine à apprendre à s'en servir. Le mécanicien de Marble Bar lui prêta la Land Rover. Il aurait tous les équipements de sécurité à bord, notamment la bâche qui protégeait le piano de Pyke, pour s'abriter du soleil. Il espérait se rapprocher au maximum en voiture, mais il était peu probable que le terrain soit carrossable jusqu'au bout.

À la première occasion, il réunit une boussole, une carte, un piolet, une chaîne d'arpenteur, quelques piquets d'acier, des vivres et de l'eau pour deux semaines, puis s'engagea sur une ancienne piste d'exploration. Le soleil cognait à travers le pare-brise et devant lui les traces de pneu s'étiraient comme une côte du squelette terrestre.

Cette nuit-là, il dormit sur le toit de la Land Rover, sous un ciel calme éclairé par la lune, et il repartit avant le lever du jour.

Il atteignit une ferme peu après midi : des murs de terre compressée contre les termites, une vaste véranda, quelques chèvres apprivoisées. Relié à une citerne surélevée, un tuyau laissait couler un filet d'eau sur la tôle ondulée qui coiffait le bâtiment.

Le contremaître était absent et une Aborigène lui prépara du thé.

Il le but en contemplant le liquide qui ruisselait du toit et se répandait sur la véranda.

La jeune fille ne lui demanda pas où il allait et il ne lui dit pas. Il savait qu'il n'aurait pas dû s'aventurer dans cette zone désertique seul, mais il ne tenait pas à courir le risque d'une nouvelle trahison. Il lui donna une date de retour approximative afin qu'elle puisse appeler les secours en cas de retard.

Il traversa le plateau en direction du nord-ouest sur une vieille route utilisée par les éleveurs. Les pneus écrasaient le mulga et les herbes porc-épic. La brume de chaleur déformait l'horizon. Lorsque la piste disparut, il poursuivit à travers la plaine. La progression était lente, le sol semé de gros cailloux, et il craignait de casser l'essieu. Au bout de deux heures, il faillit s'embourber au milieu du lit d'une large rivière. Il descendit de voiture pour vérifier la solidité du terrain et se rendit compte que s'il continuait, la Land Rover risquait de s'enfoncer jusqu'au volant.

Afin de s'orienter, il escalada la plus haute pente d'éboulis, dérapant à plusieurs reprises. Il pensait être capable de repérer la montagne du sommet, mais il n'en était pas certain. Les reliefs ne manquaient pas, et ils n'avaient pas la même forme vus du ciel. Il fit ses calculs.

Dans le meilleur des cas, il se trouvait à un peu moins de quarante kilomètres du site.

Il retourna à la Land Rover, glissa dans un sac tout ce dont il avait besoin : de l'eau, la bâche et sept jours de vivres. Il marqua sur sa carte le lieu où il laissait la voiture. Puis il ôta la clé de contact, fourra un abricot sec sous sa langue et se mit en route.

Un serpent se faufila dans une fissure. La chaleur était étouffante. Le paysage aride et douloureux pour l'œil. Il vit des buissons aux feuilles vernissées qui ressemblaient à de petits scarabées. Des montagnes rouges et poussiéreuses dont l'aspect rappelait le daim sale.

Il se déshydratait comme la nature autour de lui. Mais dès qu'il envisageait d'abandonner, le souvenir de sa grand-mère qui trébuchait à côté d'un âne, ses pieds durcis par les cailloux, lui redonnait courage.

Pendant toute une journée, il regarda son ombre rapetisser devant lui, pour finalement disparaître derrière lui. Le lendemain matin, il obliqua vers le sud. Et le jour suivant, il trouva sa montagne.

Il garda le lieu secret le temps de baliser la zone. Exactement comme Pyke le lui avait appris, il la divisa en parallélogrammes de cent vingt hectares, délimités par des piquets triangulaires qu'il photographiait, puis, quand ils vinrent à manquer, par un cairn d'environ un mètre de haut et une tranchée peu profonde de deux mètres de long. Il releva leur position à l'aide de son sextant, conscient que, lorsqu'il ferait sa demande de concession auprès du bureau local, il devrait donner des coordonnées géographiques précises.

“Attention, les grosses sociétés s’engouffreront dans la moindre faille pour te souffler le terrain”, l’avait prévenu Pyke.

Ses droits d’occupation établis, il prit rendez-vous avec le géologue de son patron, un Berlinois du nom de Zeigler.

C’était un cynique aux yeux gris, un de ces personnages qui clamaient régulièrement que c’était “la dernière année” qu’il travaillait à Marble Bar. Il ne se laissa pas émouvoir par l’enthousiasme du jeune homme et tenta de le décourager à grand renfort de rapports géologiques.

Certes, les échantillons d’hématite et de magnétite que Makertich avait sortis de son sac révélaient une qualité de deux pour cent supérieure à celle du minerai utilisé dans les fourneaux de Kaiser Steel à Fontana et par la société Buss Nissho-Iwai au Japon. Mais Zeigler ne croyait pas à ses affirmations. Son scepticisme se mua pourtant en excitation, puis en émerveillement, lorsque, cédant à l’insistance de Pyke, il se rendit en avion avec Makertich sur la montagne qu’il avait décidé de baptiser Ararat. Le jeune homme, un peu en retrait, le regarda souder un morceau de fer au rocher. Après une étude du terrain et plusieurs carottages, Zeigler confirma qu’il s’agissait là du plus important gisement découvert sur le continent.

Grâce à son père, Makertich connaissait le potentiel du minerai et il avait saisi sa chance au bon moment. Les prospecteurs cherchaient plutôt de l’uranium, de la bauxite ou du titane. On n’accordait peu de prix au fer, sauf s’il se trouvait à proximité d’une mine de charbon. De plus, son exportation avait été interdite pendant vingt-deux ans. Mais les usines japonaises réclamaient de l'acier. Les documents que le pilote avait apportés à Pyke provenaient du ministère du Développement national et donnaient les grandes lignes d'un projet fédéral visant à lever l'embargo.

Makertich n'était pas au bout de ses peines. Le gouvernement d'Australie-Occidentale refusa d'abord de valider ses droits sur le terrain. Un chauffeur de poids lourds de vingt-trois ans ne pouvait pas s'approprier cinq cent soixante-dix-huit mille hectares classés réserve naturelle temporaire. Mais il ne désarma pas. En décembre 1962, il obtenait gain de cause et, six mois plus tard, il vendait tout à Rio Tinto contre une somme non communiquée. La concession Marash était plus petite que celle de Lang Hancock dans le Pilbara, mais les droits qu'il parvint à négocier par tonne extraite étaient un peu plus importants. Makertich avait renoué avec son héritage marchand. Il révéla à un correspondant du *West Australian* qu'il avait nommé la mine d'après la ville natale de sa grand-mère, en Arménie.

"En Arménie ?"

"Est-ce que vous savez seulement où se trouve l'Arménie ?", d'une voix glacée qui décontenança son interlocuteur.

"Certainement pas en Amérique et je ne vais pas dire en Afrique. Quelque part en Europe, alors ?"

Au cours de la première et dernière interview qu'il accorda, il expliqua que le travail du fer avait débuté en Arménie avec les Hittites et il confia au journaliste que sa grand-mère était convaincue que l'homme au masque de fer était arménien. Il n'était pas prêt à en révéler plus.

7.

Six semaines après la publication de l'interview dans le *West Australian*, Krikor Makertich disparut.

Il ne souhaitait pas qu'on le réduise à une découverte due au hasard. Il quitta son pays d'adoption et s'installa à Londres, sous le nom de Christopher Madigan. Là, comme sa grand-mère à Alep, il s'adapta à son nouvel environnement et se fit aussi discret que l'œil de verre qui avait remplacé son bandeau. Il devint – en surface – un Anglais, qui appréciait les chênes et la précieuse douceur du printemps britannique.

"Il n'avait rien contre les Anglais. Certains d'entre nous leur en veulent, mais Krikor n'était pas de ceux-là", dit Maral.

Il acheta une maison qui avait appartenu à un artiste écossais à Holland Park. Il transforma la tour de brique en chambre noire et se consacra à la photographie. Il se débarrassa de ses intonations australiennes, comme il avait gommé son accent syrien dix ans plus tôt. Il était excessivement secret. "C'est quand la baleine remonte souffler qu'elle se fait prendre", confia-t-il un jour à Maral.

Sa fortune demeurait abstraite à ses yeux. Contrairement à beaucoup de gens, il n'était pas obsédé par l'argent. S'il attrapa la maladie du millionnaire qui consiste à doter écoles et hôpitaux, il se représentait toujours sous les traits du jeune homme en Vespa, qui débouchait à l'angle de Peppermint Grove.

"Il s'était si bien coulé dans le moule qu'il n'y avait plus de place pour lui, pour la personne qu'il était réellement. Et encore moins pour quelqu'un d'autre", dit Maral.

Ceux qui le fréquentaient laissaient filtrer très peu d'informations. Il s'était entouré d'un aréopage d'avocats, de comptables et de banquiers qui ne se connaissaient pas entre eux et qui assuraient son anonymat. Deux ou trois matins par semaine, il traversait le parc pour se rendre à l'agence familiale de Duke Street, où une équipe de cinq administrateurs de portefeuilles veillaient sur son capital. Sous la houlette d'un ancien directeur de la gestion des fonds de Morgan Grenfell, ils plaçaient les royalties que Makertich continuait à percevoir de Rio Tinto et de ses autres investissements miniers. La majeure partie de ses bénéfices allait à une œuvre caritative d'aide aux enfants. Mais personne parmi ses relations d'affaires n'avait connaissance de ses activités philanthropiques, ni de ses origines arméniennes, ni de l'histoire de sa fortune astronomique. Il s'était installé à Londres parce que l'on n'y était pas curieux. Parce qu'on pouvait y dissimuler son nom, sa naissance, sa richesse et ses amours. Plus longtemps qu'ailleurs, en tout cas.

"Il m'a dit qu'il était venu ici, car c'était le premier choix de ses parents. Mais peut-être était-ce parce que Cheryl avait préféré épouser un Anglais. Y avait-il un rapport ?"

8.

Neuf ans s'écoulèrent. En dépit de ses tribulations, il était encore jeune. Les mères de famille qui poussaient leur landau dans Holland Park ralentissaient à la vue de ce séduisant célibataire d'une trentaine d'années, qui portait des lunettes de soleil et d'élégants souliers cirés avec soin. Si ses cheveux bruns commençaient à s'éclaircir, en revanche ses sourcils s'étaient épaissis.

Une femme plus intrépide que les autres engagea la conversation et, apprenant qu'il était photographe, l'aborda quelque temps plus tard avec une requête embarrassée. Faisait-il des portraits d'enfants ?

“À vrai dire, je n'en ai jamais eu l'occasion.”

“Est-ce que nous avons les moyens de nous offrir vos services ?”

Il sourit. “Certainement, si vous faites un don à une organisation caritative.”

Elle fut enchantée des photographies de sa fille, qu'il réalisa et développa lui-même – les clichés accrochés sur des fils parallèles, son visage baigné par la lumière verte, tandis qu'il notait le nom de l'enfant dans la marge –, mais elle ne trouva pas le courage de lui poser de questions plus personnelles. Il ne cherchait pas à flirter. Il était à l'image de son écriture : maîtrisé, précis, oblique. Mais parfois, on sentait aussi chez lui quelque chose de plus ample, de la générosité et de la gentillesse.

En résumé, ces jeunes mères ne savaient que penser. Il ne proposa jamais à aucune d'entre elles de passer chez lui. Celles qui tentèrent de l'inviter renoncèrent au troisième échec.

Elles ne le croyaient pas non plus homosexuel, même si une ou deux d'entre elles remarquèrent une ressemblance avec les beaux traits persécutés de Dirk Bogarde dans *La Victime*. Une rumeur disait qu'il était veuf. Riche, évidemment, mais à quel point ? En tout cas, l'une des femmes affirmait l'avoir vu sortir d'une Bristol. En fait, la voiture appartenait à son avocat. Madigan conduisait une Golf, et de manière très occasionnelle. En général, il préférait marcher.

"Si on le croisait dans Turl Street, on se rendait compte qu'il était aisé, mais il n'affichait pas un luxe ostentatoire. On devinait sa richesse aux vins qu'il buvait : il nous envoyait toujours une caisse de bordeaux de vingt ans d'âge à Noël. Et à ses chaussures." Son bottier, un homme mince au visage de lévrier, sortit un registre et le feuilleta jusqu'à une page comportant deux dessins. "Lors de sa première visite, il portait des mocassins. Il s'est assis et il m'a dit : 'J'ai été partout, et personne ne peut rien pour mes pieds.' En les mesurant, je me suis rendu compte qu'ils étaient effectivement en piteux état. La voûte affaissée, les talons déformés, des oignons, des ampoules : toutes les tares possibles. Les conséquences d'une expédition dans le désert australien, selon lui – pour prospecter, peut-être ? J'ai fabriqué une forme en hêtre et garni l'intérieur de ses chaussures de peau de cheval afin que ses pieds puissent bouger, mais que le frottement ne produise pas de cals. Voilà. De solides souliers en cuir de veau acajou – parce que c'était un marcheur. Pointure 45."

Un jour, à l'heure du déjeuner, il entra dans un pub de North Kensington où il fut servi par une femme : la trentaine plantureuse, de courts cheveux blonds et des boucles d'oreilles en opale. Elle lui rendit la monnaie et, par habitude, il recompta. Lorsqu'il leva la tête pour la remercier, elle le dévisageait avec de grands yeux.

"Chris ?"

Il resta un moment à la regarder sans rien dire, tandis que quelqu'un achetait un paquet de cigarettes au distributeur. Le bruit du tiroir qui s'ouvrit puis se referma se confondit avec celui d'une porte-moustiquaire qu'on lui claquait au nez, par une nuit étouffante à Peppermint Grove, et le visage de la mère derrière le treillis se superposa à celui de la femme par-dessus les tireuses à bière.

"Cheryl ?"

"Oui."

"Cheryl..."

Quelle était la probabilité qu'ils se revoient ? Son dernier geste en quittant son arche de fortune avait été de faire une boule de toutes ses photos et de les fourrer dans une boîte de lait en poudre qu'il avait jetée pardessus bord aux écrevisses.

Son visage s'était amaigri, allongé. Son regard était plus trouble. Son sourire moins paresseux que mou. Elle était différente. Ils étaient tous les deux différents. Ils auraient dû en rester là.

"Ton œil ?"

"Je l'ai perdu. Et toi ?"

Elle gloussa. "Moi, c'est mon cœur que j'ai perdu", mais il remarqua que les coins de sa bouche ne riaient pas.

Ils bavardèrent pendant dix minutes. Elle prenait des cours du soir de gravure à l'eau-forte : "Principalement des plantes et des arbres" ; son visa était sur le point d'expirer ; elle avait coupé les ponts avec ses parents et elle n'était pas mariée – ne l'avait jamais été, en fait. Tout ce qu'elle lui raconta semblait indiquer que celui qui était parti avec son cœur – et l'argent de son père – n'était autre que l'impeccable homme d'affaires anglo-allemand que Henry Pyke avait mentionné.

Makertich revint lui rendre visite au pub. C'était difficile d'avoir une conversation suivie quand les clients les interrompaient sans cesse pour acheter des allumettes ou des chips. Un soir où il piaffait là comme un cheval, il la demanda en mariage.

"D'une certaine manière, ce n'était pas la faute de Cheryl : elle n'y pouvait rien si elle était la femme qu'il croyait encore aimer", dit Maral.

*

Elle l'avait rencontré lors du défilé de l'Anzac Day, la journée en mémoire des soldats tombés à Gallipoli. Un homme d'affaires vêtu d'un costume bleu nuit à la coupe impeccable appelé Carl-Andrew, qui avait un accent britannique raffiné, ainsi qu'un lignage remontant au roi Jean et assez de rayures sur sa cravate pour arbitrer un match à Lord's Cricket Ground. Elle tenait à la main *Le Rouge et le Noir*. Il lui avoua que l'écriture et la lecture n'étaient pas son fort : l'important, c'était de savoir lire les gens. Et si elle voulait son avis, les bouquins ne racontaient que des sornettes ; puis il se lança dans un discours enthousiaste au sujet de ses deux nièces, clama qu'il adorait les enfants et qu'il était très attaché au bien de la collectivité. Carl-Andrew et son énergie patricienne lui plurent immédiatement. Il lui fallut quinze jours à peine pour se glisser dans son lit. "Je ne pense pas avoir visité le premier étage." Ce qui signifiait qu'il arracherait son corsage aussitôt dans sa chambre. "Mes parents sont allés déjeuner au Seacrest." Autrement dit, elle le laisserait faire. Curieusement, lorsque Drusilla Pyke surprit Carl-Andrew avec sa fille de vingt-deux ans, elle ne s'en offusqua pas. "Je m'excuse, ma chérie, je croyais que tu m'avais appelée", avant de refermer la porte tout doucement.

À peine Cheryl eut-elle accepté sa demande en mariage que les Pyke tombaient sous le charme du jeune homme à leur tour. Il était le gendre idéal. Surtout pour Drusilla. Ses études à Oxford, ses manières exquises : "Il était à Magdalen ; sa mère est une Bodley, des Bodley qui ont financé la fameuse bibliothèque", ulula-t-elle à Mme Anderson, dans le salon privé du Karrinyup. Et de décrire ses traits agréables, ses cheveux blonds et ses cils bruns, ce sourire irrésistible qui bridait ses yeux, apportait du poids à ses confidences et de la crédibilité à ses projets extravagants. Et ces projets semblaient non seulement modérés, mais parfaitement sensés, quand on les comparait aux idées qu'on avait cru avoir et qui se révélaient aberrantes, dès qu'on les examinait à travers le bleu infini de ses iris aux pupilles minuscules. Ainsi,

Drusilla Pyke annula tous les plans qu'elle avait faits pour marier sa fille au neveu de Mme Anderson – un éleveur honnête et travailleur du nom de Hands – et ne se tenait plus de joie à la perspective d'unir Cheryl à l'Honorable Carl-Andrew Purcell (titulaire d'un master d'Oxford et d'un MBA du MIT). Quant à Henry Pyke, oubliant le bateau dont il rêvait depuis trois décennies, il se laissa convaincre d'investir sa retraite jusqu'au dernier cent – moins, bien entendu, la somme prévue pour la noce – dans une plantation d'eucalyptus de huit cents hectares en Uruguay. Alors, cinq semaines avant de convoler, Carl-Andrew invita Cheryl et ses parents à déjeuner à l'European Club et, devant un verre de Penfold's Grange, le verre avec lequel il trinquerait à leur avenir à tous, il leur annonça qu'il devait s'absenter pour aller surveiller le "placement en or" de son futur beau-père – selon ses propres mots – à un endroit appelé Solis ; son escapade ne durerait que huit jours, dix tout au plus, après quoi, nul homme ne serait plus impatient que Carl-Andrew de conduire Cheryl à l'autel de St. Mary, dans la longue robe blanche brodée de satin, dont Drusilla Pyke avait confié la réalisation à Jean-Jean, le meilleur tailleur de Perth. Et on n'entendit plus jamais parler de lui.

Plusieurs mois s'écoulèrent avant que sa mère ne se décide à ressortir son carnet d'adresses pour inviter le neveu d'Heather Anderson à dîner. Cheryl organisa sa fuite le lendemain.

Lorsqu'elle rencontra Makertich – au début des années soixante-dix – dans ce pub de North Kensington, elle avait depuis longtemps cessé de penser à lui. Ce qu'il avait signifié pour elle appartenait à un passé nébuleux. Il ne pouvait pas en dire autant. Il se définissait par ce qu'il avait perdu. Cheryl était la jeune fille qu'il avait toujours aimée. Elle était sa vie, avant les bouleversements. Il ne voyait pas la femme aigrie qui s'empâtait. Elle était irrationnelle, cette joie qu'il éprouvait. Alors qu'il aurait dû être assailli de doutes, il n'avait aucune réserve. L'image d'autrefois était si bien ancrée en lui qu'il ne se rendait pas compte qu'il s'accrochait à quelque chose qui n'existait plus.

Une cérémonie civile scellait leur union six semaines plus tard. Ses origines arméniennes ne représentaient plus un obstacle. Ni la réprobation de Mme Pyke. Sa fortune permettait d'oublier qui il était à Perth et ce qui contrariait sa mère alors. Le nom Cheryl Madigan lui plaisait et elle fit broder C.M. sur ses revers de manches et ses taies d'oreillers : leurs initiales, ainsi qu'elle le souligna, étaient les mêmes.

Cinq ans plus tard, après deux fausses couches, elle donnait naissance à une petite fille de deux kilos trois. Ils la prénommèrent Jeanine, d'après une tante de la jeune femme, qui se décida enfin à annoncer à ses parents qu'elle avait épousé Makertich.

“Sa mère est venue. Elle était enthousiaste : tout était oublié, maintenant que Krikor était riche et qu'il avait sauvé Cheryl du déshonneur.”

Mais l'empressement de Drusilla à tirer un trait sur le passé ne réjouit pas outre mesure Makertich. Il resta distant – et celle-ci timide, consciente qu'elle s'était montrée injuste avec son gendre.

“C'est là que j'interviens dans l'histoire”, annonça Maral.

9.

Makertich attachait une telle importance à son intimité qu'il refusait d'avoir des employés de maison à domicile. Un soir où il était particulièrement désireux de fuir sa belle-mère, il s'envola pour Vienne où se tenait une réunion de la division autrichienne de sa fondation. Au coin de son hôtel, il vit des petits tas de crottin. Des calèches et des cochers en chapeau melon. Puis, dans un passage couvert près du palais des Habsbourg, il manqua de trébucher sur une jeune femme maigre comme un clou, qui gisait sur le flanc. Ses jambes étaient étendues le long du trottoir et elle le fixa avec des yeux anormalement ronds, un fichu sale autour de son visage. Nulle fausseté ni désir d'apitoyer sur ses traits. Pas d'espoir non plus, ce qui pouvait surprendre dans cette ville de manteaux de fourrure et d'opulence. Elle murmura quelque chose qui l'obligea à s'arrêter. Un flot de mots qu'il tenait de sa grand-mère lui revint, et quand il les prononça elle hocha la tête et s'assit. Elle avait la timidité des femmes trop grandes, bien qu'elle ne le fût pas particulièrement, mais elle parvint à se faire comprendre.

Elle venait d'un camp de réfugiés surpeuplé à Traiskirchen. Il y avait eu une épidémie de méningite. Son bébé, une petite fille, n'avait pas survécu.

Il lui demanda son nom. Lorsqu'elle le lui dit, il ferma les yeux. Puis il l'aida à se lever et la ramena au Sacher, où il lui fit couler un bain. Après qu'elle eut dormi pendant deux jours, se fut lavé les cheveux et rempli l'estomac de soupe de pâtes et de *schnitzel*, ils se rendirent à Stephensplatz et dans Vorgartenstrasse, où elle choisit des habits bon marché, mais pratiques, dont une robe d'organza bleu, deux chemises blanches, cinq ensembles de sous-vêtements et cinq paires de bas, ainsi qu'un long manteau douillet d'opossum qu'il insista pour lui acheter.

Après ce qu'elle avait subi, plus rien n'avait d'importance. Mais c'était agréable de s'envelopper dans une fourrure et d'observer cet homme. L'un de ses yeux semblait porter les cernes de sa fatigue à elle.

“Il m'a aidée, mais ce n'était pas un acte gratuit. Il pensait à la petite Jeanine. J'étais une pauvre réfugiée sans défense, mais je venais de son pays. Pendant un instant, il a eu la folle idée que je saurais m'occuper de sa fille, parce que j'étais arménienne et que je connaissais cette culture, et parce que mon bébé était mort. C'était une impulsion ridicule et romantique. Et il s'est vite ressaisi. Mais ce n'était pas le plus curieux. J'étais son unique lien avec l'Arménie, pourtant, du moment où je suis entrée chez lui à Londres, nous n'avons plus abordé le sujet, et ce, pendant des années. À l'entendre, on n'aurait jamais deviné qu'il n'était pas anglais. À voir son mobilier en chêne, ses tableaux et ses carafes de bordeaux, tout le monde pensait être dans une demeure typiquement anglaise, de la tour jusqu'à la cave à vins."

D'Australie, il avait apporté seulement quelques objets qu'il avait exposés sur une étagère dans le vestibule : la tête d'une hache aborigène, un morceau de fer fondu et façonné "qui ressemblait à un Henry Moore réussi", à en croire son avocat. Mais rien d'arménien.

"Il ne voulait pas qu'un tapis d'Orient franchisse le seuil de sa maison. Pas de musique jouée par un ensemble de cuivres. Pas de romans de William Saroyan. Pas de tableaux d'Arshile Gorky. Pas de tapisseries kitsch d'Ararat. Il disait que l'Arménie n'était qu'un rêve à demi oublié qu'on essayait de reconstituer au petit déjeuner. En fait, il était en guerre contre son sang arménien. Les gens dont les noms se terminaient en "ian", il les évitait. Et je ne l'ai jamais entendu laisser échapper un mot d'arménien après le jour de notre rencontre. Ce qui ne signifiait pas qu'il ne pensait pas dans cette langue.

"Mais revenons à mon arrivée à Londres. Cheryl ne comprenait pas ce que cette inconnue faisait soudain dans sa maison. Elle s'entêtait à prononcer mon nom de travers. J'ai rapidement cessé de la corriger. Peut-être avait-elle raison. J'ai fait des erreurs. Je pouvais être difficile. J'étais une inculte qui n'avait rien lu. Même si, à vrai dire, Cheryl n'était pas une grande lectrice non plus. Je ne parlais même pas l'anglais : Krikor m'a fait suivre six mois de cours à la Bell's Language School de Fitzroy Square. Après l'école, j'allais au cinéma ou au pub en compagnie d'un autre élève."

10.

Makertich poussait le landau dans le parc, exhibant son bébé devant les jeunes mamans. Cheryl marchait à côté de lui, chaussettes blanches, tennis et bermuda kaki, l'air tout aussi satisfait. Le soleil anglais faiblard ne permettait pas de se baigner, même en août, pourtant, lorsque Makertich enlaçait la taille de son épouse et glissait la main sous son pull Pringle, il pouvait encore se persuader qu'il touchait le dos nu de la jeune fille de dix-huit ans qui posait pour lui au bord du Swan. Jusqu'à ce que Jeanine ait cinq ou six ans, il lui arrivait de secouer la tête avec une incrédulité joyeuse, quand il pensait à l'incroyable concours de circonstances qui la lui avait ramenée.

Impitoyable en affaires, chez lui il ne refusait rien à Cheryl. C'était celle pour qui il écrivait des dissertations autrefois, la femme avec qui il partageait ses initiales, ses oreillers, son enfant. Tout ce qui était à lui était à elle.

Pour qu'elle continue le dessin, il lui offrit un atelier près d'Oxford Gardens, dans une ruelle pavée. Un été, la semaine du troisième anniversaire de Jeanine, une galerie de Portobello consacra une exposition aux estampes de Cheryl. “Elle répétait à qui voulait l’entendre que tout s’était vendu. Elle n’a jamais su la vérité. Krikor avait acheté le lot.”

Elle jouissait d’une entière liberté. Elle pouvait aller où bon lui semblait, dépenser tout l’argent qu’elle souhaitait. À cause de sa dyscalculie, il avait engagé un homme de loi pour gérer ses affaires, notamment le travail qu’elle effectuait à la Fondation Cigale, l’institution caritative au profit des enfants qu’il avait créée peu après son arrivée à Londres, et dont il était toujours le bienfaiteur anonyme. Il nomma Cheryl au conseil d’administration, où elle était responsable du fichier d’adresses, avec une procuration s’élevant à cent mille livres.

Sa générosité s’étendait à quatorze mille kilomètres de là, à la famille qui l’avait rejeté autrefois. Parmi les photographies épinglées sur le tableau en liège dans la chambre de Jeanine figurait un Polaroïd de ses grands-parents à bord du *Daphné*.

Jeanine avait cinq ans quand Maral remarqua une distraction nouvelle chez Cheryl, un regard absent. Elle qui s’était toujours montrée une mère dévouée prit l’habitude de demander à la gouvernante de déposer la petite à l’école de Basset Road. Elle l’envoyait aussi la chercher après la classe, alors que son atelier se trouvait au coin de la rue. Elle ne se maquillait plus. Elle rentrait parfois avec sous les yeux rougis de grands cernes noirs que son fond de teint ne suffisait pas à cacher.

Makertich nota lui aussi le changement. Ou peut-être fut-il averti par ses hommes de loi. Il y avait des trous dans la caisse de la fondation. Des petites sommes retirées régulièrement. Un consultant embauché par

Cheryl pour l'aider à s'occuper du fichier d'adresses avait présenté des factures d'une société offshore de Jersey, qui s'occupait de l'achat de propriétés. Pas à Londres, mais dans des régions du monde quelque peu déconcertantes. Les premiers temps, Makertich préféra ne pas interroger son épouse. Si son consultant avait décidé d'investir dans un immeuble marocain, c'était son affaire. Mais les prélèvements augmentaient, jusqu'au jour où ils devinrent trop importants pour qu'il continuât de les ignorer.

La première fois qu'il aborda la question, il demeura vague au sujet de ses inquiétudes. Il savait qu'il fallait louvoyer avec sa femme : si elle se sentait attaquée, elle adoptait le détachement hautain de sa mère. Il lui caressa le bras et demanda : "Est-ce que tu t'es mise dans une situation qui te dépasse ?" Elle eut un petit rire crispé. "Qu'est-ce que tu racontes ?" Et lorsqu'il insista : "Que se passe-t-il ? Pourquoi est-ce que tu agis ainsi ? Est-ce qu'on te fait chanter ?", elle ne voulut ou ne put lui répondre.

"J'ai essayé d'en parler à Jeanine, soupira Maral, mais c'est à vous que je vais le dire. Son père avait épousé une femme qui était obsédée par un autre homme. Elle ne s'était jamais remise de la désertion de Carl-Andrew à la veille de leur mariage. Alors, le jour où elle est tombée par hasard sur son premier amour, dans un pays différent, dix ans plus tard, et qu'il a réveillé en elle des réminiscences, pas de lui nécessairement, mais d'un temps où la vie était plus simple et plus heureuse, elle s'est trouvée surprise, et j'imagine flattée, de constater qu'après toutes ces années et malgré l'attitude de Drusilla, il ne l'avait pas oubliée. Mieux encore, il l'aimait. Persuadée qu'elle ne reverrait jamais le fiancé disparu dont le souvenir la torturait comme une démangeaison qu'on ne peut gratter, elle a accepté d'épouser Krikor.

"Ce mariage était-il ce qu'il espérait et attendait ? Sûrement pas. Il n'était pas aveugle au point de penser qu'ils pourraient reprendre là où ils s'étaient interrompus. Mais il ne pouvait s'empêcher de croire qu'elle était la femme de sa vie. Il n'avait rencontré personne d'autre, n'avait pas su former de nouvelles relations. Elle était son cygne – encore que les cygnes soient noirs en Australie, selon Krikor. Il était trop tard quand il s'est rendu compte que rien, même pas tout l'argent du monde, ne lui permettrait de la reconquérir, de ressusciter ce qu'elle avait représenté pour lui. Un homme plus expérimenté l'aurait compris. Mais il était naïf, malgré sa fortune. Il était d'une incroyable candeur.

"Quant à Cheryl, était-elle heureuse ? En tout cas, elle ne l'aimait pas, je le voyais bien. Mais je n'avais pas à m'en mêler. Et même si elle était heureuse, ce n'est pas autorisé."

"Autorisé ?" fit Andy.

"Je m'excuse si j'ai l'air de raconter n'importe quoi. C'est le vin. Je dois être plus saoule que je pensais. Revenons un peu en arrière… avant les trous dans la caisse et les cernes. Un jour, l'ancien fiancé de Cheryl la retrouve. Il a découvert qui elle a épousé. Et où elle habite. Il sait même quand elle est seule à la maison."

Un matin, ainsi que Cheryl finirait par l'avouer, alors que son mari avait rendez-vous avec son avocat et que Maral avait emmené Jeanine à ses cours de danse classique, la sonnette retentit.

Sur le perron, dans un costume un peu plus grand, mais avec la même cravate rayée que le jour où elle l'avait vu pour la dernière fois, à l'European Club de Perth, fredonnant "all of my life, all of my kissing..."

"Carl-Andrew..."

"Je suis revenu", avec sa langue qui pointait au coin de sa bouche et ses yeux bleus qui souriaient, comme s'il venait de descendre de l'avion de Montevideo et passait simplement lui assurer qu'il s'apprêtait à se rendre à St. Mary, et que ces vingt et un ans ne s'étaient jamais écoulés.

Elle se mit à trembler tellement elle avait envie de le serrer dans ses bras. "Où étais-tu ?"

"Je prêchais la bonne parole dans une lointaine contrée", répliqua-t-il, pince-sans-rire, bras grands ouverts.

Et Maral : "Elle le désire. C'est plus fort qu'elle. Je ne sais pas ce qu'elle lui trouve, à ce bon à rien, ce menteur abominable. Elle est tellement heureuse qu'elle est prête à tous les sacrifices – pareil pour ses maudits eucalyptus. Elle a l'air de croire à ses arbres encore plus que lui."

Il toucha son visage, son doigt descendit le long de sa joue, et Cheryl eut le sentiment qu'il lui décollait la peau.

"Il lui a demandé si elle pouvait lui prêter cinq mille livres, promettant qu'il ne lui réclamerait rien d'autre. Mais ce n'était que le début. Il lui fallait piocher de plus en plus fréquemment dans la caisse de la fondation. Quelle importance pour son mari ? Krikor ne dirait rien. Elle savait qu'il honorerait les chèques – que par délicatesse il attribuerait les trous à sa dyscalculie, jusqu'au jour où cela devint impossible, où il comprit qu'il ne pouvait pas continuer à se taire."

Un soir, il entra dans leur chambre pendant que Cheryl se coiffait. Il s'assit à côté d'elle, la contempla dans le miroir, puis posa son verre de vin et demanda : "Xemu Holdings, c'est qui ? C'est quoi ?" Elle baissa sa brosse et cligna des paupières, comme si un cil la gênait. Puis il ajouta : "Si tu ne parles pas, demain je chargerai mes hommes de loi d'enquêter", et elle bafouilla : "Une société dans laquelle j'ai investi."

"Qui appartient à ?"

Cheryl le regarda à son tour dans la glace. Alors, elle eut l'impression de tomber dans le plus petit de ses yeux, de tomber comme Alice dans le terrier du lapin, et au fond elle vit une salle de classe à Perth, où un professeur attendait sa réponse, tandis que Chris lui tendait un bout de papier, l'incitant à le prendre – allez, prends-le.

Elle détourna la tête. "À cette personne dont je t'ai parlé." Puis avec un sourire atrophié : "L'homme que je devais épouser."

"Carl-Andrew Purcell ?"

Elle fit signe que oui.

Il n'ajouta rien. Il n'était pas prêt à l'affronter. Il devinait que s'il lui posait une autre question, son mariage était fini. Que cette période d'horrible grâce pendant laquelle il s'était cru heureux n'était qu'un mensonge. Il le sentait, comme les chiens de Marash avaient flairé le tremblement de terre, alertant sa grand-mère qui s'était précipitée hors de la maison avant que le plafond ne s'écroule sur elle. Son cœur se mit à hurler à la perspective de la rupture et pendant un instant tout devint noir.

Il tenta de poser une main sur son épaule, mais elle tressaillit et il se rendit compte qu'elle s'attendait à ce qu'il la frappe. Il renversa son verre en se levant et embrassa le sommet de son crâne. Dans ses cheveux, une odeur étrange.

Elle épongea le vin avec un mouchoir en papier.

“Est-ce que vous vous êtes disputés ?” À la vue des poignets de Cheryl couverts de bleus de la taille d'un grain de raisin.

Elle baissa sa manche brodée à leur monogramme. “Ce n'est pas toi qui disais que les gens qui posaient des questions étaient des ennemis ?”

Ils avaient atteint un point critique. Deux semaines passèrent. Makertich ne revint pas sur leur conversation. Il s'était agrippé aux affirmations de sa femme avec l'obstination de son père, qui à Perth s'efforçait d'entretenir l'illusion qu'ils étaient encore des éleveurs de chevaux. Mais ce n'était pas tenable. C'était une catastrophe annoncée.

Ce fut son avocat, Crispian Bennett, qui appuya sur le détonateur lorsqu'il mentionna en passant qu'il avait parlé avec un collègue de son dernier investissement.

L'épisode était resté gravé dans la mémoire de Bennett, un homme d'environ soixante-dix ans, avec une petite bouche dans un visage dur et sournois : “Je me souviens très précisément de ce que j'ai dit à M. Madigan. Je lui ai dit que je serais extrêmement surpris si le sol supportait la quantité d'arbres annoncée dans la brochure. Et quand il m'a demandé si je divaguais, je lui ai expliqué : la Fondation Cigale avait investi deux millions de livres dans une société qui projetait de planter deux cent mille eucalyptus en Irlande du Nord.”

Makertich ne plaisantait pas avec les chiffres. Il savait ce que signifiait la faillite : les huissiers de Richmond ne lui avaient rien laissé, pas même l'étui en cuir de son Agfa Box. Cependant, il avait nié l'évidence jusqu'au moment où il entendit son homme de loi prononcer les mots "plantation d'eucalyptus". Comme un cancer dont on croyait s'être débarrassé, Don Flexmore était réapparu dans sa vie.

Il comprit qu'il avait perdu son œil et Cheryl son cœur à cause d'une seule et unique personne. Il se rappelait maintenant où il avait senti l'odeur de fumée douceâtre qui imprégnait les cheveux de sa femme. Don était l'homme que Cheryl attendait, vêtue de sa robe de mariage blanche, accrochée au bras de son père dans Collins Street, devant l'église St. Mary (où tout le gratin de Perth se pressait, et se dévissait le cou pour voir ce qu'elle faisait dehors), tressaillant au passage de chaque véhicule : un camion de lait, une Ford Zephyr qui s'enfuit à cent kilomètres-heure, suivie d'une voiture de police et d'un vieillard à bicyclette (qui leva la main pour crier quelque chose en arrivant à leur hauteur, vacilla un instant et s'éloigna). Attendre, attendre, attendre que le fiancé blond aux yeux bleus et aux cils noirs ôte sa casquette de laitier ou ses pinces à vélo, et se tourne : "Coucou, c'est moi."

Lorsqu'il rentra chez lui ce soir-là, Makertich ouvrit une bouteille de Colares et monta l'escalier d'un pas lourd pour affronter sa femme.

"Mary, c'est vous ?" lorsqu'elle l'entendit entrer, sans lever les yeux de son magazine.

Il posa son verre et sentit la peine gonfler son cœur. "C'est lui, n'est-ce pas ?"

“Qui ?” abandonnant un instant les pages de *Celebrity.*

“Don, Carl-Andrew…” Il vit un visage qui apparaissait et disparaissait parmi des volutes de marijuana. Et sa voix retentit : “Si tu veux devenir riche crée une religion. Ou plante un arbre.”

Elle baissa la tête, dissipant les derniers doutes de son mari. Elle n’avait jamais su garder un secret.

“Les gens changent, tu sais.”

“Un menteur restera toujours un menteur.”

“Tu ne le connais pas, Chris. Tu crois le connaître, mais tu te trompes.”

“Il t’a dit ?” montrant son œil.

“Le pommier ? Ce n’était pas sa faute.”

Elle avait le visage fermé, les genoux tremblants, le bras d’une mollesse pitoyable. Mais il regardait d’un air détaché le cadavre de ses amours adolescentes, songeant qu’elle ressemblait de plus en plus à sa mère : les cheveux plus plats, le nez plus large et la bouche toujours trop grande.

Elle posa son magazine et prit un Kleenex pour se moucher. “Tu ne veux pas en savoir plus ?”

“Est-ce vraiment nécessaire ?” Jamais il ne s’était senti aussi loin d’elle. Même sur l’Hawkesbury.

Dans le miroir, le visage de Cheryl disait que c’était fini. Quel que soit le nom de ce qu’il y avait eu entre eux.

“Je m’excuse, Chris. Tu penses que c’est un salaud, et tu as peut-être raison. Il ne t’arrive pas à la cheville, mais il me plaît comme il est, et tant pis si ça semble idiot.”

À son reflet, il pouvait encore parler.

“D’accord, tu l’aimes, je le vois bien. Je ne me mettrai pas entre vous.”

“Il n’a pas essayé de la retenir, dit Maral. Il désirait la rayer de sa vie. Et de celle de sa fille. Mais pour Jeanine, il ne voulait pas que leurs relations s’enveniment. Il a offert à Cheryl une grande et belle maison à St. John Wood, dans un quartier où Don rêvait d’habiter, avec assez d’argent pour qu’ils puissent vivre ensemble. Et elle a accepté.”

“Seulement, il y a une condition”, ajouta-t-il.

Elle se raidit. Il avait réfléchi. Il allait revenir sur sa promesse.

“Tu peux avoir Don, mais je garde Jeanine. Tu ne la verras plus. Tu comprends ?”

Elle hésita, puis murmura comme à l’église : “Oui.”

Mais il voulait en être sûr. “Si tu quittes cette maison, tu ne pourras plus faire marche arrière. Si toi ou cet homme approchez de ma fille…”

Son sourire mit une éternité à se former et l’instant d’après elle sanglotait.

“Qu’est-ce que nous lui dirons ?”

“Que tu as dû rentrer à Perth.”

Et Cheryl a accepté. Elle était prête à tout pour être avec Don.

11.

Cheryl quitta la maison le lendemain matin et à compter de cet instant Makertich cessa de l'aimer.

"Il ne paraissait pas souffrir. Avec le temps, il l'aurait sans doute oubliée et elle aurait rejoint les souvenirs d'un passé très lointain – s'il n'y avait eu Jeanine.

"C'est incroyable que quelqu'un de son intelligence, avec sa fortune, ait eu la stupidité de vouloir empêcher Cheryl de voir sa fille. Quand on pense aux problèmes qui en ont découlé… Accepter de payer pour tout à la condition qu'on les laisse en paix, Jeanine et lui : c'était foncer droit dans le mur. Mais il était incapable de pardonner à sa femme. Il ne comprenait pas que Jeanine était leur fille à tous les deux, même si Cheryl avait fait preuve de négligence. Bien sûr, il n'y avait pas que ça. Il voulait à tout prix protéger la petite. Il craignait cet homme comme la peste."

Les premiers jours furent difficiles.

"Se retrouver entre des parents qui se séparent est une chose abominable. Ils avaient toujours été là tous les deux. Jeanine les aimait autant l'un que l'autre. Le départ de sa mère a durement éprouvé sa loyauté. Les enfants sont conservateurs dans leurs sentiments."

"Quand est-ce que maman rentre d'Australie ?" demandait-elle constamment.

"Pas tout de suite."

En attendant le jour où Cheryl reviendrait, elle s'occupait de son mieux. Elle lisait, répétait ses pas de danse. S'il faisait beau, elle s'asseyait sur la pelouse et dessinait le hêtre pourpre, comme sa mère le lui avait appris.

"Elle parlait peu, ne se liait guère avec les autres enfants, et pouvait se montrer très grognon. Quand je lui demandais : 'Qu'est-ce qui ne va pas ?', elle ne pouvait pas me répondre. Je la touchais et elle me disait : 'Va-t'en.' Je ne savais pas comment la consoler."

Elle se sentait déchirée, impuissante. Elle ne comprenait pas pourquoi sa mère avait bouleversé son monde.

Les jours passèrent, et se transformèrent en mois. Un an s'écoula sans qu'ils reçoivent de nouvelles d'Australie. Alors Jeanine se tourna vers Maral.

"Je l'emmène à l'école, je l'habille, je lui tricote des pulls, j'accroche les photos d'elle que fait son père, le soir je lui lis les livres qu'il me laisse pour la petite quand il s'absente : son travail à la fondation l'appelle souvent à l'étranger. Je lui raconte des histoires de montagnes et de hauts plateaux, d'hommes sur des chevaux ailés. Je dois être sa mère. Et personne ne se réjouit autant que moi lorsqu'elle redevient elle-même. Elle ne fait plus pipi au lit. Elle invite une copine à dormir à la maison. Elle est une fillette comme les autres."

Le semblant de joie retrouvée de Jeanine sauva Makertich. Tout son amour se concentra sur l'enfant.

“Cette petite le rendait heureux. Elle était sa raison de vivre. Sans elle, j’ignore ce qu’il serait devenu. Vous auriez dû voir leurs visages lorsqu’ils étaient ensemble. Quoi qu’elle dise aujourd’hui, en ce temps-là, elle l’adorait. Je le sais, j’étais là.”

Leur bonheur dura un peu plus de trois ans. Au cours de cette période, les parents de Jeanine ne s’adressèrent pas la parole une seule fois, et Cheryl ne tenta pas d’entrer en contact avec sa fille.

12.

“Ces années ont brillé d’un éclat particulier dans notre vie. Et nous ne voyions pas de raison pour que cela ne dure pas. Mais on croit toujours qu’on aura plus de temps, plus de courage.”

Comme tout acte de violence, il fut précédé d’un geste de paix.

Le matin des dix ans de Jeanine, Maral se trouvait avec elle au premier étage : elle l’aidait à se rappeler ce qu’elle avait fait la veille, afin qu’elle le note dans son journal de vacances – un rendez-vous chez l’orthodontiste qui lui avait mis un appareil dentaire pour corriger un léger prognathisme –, et lui soufflait des idées de dessins qui viendraient illustrer son récit. Après quoi, si le temps le permettait, elles iraient se promener à Holland Park.

À onze heures, elles se préparèrent à sortir. Maral avait fini par l’autoriser à enlever sa prothèse pour son anniversaire – “mais aujourd’hui, c’est tout” –, quand retentirent des coups pressants contre la porte.

Le bruit interrompit Maral, qui se tenait en haut de l’escalier, en train de gratter une tache blanche sur le manteau de Jeanine. Ce ne pouvait pas être Makertich : il était parti une demi-heure plus tôt, pour aller chercher le cadeau de sa fille et des ballons gonflables supplémentaires.

"Attends ici."

Maral descendit regarder à travers les carreaux colorés de la porte. Elle distingua la silhouette d'une femme.

"J'ouvre et je sens les poils de ma nuque se hérisser."

Des boucles d'oreilles d'opale en forme de dauphins pendaient de ses lobes rougeauds.

Le changement causa un choc à Maral. L'expression pitoyable. Le visage d'une folle désespérée qui avait tout perdu.

"Madame Madigan ?"

La détresse dans ses yeux. Maral se revit à Vienne. Son enfant avait trois mois lorsqu'elle avait attrapé une infection et elle aurait volontiers échangé sa vie contre celle de sa fille, si seulement on lui avait dit comment faire – "Mon Dieu, je vous en prie, donnez-moi le mal dont souffre mon bébé", répétait-elle –, et elle avait semblé reprendre des forces pendant quelques jours, mais ce ne fut que pour mieux rechuter : petit bout de chair rouge asphyxié dont il ne resta bientôt qu'une toux dans un châle. Puis elle mourut. Seta : elle se serait appelée ainsi.

"Est-ce que je peux la voir ?"

"Madame Madigan, vous savez que ce n'est pas permis."

"Je veux simplement l'apercevoir."

"Vous risquez de tout perdre…"

"Je ne l'ai pas vue depuis quatre ans !"

"Vous ne devriez pas être ici", gémit Maral.

"Quel mal y a-t-il à cela ? Ma propre fille !"

"Je voulais faire au mieux. Mais j'aurais préféré que Krikor soit là. Alors, elle m'a attrapée par le bras et m'a regardée dans les yeux : 'Mary' – elle m'appelait toujours ainsi, pas Maral qui était le nom qu'il me donnait et qui était aussi celui de sa grand-mère – 'Laissez-moi la voir, je vous en prie. Je m'en irai tout de suite après.'"

"Maral, à qui tu parles ?" Et avant qu'elle ait le temps de réagir, Jeanine descendait l'escalier, dans son manteau vert, tripotant le col taché de crotte de pigeon que Maral venait de nettoyer.

"Te voilà !" Et en riant Cheryl l'étreignit. "J'avais peur de ne pas te reconnaître. Joyeux anniversaire."

Jeanine posa les yeux sur les mains baguées tendues vers elle, ces doigts qui boutonnaient son vêtement, s'arrêtaient un instant sur le col humide, l'abaissaient puis le remontaient, ébouriffaient ses cheveux et la recoiffaient, défaisaient les boutons, une main sabotant le travail de l'autre, comme si elles étaient cinq à la toucher.

"Jeanine me regarde d'un air hésitant, parce qu'elle ne reconnaît pas la femme corpulente qui tombe à genoux et couvre de baisers son visage effrayé, tandis qu'elle se tortille, mal à l'aise."

"Tes cheveux, ils sont plus bruns, plus courts. Quel joli peigne. Oh chérie, que tu es mignonne, une vraie beauté ! Qu'est-ce que tu étais en train de faire, ma chérie ?" d'un ton hystérique.

Jeanine baissa la tête, détourna les yeux de cette inconnue angoissée, importune. Elle marmonna et s'efforça de dégager son bras. "Maral m'aidait à faire mes devoirs."

“Mary t’aidait à faire tes devoirs. C’est merveilleux ! Tu sais qu’autrefois, papa m’aidait à faire les miens ? Et quels devoirs, mon trésor ?”

“J’écrivais mon journal de vacances.”

“Et maintenant que tu as terminé, tu vas faire quoi ?”

“Nous étions sur le point de sortir nous promener”, intervint Maral, décidée à mettre un terme à cette scène ridicule.

“Est-ce que je peux venir avec vous ? Je ne vous embêterai pas. Je comprends bien que je n’ai pas le droit, mais juste une demi-heure. À Holland Park. Le jour de son anniversaire. Trente minutes.” Elle toucha le cadran carré de la montre à son poignet, tripota ses dauphins.

“Je savais ce qu’elle éprouvait. Car je savais ce que c’était d’être mère. Je voulais la supplier de partir, mais j’ai été prise du désir irrationnel de l’aider. Et bêtement, j’ai dit oui.

“Jeanine ne comprenait pas ce qui se passait. Je lui ai expliqué : ‘Ta maman aimerait venir se promener avec nous.’ Alors, elle a levé la tête et elle l’a reconnue.”

“Tu es rentrée d’Australie…”

Les mains de Cheryl retombèrent, muettes, exprimant ce qu’elle ne pouvait dire avec des mots.

“Dès que j’ai vu le visage de Jeanine, j’ai regretté d’avoir accepté, mais il était trop tard.”

“Il faut juste que je range ça”, et Maral posa la serviette quelle tenait encore, puis alla chercher son manteau.

“Ne répète rien à ton père”, fit Cheryl avec un sourire.

“Je me suis dit que c’était seulement une demi-heure. J’aurais donné n’importe quoi pour être réunie à Seta ne serait-ce qu'une demi-heure ! Et de toute manière, j'étais capable de protéger la petite."

Dehors, le soleil brillait sur les grilles comme pour se persuader que c'était l'été. Maral verrouilla derrière elles, glissa la clé dans sa poche et toutes les trois – Jeanine à petits pas entre sa gouvernante et sa mère –, elles marchèrent jusqu'à Holland Park, où Maral s'assit sur un banc et regarda deux enfants se lancer un frisbee orange, tandis que Cheryl et la fillette discutaient, sur un autre banc.

"J'imaginais qu'elle lui racontait son goûter d'anniversaire, les amies qu'elle avait invitées, leurs noms, le nouvel appareil dentaire. Puis elles se sont levées et se sont approchées de moi. Cheryl la tenait par la main."

"Elle a besoin d'aller aux toilettes. Elle a mal au ventre. Ne vous embêtez pas, je peux l'emmener."

Maral resta assise. Elle n'avait pas envie de bouger. Au bout du terrain de jeux, il y avait des W.-C. publics, une maisonnette en briques rouges au toit de goudron vert. Cheryl y pénétra avec l'enfant, sous les yeux de la gouvernante, qui n'avait donc aucune raison de s'inquiéter et continua d'observer le garçon qui lançait un frisbee à sa petite sœur. Seta aurait le même âge qu'elle aujourd'hui. Elle aurait pu la regarder attraper et renvoyer un disque en plastique toute la matinée, ou le restant de ses jours, jusqu'à la fin du monde.

Au bout d'un moment, elle consulta sa montre.

"Elles sont à l'intérieur depuis un certain temps et je me dis : 'Bizarre, elle n'avait pas mal au ventre tout à l'heure.' Je décide d'aller voir, mais il n'y a personne et quand j'appelle, on ne répond pas. Alors, je remarque la fenêtre ouverte et je comprends que Jeanine ne sera pas là pour sa fête d'anniversaire."

À treize heures, Makertich entendit une clé tourner dans la serrure. Il cessa de caresser le chaton au ventre crème qu'il avait acheté et fronça les sourcils. "Où est ma fille ?"

Le reste de la journée fut horrible.

Plus tard, on sonna à la porte et ils eurent un sursaut d'espoir, mais ce n'était que la maman de Phoebe qui amenait la petite un peu en avance pour le goûter qu'ils avaient oublié d'annuler. Lorsque le téléphone retentit, c'était une policière qui leur annonça que l'enfant avait été retrouvée, qu'elle était chez sa mère et qu'elle allait bien.

Ce soir-là, Maral le vit ivre pour la première et la dernière fois.

"Où est la bouteille de Colares ?" et il se servit un verre, avant de se raviser et d'en offrir un à Maral – "Pourtant, je ne l'avais pas mérité."

13.

Don Flexmore avait abandonné Cheryl cinq mois plus tôt, mais pendant un temps, son orgueil avait refusé de l'accepter. Elle pensait qu'il allait revenir. Il l'avait pressée comme un citron et avait disparu de nouveau sans se retourner, fidèle à lui-même.

"Il l'a quittée sans même lui laisser de quoi payer la facture du téléphone."

Au moment du divorce, Makertich avait pourtant donné à Cheryl une maison de six chambres à St. John's Wood. Plus une somme substantielle qui devait lui permettre de ne jamais manquer de rien.

"Nous n'avons pas vraiment eu notre mot à dire, soupira Bennett. Alors que nous étions censés défendre ses intérêts. Sa conception de ce qui était juste nous chagrinait. Nous étions contre cet accord, car nous voulions le protéger. Mais croyez-vous qu'il nous aurait demandé notre avis ?"

Et Maral : "Au début, ne pas voir sa fille ne troublait pas Cheryl outre mesure. Elle avait Don. On ne peut que plaindre quelqu'un qui aime une crapule pareille."

Mais, aux yeux de Don, elle était utile et intéressante tant qu'elle était avec Makertich : dans le pot de miel et en position de le vider. Il n'avait aucune envie qu'elle quitte le 11 Clarendon Crescent. Il n'avait pas prévu de vivre avec elle. C'est ainsi qu'un beau matin, alors qu'ils entamaient leur quatrième année de vie commune, elle l'entendit s'habiller en chantonnant "The Carnival is Over" d'une voix mélodieuse. Puis le silence. Quelques minutes plus tard, elle l'aperçut par la fenêtre qui jetait une valise de toile à l'arrière d'un taxi. Quand elle se précipita dehors pour lui demander où il allait, il leva vers elle ses yeux si beaux, mais qui parfois ressemblaient à ceux d'un chien sauvage, et il déclara : "Il y a un terrain exceptionnel que je dois aller voir à Jarvis Bay. Ne t'inquiète pas chérie, je serai de retour dans huit jours, dix au maximum."

Elle ne s'en remettait pas, et pas uniquement parce qu'elle ne supportait pas de vivre seule. La chanson des Seekers qu'il fredonnait le jour de son départ résonnait dans sa tête comme une nuée de mouches qui se cognaient aux vitres et bourdonnaient maladivement avant de mourir, et elle pensait sans arrêt à Don qui creusait des trous pour planter ses eucalyptus, des trous dans lesquels il l'avait enterrée. Car l'amour de sa vie l'avait abandonnée et c'était comme une drogue dont on l'avait privée.

Un vide, une solitude s'ouvrirent, béants. Que rien ne pouvait remplir, même pas les rangs et les rangs d'eucalyptus qu'elle dessinait : des gommiers bleus, des gommiers rouges, des gommiers mannes, des forêts entières, de quoi couvrir des montagnes et des déserts. Puis un matin elle se réveilla et, à travers la sombre toile d'araignée de leurs branches entremêlées, elle entendit la date à la radio : le 13 août. Alors, elle se leva, se maquilla et se mit en route pour souhaiter un bon anniversaire à sa fille. Quand elle tira Jeanine par la fenêtre des toilettes publiques de Holland Park, elle s'accrochait à elle par tous les muscles de son corps avec une détermination maniaque, comme si elle s'agrippait au tronc d'un arbre qui devait la ramener vers la lumière du soleil.

14.

La petite main glissée dans la sienne lui manquait : mais au désir de Makertich de récupérer Jeanine, Cheryl opposait une résolution de la garder au moins aussi farouche.

“Elle avait engagé un certain Skilling, spécialisé dans les affaires conjugales.”

Celui-ci s'était empressé d'obtenir une injonction en l'absence de la partie adverse qui autorisait sa cliente à s'occuper de sa fille. Makertich fut informé que s'il tentait de la reprendre, un huissier serait dépêché sur ordre du juge pour la ramener immédiatement à sa mère.

Le lendemain soir, autour d'un saladier de chips – vestige du goûter d'anniversaire annulé –, Makertich en discuta avec son avocat.

“M. Madigan était révolté, mais j'ai dû lui conseiller la prudence, dit Bennett. Cela peut sembler étonnant à l'époque des ‘nouveaux pères’ et de Fathers for Justice*,

* Groupe de pression pour la défense des droits des pères (*NdT*).

mais il ne faut pas oublier que, récemment encore, ils avaient très peu de droits dans ce genre de situation."

Il avertit Makertich, dont les doigts épais étaient tout blancs sur le verre en cristal taillé : "Skilling est un tueur. Je le connais, j'étais à Cambridge avec lui. Il a mis en avant que vous aviez interdit à une mère de voir sa fille sans la moindre base légale. Et ce n'est que le hors-d'œuvre. Voici son raisonnement en quelques mots : à l'époque, Mme Madigan subissait un stress important. C'était monstrueux de soumettre le versement d'une quelconque pension à une telle condition. Ce n'était pas dans l'intérêt de l'enfant. Quels qu'aient été ses torts, elle regrette aujourd'hui d'avoir accepté ce marché et souhaite retrouver sa fille. Je suis peiné de devoir vous dire cela, Christopher, mais le juge tranchera en sa faveur. C'est pourquoi, ce soir, je vous donne un conseil en tant qu'homme de loi, mais aussi, je l'espère, en tant qu'ami : n'essayez pas d'obtenir la garde. Battez-vous pour les droits de visite."

"Krikor n'a jamais pardonné à maître Bennett. Tous ces gens lui coûtaient une fortune, et pas un capable de récupérer Jeanine. Pire encore, c'était un collaborateur de Bennett qui avait recommandé Skilling à Cheryl : David Blaxworth, celui-là même que Krikor employait pour gérer les affaires de sa femme. Lorsqu'il l'a appris, ça a été la goutte d'eau. Sans compter qu'il faudrait en plus régler la note du procès. Il n'en a jamais discuté avec moi. C'était très douloureux. Devoir payer l'homme qui l'empêchait de voir sa fille !"

Pour changer de sujet, pendant que Makertich digérait la nouvelle, Bennett avait apporté un dossier sur Don Flexmore. Rien de bien nouveau par rapport à ce que les autres enquêtes avaient révélé. C'était un nom d'emprunt, tout comme Carl-Andrew Purcell. Il s'appelait Craig Edge. Son père, un technicien des télécommunications de Darwin, avait déserté le foyer conjugal quand il était encore enfant. Ses soi-disant nièces étaient en fait des filles d'un précédent mariage. C'était en outre un violeur présumé et un bisexuel, qui affichait une préférence pour les jeunes hommes hétérosexuels. Sous l'identité de James Thetan, il avait brièvement travaillé dans une banque d'investissements néerlandaise, dont il avait été renvoyé à la suite d'une affaire de marchés truqués. Puis il avait disparu, tour de passe-passe auquel il excellait. Xemu Holdings n'existait plus. "Il a sans doute pris un autre nom pour escroquer une nouvelle victime, expliqua Bennett. Nous avons là l'une des pires crapules que Dieu ait créées – et qu'il laisse agir en toute impunité."

Mais la priorité de Makertich était sa fille, pas Don. S'il se rangea à l'avis de son avocat, ce ne fut ni par faiblesse ni par peur de la publicité. Mais parce qu'il craignait que Jeanine soit la principale victime d'une lutte acharnée et prolongée entre ses parents.

"Si vous permettez que je vous parle sans ménagement, poursuivit Bennett, acceptant un nouveau verre de Chambolle-Musigny, la loi est ainsi faite que rien ni personne ne pourra arracher Jeanine à sa mère tant que Cheryl ne le souhaitera pas."

15.

Jeanine réclamait son père. Elle ne dormait pas, refusait de manger. Elle voulait les toasts à la cannelle de Maral, les gilets qu'elle lui tricotait. Elle suppliait sa mère : "Je veux rentrer à la maison."

Cheryl était censée conduire Jeanine chez Makertich le vendredi suivant, à dix-sept heures, mais dès la première semaine, elle ignora la décision du tribunal familial.

Comme elle n'arrivait pas, Makertich l'appela.

"Je suis désolée, mais la petite n'a pas envie de venir."

"Passe-la-moi."

"Elle refuse."

Il s'adressa alors au juge.

"Quel âge a votre fille ?"

"Dix ans."

Le juge regrettait, mais il ne pouvait pas obliger Jeanine à parler à son père. Et encore moins à le voir.

Son impuissance exaspérait Makertich. "Dans ce cas, posez-lui la question vous-même."

Elle était trop jeune pour qu'on lui demande son avis. Elle n'était pas un témoin digne de confiance, lui expliqua-t-on.

“On partait du principe que la mère était mieux à même de s’occuper d’un enfant en bas âge, dit Maral. Mais il était évident que Cheryl mentait.

“Un après-midi, Jeanine a téléphoné – d’une cabine. ‘Je veux rentrer à la maison.’ Cheryl avait dû sortir… Puis la conversation a été coupée ; elle n’avait plus de monnaie. C’était un choix très lourd pour une fillette, et elle l’avait fait toute seule. Krikor était injoignable, alors, j’ai pris les clés de la voiture. Mais je ne suis pas très sûre de moi au volant et le temps de comprendre que je m’étais égarée, j’étais déjà à Swiss Cottage. Si je ne m’étais pas perdue, si j’étais arrivée plus tôt à Tallis Drive, qui sait si tout n’aurait pas été différent ?

“Elle était assise sur le perron, son sac à côté d’elle, petite silhouette coiffée d’un sombrero, avec un koala en peluche à la main. Elle s’est levée d’un bond dès qu’elle m’a reconnue. Elle était déjà au portail, quand une autre voiture s’est garée. Cheryl en est sortie, les yeux déments ; elle a rattrapé Jeanine et m’a hurlé dessus. Elle l’a traînée à l’intérieur et je n’ai rien pu faire. J’ai été frappée de voir à quel point elle semblait seule : une épave qui n’avait que sa fille pour remplir le vide de son existence.

“Ce soir-là, elle a appelé Krikor, Jeanine à côté d’elle dans la cabine téléphonique. Elle a menacé de l’emmener, à moins que… à moins qu’il ne s’engage à ne plus tenter de l’enlever.”

“Mais, Cheryl, protesta Makertich, c’est elle qui a demandé à revenir chez moi.”

“Dans ce cas, je pars avec elle et tu ne la reverras jamais.”

“Très bien, très bien. Je te le promets.”

“Sur la mémoire de ta grand-mère”, car elle était assez rusée pour savoir qu’il aimerait mieux mourir que se parjurer.

“Sur la mémoire de ma grand-mère”, entre ses dents. Sa grand-mère pour qui la parole donnée importait plus que tout. “Mais qu’est-ce que tu lui diras ?”

Comme elle tardait à répondre, il l’imagina dans la cabine, en train de regarder leur fille.

Puis, d’une voix étrangement calme : “Je vais lui faire part de ta décision. Elle sera déçue, mais je pense qu’elle doit savoir.”

“Savoir quoi ?” demanda Jeanine qui dévisageait sa mère en s’essuyant les yeux, consciente qu’on parlait d’elle.

“Ton père va nous quitter. Il rentre en Australie.”

16.

La pluie : d'abord quelques gouttes incertaines, puis toutes les feuilles ruisselantes. De sa fenêtre au premier étage, le monde était marron et gris, automnal et froid. Elle entendit la femme appeler : "Jeanine… ? Jeanine… ? Jeanine, qu'est-ce que tu fais ?" Un constat plus qu'une question.

Le corps raide à force de rester debout, elle descendit.

Cheryl la guettait en bas de l'escalier.

"Je t'ai fait des pâtes aux œufs."

"J'aime pas les œufs."

"Elles n'ont pas le goût d'œufs, c'est juste qu'il y en a dedans. C'est bon, tu vas voir", le bras tendu pour attraper sa main.

Depuis que Cheryl avait redécouvert sa fille, son affection se manifestait avec une intensité effrayante. Elle lui promettait que plus jamais elle ne la laisserait. Mais dès qu'elle devinait que son père lui manquait, sa colère et son chagrin éclataient.

Malgré le mal que sa femme avait pu lui faire, Makertich avait toujours veillé à ce que personne ne la critique devant Jeanine. Elle agit tout autrement. À peine la porte claquée au nez de Maral, elle s'appliqua à le démolir à ses yeux.

Cheryl avait perdu la tête, lorsque Chris l'avait embrassée sur la plage de Cottestoe Beach. La brise marine gonflait sa robe de bal Thompson et faisait tinter ses boucles d'oreilles. Plus doux que le sable, le souvenir du moment enivrant passé à danser ensemble au Golf Club – ils virevoltaient encore sur une table blanche étincelante au lever du soleil : "Il faut dire que les Arméniens savent danser." Mais il lui avait brisé le cœur. Abandonnée par Don Flexmore, mais incapable de s'en prendre à lui, elle choisit une cible plus facile.

Elle déformait tout. Repeignait les évènements d'une autre couleur. Elle accusait le père de Jeanine de toutes les fautes de son amant. Elle n'avait pas tiré un trait sur Flexmore pour autant. Mais son esprit tordu l'avait transformé en Makertich : la pire offense qu'elle pût faire à la vie de son mari.

"Il ne t'a jamais aimée."

"Papa ?" d'une petite voix.

"Tu ne te rappelles pas, mais c'est moi qui m'occupais toujours de toi."

Jeanine, en dépit de son jeune âge, avait d'heureux souvenirs, des souvenirs merveilleux. "Non, non, c'est pas vrai." Elle n'avait pas oublié que sa mère l'avait effrayée quand elle était venue la chercher à Clarendon Crescent, qu'elle-même s'était débattue lorsqu'elle l'avait fait sortir par la fenêtre des toilettes, qu'elle avait longtemps pleuré parce qu'elle voulait rentrer pour son goûter d'anniversaire.

"C'était une invention. Il n'y avait aucun goûter de prévu."

“Mais il est allé m’acheter un cadeau… Je l’ai vu partir.”

“Oui, il partait, mais pour l’aéroport, soupira Cheryl. Il t’a abandonnée. Il nous a abandonnées toutes les deux : ‘Je vais là où vous ne me retrouverez jamais.’”

“C’est pas vrai.” Elle ne croyait pas sa mère. Elle grimpa l’escalier en courant et enfouit son visage dans un oreiller. Pendant longtemps, tous les soirs, elle ne s’endormit qu’à force de larmes. Et lorsqu’elle serait un peu plus grande, ce serait chez des amis qu’elle irait pour ne pas pleurer à la maison.

Mais Cheryl ne désarmait pas.

Les souvenirs de Jeanine commencèrent à vaciller et à se craqueler sous le tir de barrage de sa mère. Elle ne comprenait pas comment elle avait pu aimer un être aussi malfaisant, ni pourquoi elles continuaient à vivre à l’abri du besoin dans une demeure confortable s’il était d’une telle cruauté. Mais, inévitablement, à force d’écouter sa voix douce et persuasive, Jeanine gomma peu à peu l’image tendre qu’elle avait gardée de Makertich, la remplaçant par la version de Cheryl, si bien que l’homme généreux qui veillait sur elle et aurait fait n’importe quoi pour la protéger finit par totalement céder la place à un ogre de conte de fées, un monstre borgne qui l’avait abandonnée au cœur de la forêt glacée et avait mis entre elle et lui le plus grand océan du monde.

Pendant tout ce temps, pas une fois le nom de Carl-Andrew ne fut prononcé. Jeanine n’avait jamais entendu parler de lui – ni de Don Flexmore –, ne savait pas à quoi il ressemblait ni ne soupçonnait le rôle qu’il avait joué dans la vie de ses parents. Le silence était une digue que Cheryl avait dressée contre son chagrin.

"Ne me demandez pas pourquoi elle n'en a rien dit à Jeanine. Elle avait peut-être honte. Ou elle était dégoûtée à l'idée du relent d'écrevisses pourries qu'elle devrait respirer si elle remontait ses souvenirs à la surface. Il est également possible que la douleur l'ait radicalement changée. Et les médicaments, car elle était malade – du foie. Ou il y avait une autre raison. La croyance superstitieuse qu'il reviendrait si elle se taisait – comme quand on passe des marchés avec soi-même, enfant. Je l'avais fait, moi aussi. Après tout, n'était-il pas déjà revenu une fois ? Ou alors, c'était un mélange de tout cela."

17.

La maison semblait vide. Eux deux – et un chaton qui pissait partout. Elle entendait Makertich crier la nuit.

“Aucun mot ne peut décrire la détresse que je lisais sur son visage. C’est une chose qui vous change en fantôme. On vit dans une autre dimension. Je parle de la perte d’un enfant.”

Jeanine, son absence, imprégnait leur quotidien.

“J’avais coupé ses cheveux deux jours avant. Il a retourné la poubelle et fouillé parmi les ordures pour récupérer quelques mèches qu’il conservait dans un cadre à côté de son lit.” Il avait envoyé les vêtements de la petite à Cheryl. Ainsi que son appareil dentaire. Des détails le hantaient : la menotte qui le serrait plus fort quand ils longeaient Holland House.

Il souffrait physiquement de son absence. Parfois, il était évident qu’il pensait à elle. Les larmes se mettaient à couler sur son visage, dans la barbe qu’il laissait pousser.

“Je ne vous reproche rien, Maral”, avec son gilet qui faisait une bosse dans le dos, à l’endroit où il l’avait accroché à la patère. Il était coupable, lui aussi.

Elle s'en voulait malgré tout. "Jour et nuit, je traînais ces remords. Je ne dormais pas. Mes muscles étaient douloureux. À cause de moi, on lui avait volé sa fille : personne ne pouvait savoir mieux que moi ce qu'il éprouvait. Je me détestais."

"C'est ma faute, lui disait-elle. Si je n'avais pas insisté pour qu'elle suive sa mère, alors qu'elle n'en avait pas envie..."

"Arrêtez, vous exagérez. Cheryl aurait trouvé un moyen de la prendre. C'est moi qui ai eu tort. Je n'aurais jamais dû lui interdire de voir Jeanine. Je m'en rends compte à présent. Je m'en rends compte."

Il s'enfermait dans de longs silences. Ruminant ses pensées, il tournait en rond, s'efforçait d'éviter les mines qu'elle avait laissées partout dans la maison. Un stylo-feutre orange au fond d'un tiroir. Sa sacoche.

Un jour, dans Holland Park, il s'élança vers une fillette en criant son nom, mais lorsqu'elle se retourna, il dut s'excuser.

Le silence, seulement rompu par le bruit du vin qui remplissait son verre.

"Ou il changeait de sujet : 'J'ai entendu à la radio que le temps va se réchauffer.' Et moi : 'Tant mieux.' Puis il regardait le tapis : 'Il y a une nouvelle tache ? Alors : 'C'est le chat.' Et il secouait la tête : 'Ah, ce chat.'

"Je ne sais plus s'il avait un nom, quoi qu'il en soit, un jour, l'animal a disparu. J'ignore s'il s'en est débarrassé ou s'il est parti tout seul. Je n'ai pas posé de question. De toute manière, on ne peut pas dire qu'il recevait beaucoup de caresses dans cette maison."

Du jour au lendemain, le bonheur avait déserté Clarendon Crescent.

"C'était très triste. Horriblement triste. J'étais si désemparée que parfois je ne savais pas quoi faire, sinon lui porter une autre tasse de thé. Ça n'allait pas du tout."

18.

Il marque les jours. Il les compte comme des perles.

Trois mois s'écoulent et Makertich n'en peut plus. Profitant d'une éclaircie dans son désespoir, il écrit une lettre. À Cheryl qui a fait disparaître sa fille. Pour lui demander de la lui laisser un demi-trimestre.

Elle lui envoie par retour de courrier un billet cassant : son état psychologique est trop instable. De toute manière, Jeanine croit son père en Australie.

Il réécrit. Au moins un matin, un après-midi. Ils peuvent lui raconter qu'il est venu à Londres en voyage d'affaires... Pas de réponse.

Puis l'avocat de Cheryl lui transmet une lettre. Skilling prétend que la fille de sa cliente l'a écrite sans que personne l'ait influencée :

Papa, je ne veux pas retourner chez toi. Je veux rester chez maman.

19.

“Nos journées se ressemblaient tellement qu’il était difficile de les distinguer. Si je vous en décris une, vous aurez une idée de la manière dont nous occupions notre temps.

“La maison était imprégnée de notre odeur, l’odeur de deux Arméniens vieillissants qui avaient fait une croix sur leur pays et se parlaient dans une autre langue.

“Le matin, je lui portais son petit déjeuner : thé, deux toasts, marmelade d’oranges, muesli, et porridge en hiver. Je le laissais sur le palier devant sa porte. Le soir, il dînait tôt, à dix-neuf heures. Je préparais le repas – il avait un faible pour la soupe de cresson, le rosbif et le crumble à la rhubarbe – et je le servais dans la salle à manger.”

Tout l’automne, tout l’hiver, il a regardé par la fenêtre. Son œil immobile pareil à ceux des tableaux dans l’entrée, ou à ceux d’un animal empaillé.

“J’ignore combien de jours se sont écoulés ainsi. Aucun de nous deux n’arrivait à dormir.”

Makertich avait toujours été jaloux de sa vie privée. Son tempérament solitaire était un costume et une cravate qu'il enfilait pour dissimuler sa nature passionnée. Mais il s'était totalement retiré du monde, à présent. Il s'était enterré et avait enfoui ses sentiments tout au fond de lui. Absorbé par un jeu de patience.

"Il a tenu sa promesse et n'a pas tenté de contacter Jeanine. Pas une seule fois en onze ans. Ce n'était pas uniquement qu'il avait donné sa parole : il avait trop peur que sa femme exécute sa menace et l'emmène loin d'ici. Il craignait tant qu'elle disparaisse à jamais qu'il préférait encore passer pour celui qui était parti. Et Cheryl en était consciente. Même s'il ne voyait pas Jeanine, il était sûr qu'elle était en bonne santé et qu'on s'occupait d'elle. Il savait où elle habitait à St. John's Wood, où lui envoyer de l'argent. C'était mieux qu'ignorer où elle se trouvait. Et Don n'était plus là. C'était une consolation.

"Pour l'instant, il avait intérêt à ce que tout se passe bien entre la mère et la fille."

Celle-ci ayant dépensé la somme qu'il lui avait versée lors du divorce, il avait demandé à ses hommes de loi de lui virer une pension mensuelle suffisante pour qu'elles vivent à l'aise. "Et quand Cheryl devait aller à la clinique, il payait tous les frais médicaux. Elle n'a jamais manqué de rien."

Le printemps arriva. Il regarda la nature s'épanouir avec une expression figée. Les moineaux chantaient dans le jardin. Des bourgeons apparurent sur le hêtre pourpre, les crocus s'ouvraient, l'aiguille du cadran solaire projetait une ombre plus nette. Mais il se sentait coupé de ce qui se passait de l'autre côté de la fenêtre. De ce monde qui continuait comme si de rien n'était.

C'était horrible, mais il ne lui restait qu'à attendre le vingt et unième anniversaire de Jeanine, date à laquelle elle toucherait le fidéicommis qu'il avait établi à son nom et dont il avait confié la gérance à Bennett. Il stipulait qu'à sa majorité, elle recevrait cinq millions de livres.

“Krikor s'accrochait à l'espoir que, s'il ne poursuivait pas sa fille, elle reviendrait d'elle-même.”

Comme les cigales, il demeura enfoui sous terre pendant des années. Il n'abandonnait pas, gardait la foi ; il tiendrait jusqu'à son retour. Son obstination le maintenait en vie.

20.

Juillet et la chaleur étaient arrivés.

La vie n'était pas que souffrance. Il avait ses petites joies. Il possédait le quart d'un cheval de course qu'il allait voir à Epsom. Après, il s'attardait pour discuter tiercé et pronostics avec l'entraîneur. Certains jours, il attrapait son manteau et se rendait à pied à son club à St. James ou à une dégustation de vin. Ou encore, il sortait dîner avec son amie du moment.

L'été qui suivit l'enlèvement de Jeanine, il entama une relation avec l'épouse d'un diplomate suisse. Tôt un matin, une femme aux seins hauts apparut sur le seuil de la chambre, vêtue d'une simple serviette, et tomba sur la gouvernante qui, plantée devant elle avec son plateau de petit déjeuner, l'accueillit par un silence gauche et éclatant – celui de la maîtresse à l'enterrement de son amant. "Tu ne m'avais pas dit qu'elle était belle", l'entendit murmurer Maral, lorsqu'elle eut refermé la porte, puis le reste de l'échange fut étouffé par leurs jeux.

"Ensuite, il a rencontré quelqu'un dans une librairie de voyage. Ça n'a pas duré non plus. C'étaient des liaisons sans lendemain. Il prétendait qu'il avait perdu la capacité de tomber amoureux. Il avait cinquante ans passés."

Une fois où exceptionnellement il dansait seul sur une chanson diffusée à la radio – "À t'regarder" de Charles Aznavour –, il vit Maral entrer dans le salon. Alors, il vint vers elle, posa un bras sur son épaule, l'autre autour de sa taille et il la dévisagea comme s'il s'apprêtait à parler, puis il s'interrompit et secoua la tête.

"Il m'a dit que j'étais libre de partir. Pour aller où ? Mais il avait raison, j'aurais dû le laisser. Je regrette de ne pas l'avoir fait. Parce que c'était déprimant de vivre dans cette maison, d'autant plus que j'approchais de quarante-cinq ans. Mais j'avais de la peine pour lui. Et je me sentais responsable."

Peu après, alors qu'elle servait le dîner, il lui demanda : "Où avez-vous trouvé ce gilet ?"

"Je l'ai tricoté."

"Vous pensez que vous pourriez m'en faire un ?"

Il lui offrit de prendre une chaise et de s'asseoir à côté de lui.

"Si vous êtes décidée à rester, autant apprendre à se connaître."

Jusque-là, il veillait à préserver une distance un peu cérémonieuse entre eux ; ils étaient des étrangers qui ignoraient tout de la vie de l'autre.

"D'une certaine manière, nous n'avions pas besoin de parler, il savait ce que j'avais vécu. Mais soudain, il souhaitait avoir les détails."

Cédant à son insistance, Maral lui raconta que, lorsqu'il l'avait trouvée à Vienne, elle avait trente-trois ans et elle revenait du Friedhof der Namelosen – le cimetière de ceux qui n'ont pas de nom –, où elle avait enterré son bébé. En proie au délire, elle était montée dans un taxi pour se rendre au centre-ville, car il n'était pas question de retourner au camp de Traiskirchen. Elle avait encore l'avertissement du médecin dans la tête : "Ils vont vous déporter."

"Où ça ?"

"Vers votre pays d'origine."

Et elle, avec un gloussement : "Il n'existe plus."

Elle raconta à Makertich que, lorsqu'il s'était approché dans le passage Schweizerhof, elle avait cru qu'il allait l'embarquer. Puis elle avait vu son visage penché sur elle.

"Aidez-moi", avait-elle murmuré. Si faible, qu'elle avait parlé en arménien : *"Okne inzi."*

Quelques jours plus tard, c'était au tour de Makertich. "Il n'avait pas l'air d'en avoir très envie au début, mais il s'est laissé gagner par l'émotion à mesure qu'il se livrait, tout en dégustant son vin. Il n'en buvait pas en Australie. C'était un plaisir qu'il avait découvert à Londres. Il ne se fiait qu'au vin – c'était ce qu'il prétendait. Et à moi, je présume, sinon il ne m'aurait pas parlé de sa grand-mère et de sa jeunesse."

Deux ou trois fois par semaine, Makertich et Maral dînaient ensemble et, autour du repas qu'elle avait préparé – et d'une bouteille qu'il allait chercher à la cave –, ils bavardaient.

"Nous discutions d'un tas de choses. J'avais tout loisir de l'observer. Je ne le trouvais pas intimidant. Plus timide qu'intimidant en fait. Il aurait pu avoir beaucoup d'amis. Il était drôle et intelligent."

Elle lui raconta son enfance à Ceuta, où son grand-père pelait des pommes de terre au dépôt de bus ; la traversée pour rejoindre Gibraltar cachée dans le fond d'un sardinier ; les années à Paguera, à Majorque, où elle était femme de ménage chez une veuve sourde et excentrique, puis en Autriche, où, alors qu'elle travaillait comme serveuse au Café Western, elle rencontra un musicien aux yeux bouffis par l'alcool, la moitié folk d'un duo folk-rock itinérant d'Ottakring, qui ne sut jamais qu'il avait eu une fille. En retour, Makertich évoqua le souk d'Alep, les cours qui ressemblaient à celles des résidences étudiantes d'Oxford, la traversée à bord de l'ancien cargo réfrigéré, le camp de réfugiés où sa famille avait atterri – un site sur une colline près du jardin public où l'on parquait autrefois les prisonniers de guerre italiens, quarante personnes entassées dans deux pièces, si bien qu'il y avait un vacarme constant –, et ses premières leçons d'anglais avec un médecin letton affable qui était le président du Pacifist Club, les moqueries des élèves dans sa première école à Perth – ce qui l'avait amené à devenir chef de bande, un gamin qui avait l'insulte et les coups faciles, et retrouvait les autres à la sortie pour se battre –, et la suivante, où les choses se passaient mieux.

“C'est là qu'il m'a parlé de Cheryl et des cygnes noirs. Ainsi que de la mine d'or, du cotre et de Don Flexmore.”

L'image de celui-ci toujours présente en filigrane, comme les contours d'une écrevisse dans une eau boueuse. Il s'efforçait de le chasser de ses pensées, mais sa mémoire refusait d'obéir.

À la simple évocation de son nom, la tristesse envahissait son visage.

“Il n’a jamais cessé de se demander pourquoi le destin s’acharnait contre lui à travers un individu privé de l’organe dont nous sommes pour la plupart affligés et qui nous oblige à bien nous comporter. C’était inexplicable et exaspérant. Mais les hommes comme lui sont impuissants devant la méchanceté. Ils ne comprennent pas le mal et n’y parviendront jamais.”

Un soir de novembre où Maral l’interrogeait au sujet de Flexmore, quelque chose se débloqua en Makertich et le ramena, en dépit de sa résistance, dans la maison basse d’Alep, l’horrible Colisée de son enfance. Le jour où il avait pris conscience que le goût du jeu de son père avait dépassé les limites.

Un lent carrousel de scènes tremblotantes que rien ne pouvait arrêter défilait devant lui.

Il avait neuf ans. Il se servait un verre d’eau dans la cuisine, lorsque la voix de sa grand-mère retentit dans la pièce voisine. Ses protestations rageuses, d’une émotion et d’une véhémence telles que Krikor avait l’impression de commettre une faute du simple fait d’écouter. Mais il ne bougea pas et tendit l’oreille, serrant la carafe qu’il baissa lentement et tint contre son torse.

“Je ne te permettrai pas de le vendre, Nazareth. Regarde comme il est ancien. De quand date-t-il à ton avis ?”

Son père murmura une réponse.

“Non, imbécile. Il est plus vieux de quelques siècles !”

Il voulut dire quelque chose, mais elle l’interrompit. Jamais il ne l’avait vue briller d’un tel éclat. “Ce n’est qu’un simple bracelet d’argent à tes yeux, un bijou pour rembourser une dette – non, écoute-moi ! Tu ne sais pas pourquoi je le porte, n'est-ce pas ? Tu ne connais qu'Alep. Tu ne sais pas d'où nous venons. Tu ne sais rien de nos Pères du désert, de notre Église. Oui, notre Église, Nazareth. Ton père était peut-être turc, mais toi, mon fils – regarde-moi, veux-tu ! –, toi tu es arménien. C'est comme ça que je t'ai élevé ! Et la foi nous est aussi naturelle que le jeu l'est pour toi. Je porte ce bracelet afin de préserver le mystère que tu voudrais tant éclaircir. Je le porte contre les gens qui comme toi demandent : 'Qu'est-ce que la Trinité ? Et la relation entre le Père et le Fils ? Qu'est-ce que ça veut dire ?' *Il ne faut pas essayer de l'expliquer, Nazareth.* Ce mystère qui t'est insupportable est notre essence. Ce bracelet que tu t'apprêtais à mettre en gage est ce qui me lie à la religion que nous avons perdue." Une pause, le bruit d'une cigarette qu'on allume. Puis d'une voix plus calme : "Tu me demandes ce qu'Il est. Je ne peux que te dire ce qu'Il n'est pas. Il n'est pas un buisson ardent. Ni un ange. Ni un Père Noël pour les grandes personnes. Je peux être plus claire encore. Aux confins déchiquetés du sens, là où on a cessé de tout définir, on arrive au bord d'un vide mystérieux. Il est le contour de ce trou, Nazareth, et chacun d'entre nous est la preuve de Sa présence. Même ton père."

Makertich entendit sa grand-mère aspirer une bouffée de sa Gitane, songeuse : "Ce vide est peut-être ce qui se trouve également au cœur de Satan."

21.

“Et vous, est-ce que vous compreniez Don Flexmore ?” demanda Andy à Maral, un soir après dîner.

Sa bouche ne formait plus qu'une ligne crispée par la concentration. Elle n'avait rien d'une intellectuelle. Mais sa réponse le surprit, lorsqu'elle se décida à parler avec son accent brusque et plat de Bell's School.

“Vous connaissez cette parole des Évangiles : ‘L'amour parfait chasse la peur’ ? Je sais que la grand-mère de Krikor le croyait. Et l'inverse doit être vrai, non ? Eh bien, je pense que c'est ce qui explique Don Flexmore.”

“La peur, pourquoi ?”

Elle pencha la tête en avant et il vit une expression à la fois féroce et douloureuse sur son visage. “La peur est un maître puissant, monsieur Larkham. Très proche de l'égoïsme. Prenez l'addiction. Je ne sais pas si vous en avez fait l'expérience, mais la dépendance, qu'il s'agisse d'alcool, de drogue ou de pouvoir, rend totalement égoïste. Le père de mon enfant était ainsi. Rien ne compte, hormis soi et sa dose. On fait abstraction des autres pour se concentrer sur ses besoins, et ils deviennent plus importants que tout. Jusqu'au jour où on se retourne et on constate que l'on n'a fait que répandre le désespoir autour de soi. C'était le cas de Don Flexmore. Il n'a jamais cessé de se conduire comme un nouveau-né qui réclamait le sein et voulait demeurer le soleil, la lune et les étoiles de son petit monde. Un besoin qui n'admet aucune raison a quelque chose d'attirant – et d'effrayant aussi. Mais c'est de moins en moins séduisant à mesure qu'on vieillit, et que le désespoir s'insinue en vous. Le désespoir, c'est ce qui reste quand on a épuisé la peur. Mais voilà que je cause comme une bonne sœur."

"Non, non, continuez."

Elle secoua la tête énergiquement. "N'allez pas croire que je sois portée sur la religion. J'ai tiré beaucoup de choses des livres que Krikor m'a prêtés et de nos conversations. Si j'ai bien compris, et aujourd'hui encore je ne suis pas sûre de ne pas me tromper, ce qui fait la grandeur et la douleur de l'amour divin, c'est que nous sommes libres de le rejeter. Dieu – je parle bien sûr du Dieu en qui croyaient Krikor et sa grand-mère – nous laisse la possibilité de nous écarter de ce qui est beau. Il ne nous empêche pas de nous repaître de l'addiction. Car il est la vérité : cela lui donne un désavantage. Il ne peut pas utiliser les artifices dont dispose le Diable. Il ne peut pas nous duper.

"Le Diable, en revanche, est un acteur qui ment pour vivre. Il fait paraître les choses telles qu'elles ne sont pas. Si aimer signifie renoncer au pouvoir, mentir, c'est le voler. Le but du Diable est de détruire l'amour, de nous écarter de Dieu, de semer le doute et le désespoir. Sa camelote de charlatan ressemble beaucoup à la vérité, et il rôde toujours à la frange du bien et de Dieu. Il nous tente avec une relation qui nous est précieuse, qui peut exister, entre un adolescent et un homme âgé, par exemple, et qui, en temps normal, est merveilleuse. Mais si elle ne satisfait que les besoins de l'adulte, c'est l'inverse. Lorsque le Diable exerce ses talents, il n'y a qu'un écart infime entre le bien, le beau, et ce qui est néfaste, destructeur. Une fois ce pas franchi, on est sur une route qui n'a pas de fin. Parce que le mal n'est jamais rassasié. Il dévore tout ce qu'on lui donne – Krikor l'a appris à ses dépens. Quand il reniait sa véritable identité, il se rendait complice d'un mensonge.

"Et maintenant, je reprendrais bien du vin, s'il vous plaît", tendant son verre. Alors, elle leva les yeux. "Vous n'écrivez plus ?"

22.

Début avril, alors que le soleil cherchait son chemin entre les branches, et que les racines saillantes couraient dans la pelouse comme les os sur le dos de sa main, Makertich lisait les journaux sous le hêtre pourpre, assis dans un fauteuil, une couverture écossaise sur les genoux.

"Puisqu'il n'y a décidément pas moyen de vous faire partir, nous ferions mieux de vous trouver une occupation."

Il initia Maral à des aspects de sa vie dont elle ignorait tout. Ses nouvelles tâches consistaient à se rendre dans des librairies, des bibliothèques et chez des antiquaires pour aller chercher des livres qu'il avait commandés.

Elle découpait les articles de journaux qu'il entourait au stylo et les collait dans un album vert à la couverture marbrée.

"Jusque-là, je n'avais pas eu beaucoup le temps de me cultiver. J'en étais restée aux contes pour enfants que je lisais à Jeanine. Mais ces ouvrages ont fait mon éducation. Les articles aussi. Krikor m'encourageait à étudier tout ce qui avait retenu son attention ; il savait y faire. Et il m'expliquait ce que je ne comprenais pas, comme autrefois il avait aidé Cheryl, je suppose. J'ai beaucoup appris grâce à lui. Mais rien sur les chevaux. Ça ne m'intéressait pas."

La majeure partie de son travail concernait toujours le 11 Clarendon Crescent. Elle ne se mêlait ni de la Fondation Cigale ni du bureau familial de Duke Street qui gérait la fortune de Makertich.

Un matin de décembre, celui-ci se précipita dans la cuisine.

"Il y a eu un tremblement de terre en Arménie soviétique !"

"Il avait vu les images : des villages en ruine, un maître d'école avec sa fille morte sur l'épaule. Mais c'étaient les affrontements ethniques qui l'affectaient le plus. Les garçons qui frappaient des vieilles femmes à coups de bâton. Les jeunes Azéris qui versaient des théières d'essence sur des adolescentes, avant d'y mettre le feu. C'était une nouvelle épreuve pour notre culture et il avait besoin d'en parler.

"Nous avons regardé sur la carte. Aleksandropol, renommée Leninakan par les Soviétiques, avait été particulièrement touchée. Des rues d'immeubles à demi détruits, une température de moins vingt degrés, sans gaz ni électricité, car les Azéris avaient coupé l'alimentation. Mais les églises du dixième siècle avaient survécu. Elles avaient des murs doubles, si bien que la moindre secousse renforçait la solidité de leurs fondations. En revanche, les bâtiments modernes s'étaient effondrés, parce qu'on avait préféré économiser sur la qualité du ciment."

Elle lui demanda s'il comptait se rendre sur place.

“Vous imaginez ? Aller là-bas, être confronté à cette hostilité…” De toute manière, il aurait gêné plus qu’autre chose. Des rats partout. Pas d’eau potable. Il serait tombé malade.

“Mais il voulait faire quelque chose. Il s’est retrouvé dans un immense hangar d’Heathrow à empaqueter des produits de première nécessité. Là, il a pris conscience de l’étendue de la catastrophe. C’était pire que ce qu’il imaginait. Par le biais de sa fondation, il a proposé aux autorités d’envoyer un avion de vivres et de médicaments. Dans un premier temps, le gouvernement communiste lui a opposé une fin de non-recevoir. De quoi cet Anglais se mêlait-il ? Car c’était ce qu’il était pour ces gens. Et ils ne tenaient pas à se mettre à dos les Soviétiques qui les avaient sauvés des Turcs. Ces Arméniens se sentaient en sécurité avec l’URSS à leurs côtés – leur ‘oncle Kedi’ – et l’un des plus gros arsenaux du monde. En retour, ils lui avaient offert leur loyauté. Mais quand la rumeur a révélé le montant énorme que Krikor était prêt à verser, une huile locale l’a contacté. On accepterait son aide à une seule condition : qu’il investisse dans une mine de cuivre que le séisme avait fermée. Bien entendu, il a dit oui. À ses yeux, c’était un raccourci, le moyen le plus rapide de secourir ceux qui n’avaient plus de maison. S’il l’a fait, c’était uniquement parce qu’il espérait nourrir des gens qui mourraient de faim et de froid, des malheureux qui n’avaient pas une tente où dormir.

“Peu après l’indépendance de l’Arménie, la mine a été mise sur le marché et l’homme qui avait déjà contacté Krikor lui a demandé de l’acheter. Il ne l’a pas gardée. Ce n’était qu’un des multiples gisements qu’il acquérait et revendait. Je vous donne toutes ces précisions à cause de ce qu'on a raconté ensuite, mais ne m'interrogez pas : chaque chose en son temps.

"En tout cas, après le tremblement de terre, j'ai remarqué de plus en plus de références à l'Arménie dans les coupures de presse qu'il sélectionnait. La catastrophe avait réveillé des sentiments enfouis. Mais il n'en parlait pas. Il y avait toujours des questions qu'il valait mieux éviter de poser."

Parmi les articles que Maral lisait avant de les coller dans l'album vert, elle tomba sur une critique d'une biographie de Byron, qui avait passé quelques semaines à Venise à apprendre l'arménien. Makertich avait souligné une citation : *Mon professeur le Padre Pasquale Aucher [...] m'a assuré que "le paradis terrestre était certainement en Arménie" – je suis parti à sa recherche – Dieu sait où – croyez-vous que je l'ai trouvé ? – Pfff ! – Ici & là – pendant une minute ou deux.*

Elle s'étonna qu'il ait souhaité s'attarder sur ces lignes.

Il avait cessé de crier la nuit. Le fantôme douloureux de Jeanine s'estompait. Autour d'eux, tout continuait comme avant. Le soleil, les oiseaux, le hêtre pourpre ne le concernaient pas. Ils ne pouvaient pas le toucher, pénétrer la réserve derrière laquelle il s'abritait en attendant le jour où il pourrait retrouver sa fille.

23.

Jeanine Pyke le rencontra six semaines avant son vingt et unième anniversaire. Elle était à son poste, au cinquième étage d'un immeuble moderne de New Bond Street. C'était sa deuxième année chez Amazon Solutions, une association dédiée à l'environnement dont elle constituait la moitié des effectifs. Elle réexpédiait un mail à son patron Henry Bale, qui représentait l'autre moitié.

Leurs deux bureaux se trouvaient sur le palier, en plein courant d'air, coincés entre les toilettes et les ascenseurs, en face du vaste domaine d'un homme d'affaires qui s'occupait de produits dérivés financiers. Xavier Bidencope, qui avait été à l'université avec Bale et considérait son combat écologique avec une admiration teintée de honte, lui louait cet emplacement exigu pour sauver la planète. Lorsque son patron était absent, Jeanine gardait le château. Prête à le défendre contre les barbares.

Par ce matin ensoleillé de juillet, vers midi, un individu d'à peu près l'âge de son père sortit par la grande double porte vitrée en face d'elle et se planta devant l'ascenseur. Jeanine se méfiait des gens qui montaient à cet étage, mais son expression sombre retint son attention. Il avait le visage froissé, préoccupé de quelqu'un qui portait le poids du monde sur ses épaules, ou d'un condamné à mort. Il lui jeta un regard de biais et se rendit compte qu'elle l'observait.

Alors, il sourit et s'approcha d'un pas tranquille.

Il était trapu, ses cheveux plus blonds que sa moustache, à l'étroit dans son costume bleu démodé.

"Que faites-vous ici ?", les yeux sur les photographies de baleines et d'ours polaires, examinant l'affiche où des Indiens posaient en ligne dans une attitude guerrière au milieu de la jungle, lance à la main, le corps peint de motifs tribaux.

"La philosophie d'Amazon Solutions est d'attribuer une valeur aux forêts en tant que telles, en rémunérant les services qu'elles rendent à l'écosystème."

"Et concrètement ?"

Son ton était froid, professionnel : "Les gouvernements sont trop lents, les philanthropes pas assez nombreux, alors nous cherchons des personnes privées dévouées à la cause."

"Continuez."

"Vous placez votre argent dans un fonds et un pourcentage des profits est reversé aux habitants de la forêt. On les paie pour ne pas couper les arbres et pour les services qu'elle nous rend. Il faut qu'elle ait plus de valeur debout qu'abattue."

"Vous voulez dire abattue pour produire de l'huile de palme, du soja ou faire de l'élevage bovin ?"

"Tout à fait. Ce qui signifie que l'argent va aux vrais gardiens de la forêt."

Il hocha la tête, examinant plus attentivement les Indiens au mur. “Les soldats au front de la guerre contre le changement climatique…”

Elle le regarda. “Oui. Nous avons mis en place un projet pilote en Guyane. Si vous souhaitez plus d’informations, vous pouvez consulter notre site Internet.”

“Quelle coïncidence”, dit-il, étirant les voyelles pour accentuer l’effet dramatique.

Il lui faisait penser à ces gens qu’on rencontre en rêve, qui sont censés être des amis, alors qu’on ne les a jamais vus dans la vraie vie. Elle regarda encore le costume trop serré, la cravate rayée. Son sourire la mettait mal à l’aise. Ses cils semblaient maquillés. Elle se demanda s’il se teignait les cheveux. Et s’il portait des lentilles bleues.

“Figurez-vous que vous avez en face de vous…” Et là il mima un roulement de tambour avec ses doigts : “Un écoguerrier convaincu.”

Elle retint un rire.

Pour appuyer son propos, il lui raconta une descente chez des pêcheurs qui vendaient des ailerons de requins aux Galapagos. Et son expédition en Nouvelle-Zélande sur un bateau de Greenpeace. “Si jamais vous allez à Auckland, dites-le-moi, je peux vous avoir une chambre dans le meilleur hôtel.”

“Je ne fréquente pas ce genre d’établissement”, répliqua-t-elle avec sa franchise railleuse habituelle. Elle prenait de haut tous ceux qui sortaient du bureau de Xavier, et il n’y avait pas d’ailerons de requins qui tiennent.

Il espérait l’impressionner, mais, devinant son irritation, il changea de sujet.

“Votre travail vous plaît ?” Il avait les yeux aussi sombres que du papier carbone.

“Ça paie mal, mais j’aime ce que je fais.”

Il avait néanmoins remarqué que quelque chose n’allait pas. Il se pencha vers elle. “Des peines de cœur ?”

“Ma mère vient de mourir.”

“Toutes mes condoléances.”

“Elle était malade depuis un certain temps.”

“Vous étiez proches ?”

“Nous avons eu de bons moments.”

“D’où venez-vous ?”

“Je suis née à Londres, mais ma mère était originaire d’Australie.”

“Ah, fit-il d’un air entendu. Tout s’explique.”

Elle plissa ses grands yeux bruns. “Pardon ?”

“En Australie, déclara-t-il d’un ton solennel, lorsque les Gunaï de Victoria ont vu une aurore australe pour la première fois, ils ont échangé leurs femmes pendant une journée et ont lancé dans sa direction la main coupée d’un mort en criant : ‘Arrête ça ! Empêche cette chose de nous brûler !’”

“Je ne connaissais pas cette histoire”, avec un sourire involontaire.

“Vous me faites penser à l’aurore australe. Au fait, je m’appelle Kes. Kes Wakefield.”

“Jeanine.” Elle ne prit pas la peine de lui donner son nom de famille.

“Jeanine ?” Quelque chose en lui s’était raffermi. Ses yeux bleus l’étudiaient attentivement. L’insouciance et le sourire envolés. “Votre mère ne venait pas de Perth, par hasard ?”

"En fait, si."

"Peppermint Grove ?"

"Comment le savez-vous ?"

Cette manière qu'il avait de la fouiller du regard – ses yeux avaient une texture inhabituelle, on aurait dit un conglomérat grossier et dur. Quand ils la sondaient ainsi, ils lui faisaient peur – le genre de peur qui saisit le chevreau entré dans une grotte pour lécher le sel sur la paroi, et qui découvre soudain que la pierre a des griffes, des dents de sabre et de la fourrure.

"Votre mère n'était pas Cheryl Pyke, par hasard ?"

"Mais si..."

"Oh non ! C'était une amie", en se frappant la tempe.

"Vous plaisantez ?"

"Nous étions à Perth Modern ensemble. Je lui écrivais ses dissertations."

"Vous êtes australien ?"

Rien dans son accent n'indiquait qu'il était autre qu'un parfait Britannique, le pur produit d'une école privée, comme tous les hommes d'affaires qui défilaient au cinquième étage pour tenter de soutirer quelques miettes à Xavier.

"Je suis désolé d'apprendre qu'elle a lâché la rampe. C'était une femme en or, votre maman. Une fille très chouette. Mais vous le savez déjà", retrouvant momentanément ses intonations australiennes.

La salle à manger de l'East India Club se trouvait au rez-de-chaussée d'un bâtiment du dix-huitième siècle qui donnait sur St. James Square, à deux pas de la London Library.

Tandis qu'ils attendaient qu'on les conduise à une table, elle examina les autres clients. Les lèvres pincées par la désapprobation.

"Je déteste ce genre d'endroit", comme si elle avait pensé à cette phrase dans la rue et qu'elle était décidée à la prononcer coûte que coûte.

"C'est vrai, admit-il d'un ton conciliant. C'est atroce. Mais très pratique pour se tenir au courant des plans de l'ennemi."

Elle n'aurait su mieux dire.

À cet instant, un jeune serveur aux traits orientaux entra d'une démarche affectée dans la salle.

"Sir Richard ! Comment allez-vous ?" avec un visage radieux.

"D'autant mieux que je vous vois, Sanjit." Il commanda deux bloody mary très épicés. "Mettez-les sur la note d'un autre client", plaisanta-t-il. Puis il entraîna Jeanine vers le centre de la pièce.

"Sir Richard ?" haussant les sourcils.

"C'est une blague entre nous. Sanjit est du Brunei", comme si c'était censé tout expliquer.

Dès l'instant où elle fut assise, Kes Wakefield se montra charmant et attentionné. Il la bombarda de questions en déchiquetant son petit pain et écouta ses réponses tandis qu'il trempait les morceaux dans une soucoupe d'huile d'olive.

"Quel âge avez-vous ?"

"J'aurai vingt et un ans le mois prochain."

"Je vous aurais donné plus", jaugeant sa bouche pulpeuse, ses grands yeux farouches.

Autour d'un bloody mary, il lui arracha d'autres renseignements. Elle avait quitté St. Paul's School trois ans plus tôt, avait soutenu les actions de Greenpeace pendant quelque temps et se passionnait pour la préservation des baleines. Alors qu'elle s'apprêtait à étudier la réflexologie, elle avait été bouleversée par un documentaire au sujet de la princesse de Galles qui s'était rendue dans un champ de mines en Angola. Elle avait donc décidé de s'envoler pour Luanda et de travailler dans une association humanitaire italienne qui s'occupait des enfants victimes des mines antipersonnel. "Mon rêve est simple, avait-elle annoncé à sa mère, reprenant le slogan de l'organisation : 'Si on aide un adulte, on aide un individu. Si on aide un enfant, on aide une nation.'"

"Qu'avez-vous pensé de l'Angola ?"

"Traumatisant."

"Je veux bien le croire."

Quelques jours après son retour de Luanda, elle rencontra Henry Bale, un jeune homme enthousiaste qui avait été le secrétaire d'Al Gore, et qui voulait d'urgence alerter les gouvernements au sujet des dangers de l'effet de serre.

Le serveur malais les interrompit afin de prendre leur commande.

"Pour moi, ce sera le potage, puis le curry de légumes aux épinards."

Wakefield demanda des huîtres et du rosbif d'Aberdeen présenté sur un plateau d'argent.

"La chambre 300 ?"

"Vous vous souvenez !"

Elle regarda le serveur s'éloigner, les joues un peu rouges, puis se pencha et croisa les bras. "Assez parlé de moi. À vous."

Tandis qu'ils attendaient leur entrée, il lui révéla qu'il était au Madgalen College d'Oxford – "d'où la cravate" – deux ans avant Xavier Bidencope.

"Qu'étudiez-vous à Oxford ?"

"Oh, vous savez, on faisait beaucoup la fête."

"Mais vous êtes beaucoup plus vieux que Xavier ?"

"J'étais en troisième cycle."

Sa mère était une Bodley, de la famille qui avait financé la bibliothèque. Son père descendait d'émigrés allemands en Australie. Il avait passé une partie de sa jeunesse en Argentine – là, son visage s'assombrit – pendant la "guerre sale".

Il la regarda, des rides tombantes au coin de ses yeux bleus, et elle se demanda s'il la menait en bateau. Mais, au cours des deux heures suivantes, elle décida que ce qu'elle avait d'abord pris pour un optimiste patelin n'était qu'un mécanisme de défense. Désarmée par son récit sur sa sœur, arrêtée par la police en Uruguay et torturée, Jeanine oublia peu à peu ses soupçons.

"Qu'avez-vous fait après l'Amérique du Sud ?"

"Oh ! un tas de choses."

Il avait donné des conférences sur le commerce en Islande, avait été le secrétaire particulier du roi de Tonga, avait aidé des Polonais à passer à l'Ouest pendant la Guerre froide et avait été l'amant de la fille du général Jaruzelski.

Toutes ces histoires semblaient grotesques, et pourtant…

Plus tard, il s'était marié à une Tchèque qu'il avait tenté de faire sortir du pays. C'était en 1983. Il se tenait derrière les barbelés allemands, à Hof, et regardait marcher vers lui celle qu'il avait épousée à peine trois mois plus tôt, lorsque la police tchèque ouvrit le feu. Elle s'écroula sous ses yeux.

"Voir quelqu'un que l'on aime mourir, ça tue à l'intérieur quelque chose qu'on ne pourra jamais remplacer", d'une voix enrouée.

Il ne s'était pas remarié. Il voyageait – pour accomplir ce qu'il appelait ses missions –, mû par la vocation qu'avait éveillée en lui sa femme cruellement assassinée. Même s'il savait que cela ne la ferait pas revenir, c'était un moyen de rendre hommage à l'idéologie altruiste qui animait Zdenka. C'était pour cette raison qu'aujourd'hui, il possédait des terres en Sierra Leone, au Maroc, au Brésil, en Croatie, en Nouvelle-Zélande, en Irlande du Nord et en Guinée-Bissau.

Elle lui demanda ce qu'il faisait de toutes ces propriétés.

Il lui répondit qu'il y plantait des arbres.

Elle regarda Wakefield de son air sérieux. "Nous ne sommes pas particulièrement partisans de la reforestation."

"Ah oui ?" Il avait maintenant des yeux bleu piscine, avec des pupilles minuscules.

"Planter, c'est bien joli, mais on n'a pas le temps. Il faut trente ans pour qu'un arbre arrive à maturité et séquestre le dioxyde de carbone de manière efficace."

"Rassurez-vous, j'ai aussi des parts dans des sites de stockage géologique."

Ce n'était pas suffisant pour l'impressionner. "À quoi bon, alors qu'il existe déjà un moyen perfectionné qui rend le même service gratuitement : la forêt vierge ?"

Il sourit. "Ah, mais attendez que je vous parle de mon dernier projet."

Il se lança dans une tirade au sujet d'une forêt de Tasmanie qu'il s'efforçait de protéger, et enfin, elle parut s'intéresser à ses propos. De toutes ses histoires, c'était la seule qui avait véritablement retenu l'attention de Jeanine. Lorsqu'il prononça les mots "forêt primaire", l'image qu'elle avait de lui changea du tout au tout. Il devint soudain très réel.

C'était un terrain assez grand, au sud-est de Zeehan, qui englobait deux vallées fluviales denses d'eucalyptus centenaires, dont certains semblaient aussi vieux que le monde. D'une voix admirative, il lui raconta avoir marché sous un toit de fougères vert électrique ("comme la voûte en éventail d'une cathédrale") jusqu'au tronc d'un arbre immense, *Eucalyptus regnans*, la plus haute plante fleurie de la planète. "Je me tenais au pied de ce géant et j'ai pressé ma joue contre l'écorce. 'Cet arbre pousse depuis l'époque d'Abel Tasman, me suis-je dit. Il a survécu à Dieu sait combien d'incendies, de sécheresses et de tempêtes', alors j'ai levé les yeux vers le ciel et je vous promets, Jeanine, c'était comme si se dressait devant moi la colonne vertébrale d'une baleine menacée. Comment peut-on abattre un tel trésor sans état d'âme ? Je l'ignore. C'est aussi grave que de tuer une baleine. Maintenant, on veut construire une énorme usine de pâte à papier qui va précipiter la disparition de ces arbres – et pourquoi ? Pour fabriquer du papier toilettes qui ira essuyer les postérieurs japonais. Eh bien ! je ferai tout pour les en empêcher."

Elle le regarda avec un visage enfantin, ses yeux agrandis par l'habitude de refouler ses sentiments. "C'est drôle, ma mère adorait les eucalyptus."

Il sourit. “Serait-ce moi qui ai semé cette idée en elle ?”

Elle ne l’écoutait qu’à moitié. “C’est sans doute pour cette raison que je me suis intéressée au mouvement écologique.”

“Ne me dites pas que…”

“À la fin, les eucalyptus, elle ne dessinait plus que ça. Gravure après gravure.”

“J’aimerais beaucoup les voir. Dieu que votre mère me manque”, avec véhémence.

Elle hocha la tête.

“De quoi est-elle morte ?”

“On m’a simplement dit qu’elle avait eu une crise cardiaque. Un mélange fatal de médicaments. Un accident. Elle avait un tas de cachets pour tout et n’importe quoi. Pour la calmer, la remonter, la démonter.”

“Je compatis”, et il posa la main sur la sienne. Elle allait la retirer, mais touchée par l’émotion dans sa voix, elle se ravisa.

“Elle n’avait que cinquante-neuf ans, mais son foie était détruit. Qu’elle soit morte par accident ou non, quelle importance ? À ce stade, il n’y a plus de différence.”

Il pressa tendrement ses doigts.

Lorsqu’elle regarda autour d’elle, cherchant de quoi essuyer ses yeux, il lui tendit sa serviette.

“Et Carl-Andrew ? Est-ce que votre mère l’a déjà mentionné ?”

“Non”, tamponnant un œil.

“Don Flexmore ?”

“Non.”

“James Thetan ?”

Elle secoua la tête. “Désolée.”

“Luther Azavedo, Wesley Stibbe, Simon Horner, Bijou Mandrake ?”

“Bijou ? D’où sortez-vous un nom pareil ?”

Son froncement de sourcils le ramena à la réalité. Il rapprocha sa chaise. “Nous étions tous à l’école ensemble.”

Elle le regarda. “Et vous écriviez leurs dissertations, à eux aussi ?”

“Ça m’est arrivé. Ça m’est arrivé.”

“Qu’est-ce que Xavier a dit ?”

“Xavier ?” lâchant sa main.

“Vous êtes allé le voir tout à l’heure.”

“Ah oui. Je voulais lui demander d’investir dans mon projet pour sauver les eucalyptus.”

“Ça ne l’intéressait pas ?”

“Il s’est soudain souvenu qu’il avait quelque chose à faire… Puis vous êtes apparue dans mon petit monde.”

“Franchement ! C’est Xavier tout craché ! Dire que vous étiez à Oxford avec lui !”

Les yeux de Wakefield suivirent machinalement le serveur qui était entré avec le chariot des fromages.

Mais elle était pensive. “Peut-être que moi, je devrais investir dans votre projet.”

“Vous”, tournant brusquement la tête.

Elle s’expliqua d’une voix patiente et sérieuse. D’ici six semaines, elle toucherait une somme importante, une disposition prévue par son père. Elle envisageait de la placer dans les “titres forestiers” d’Henry, mais…

En face d’elle, il haussa les sourcils.

Aussitôt, elle ajouta : “Il faudrait que je voie la législation, que je sache qui possède les droits sur le terrain.”

"Pas de problème. Ce sont les indigènes."
"Mais vous n'êtes pas d'origine indigène !"
"Eh bien, ma chère petite, il se trouve que si."
"Vous ?"
"Ma grand-mère avait du sang aborigène", avec un air grave irréprochable.

Elle l'examinait avec des yeux pleins de tendresse.
"Parlez-moi de votre père", fit Wakefield en prenant une tranche de cheddar.
"Mon père ?" Le froncement de sourcils était de retour.
"Vous ne l'avez pas mentionné une seule fois."
"Il n'y a rien à en dire, nous n'avons aucune relation."
Il choisit un autre cracker. "Quand l'avez-vous vu pour la dernière fois ?"
"Il nous a abandonnées quand j'avais dix ans."
"Et vous ne vous êtes pas revus depuis ?"
"Il ne le souhaitait pas."
"Je suis désolé."
"Ma mère m'a fait comprendre que la dernière chose qu'il désirait était d'avoir des nouvelles de sa fille unique. Je ne sais même pas où il vit. Quelque part en Australie. Il ne s'adressait à nous que par l'intermédiaire de ses hommes de loi."
"Oh non, je ne crois pas qu'il soit en Australie", tout en se resservant de fromage. Il était ravi de ce que Jeanine lui avait révélé sans le vouloir. Une tendance à l'idéalisation – qui semblait être son moteur depuis qu'elle avait quitté l'école – et à pardonner à tout le monde, sauf à son père. "Figurez-vous qu'il se trouve plus près que vous ne l'imaginez."
"Quoi, vous savez où il est ?"

“Disons que j’en ai une idée.”

Elle le regarda avec intérêt.

Il avait pris la mine d’un prêtre confesseur. “Et si je vous révélais qu’il est ici ?”

“À Londres ?” Bouche bée.

“Je peux vous donner son adresse à Holland Park, si vous le souhaitez.”

“C’est impossible”, bien décidée à ne pas laisser galoper son imagination.

“Encore un peu de fromage ? Vous devez goûter celui-ci.” Avec son couteau, il fit passer de son assiette à celle de Jeanine une pâte crémeuse jaune du Lancashire, fabriquée, lui expliqua-t-il, par Butler’s. Il s’appuya contre son dossier, caressa sa moustache, puis sa cravate. “Il ne faut jamais rien faire de précipité sans avoir mangé de fromage.”

Le café pris et la note signée, Wakefield lui montra la bibliothèque à l’étage et la pièce où, affirma-t-il, le prince régent était assis lorsqu’on lui annonça la victoire de Waterloo.

De hautes portes-fenêtres s’ouvraient sur un petit balcon et ils se tinrent un moment au soleil.

“Vous sentez cet air ? Vous sentez le plomb ?” Il inhala, frappa son thorax et toussa. “Voilà pourquoi il faut sauver cette forêt. Ce serait tellement plus sain si St. James Square était rempli d’eucalyptus centenaires au lieu de… ces chênes dégoûtants.” Le vin le rendait expansif. “Ils oxygéneraient les poumons de tous les hommes, femmes et enfants d’Angleterre. Sans compter que ce serait bon pour mon angine de poitrine.”

“Vous êtes malade ?” Elle toucha son bras.

Il toussa de nouveau. “Il faut que je fasse attention. Mais je ne devrais pas me plaindre. Ce n’est rien à côté de ce qu’ont subi les victimes de votre père.”

“Qu’est-ce que c’est que cette histoire ?”

Il s’appuya au rebord en stuc de la balustrade et se pencha pour contempler la place. “Je ne devrais pas vous en parler, vous êtes sa fille après tout. Mais ce qu’il a fait à ces pauvres Arméniens m’est resté en travers de la gorge.”

“Quels Arméniens ?” demanda-t-elle, éprouvée par leur conversation.

Il lui proposa de descendre sur la place, où ils s’assirent sur un banc dans un faux temple dorique, parmi des secrétaires en train d’avaler leur déjeuner.

“L’une de mes missions consistait à aider une société minière qui était en affaires avec votre père.” Il toussa. “J’étais leur conseiller environnemental.”

Furieuse, bouleversée, ne sachant que penser, elle attendait qu’il reprenne – ce qu’il fit d’une voix où perçaient les regrets.

“Il y a quelques années, cette société a acheté l’une des mines de votre père, en Arménie. Une histoire terrible.” Il secoua la tête. “Chaque fois qu’on essayait de le joindre, il se trouvait dans un hôtel en Birmanie. Même Rio Tinto a toujours refusé de traiter avec ce régime… Quoi qu’il en soit, il semble qu’il se soit conduit avec ces Arméniens comme il s’est comporté avec votre mère, et comme elle craignait qu’il agisse avec vous, si elle lui en laissait l’occasion.”

“Continuez…”

Maîtrisant son émotion, elle écouta jusqu’au bout cet inconnu qui en l’espace de deux heures et demie confirma tout ce que Cheryl lui avait raconté au sujet de Makertich.

Ce qui surprit Jeanine, c'était qu'elle trouvait Wakefield de plus en plus sympathique. Ses centres d'intérêt, leurs préoccupations communes l'encouragèrent à parler plus librement. Elle sentait qu'elle pouvait se fier à lui, que c'était quelqu'un de parole.

Pourtant, une heure plus tard, quand elle lui dit au revoir au coin de King Street, avec la feuille à l'en-tête de l'East India Club sur laquelle il avait écrit l'adresse de son père, elle ne pouvait s'empêcher de voir derrière ce corps large et solide l'autre homme, l'ogre de son enfance aux yeux noirs et opaques, si bien qu'un même serpent-tigre semblait avoir pris possession de son crâne et la regarder par ses orbites.

Elle agita la main une dernière fois et à contrecœur s'éloigna dans King Street. Elle n'avait pas parlé à Wakefield de sa mère, ne l'avait pas interrogé sur la jeunesse de Cheryl, mais cela pouvait attendre.

24.

Il faisait froid au lever du jour. Dans l'après-midi, il bruina, puis le soleil sortit et pendant une heure, la température fut inhabituellement chaude.

À dix-huit heures précises, une jeune femme vêtue avec sobriété poussa le portail grinçant, et grimpa d'un pas vif les marches du perron. Elle avait les yeux baissés. Ce n'est qu'en découvrant le vitrail du zodiaque, dans des tons de bleu et de rouge, qu'elle sentit quelque chose frémir dans sa mémoire.

Jeanine n'était jamais revenue sur les lieux de son enfance. Par superstition, et à cause des mises en garde de sa mère, elle évitait le quartier. La maison était associée à trop d'émotions.

Elle distingua alors, enchâssé dans la porte, un motif à chevrons en verre coloré. Cette fois, les souvenirs l'assaillirent, comme un chien trop longtemps privé de son maître. Les mains tremblantes de Maral. Un petit manteau vert au col remonté – elle sentit son humidité contre sa nuque et courba involontairement les épaules.

Elle se ressaisit et déclencha le ding-dong aussitôt reconnaissable de la sonnette.

Ses yeux étaient grands ouverts. Elle avait répété ce qu'elle allait dire.

25.

À l'intérieur, Makertich se préparait à accueillir la fille qu'il n'avait pas vue depuis onze ans.

Ému, il avait arpenté son bureau, relisant la lettre de Jeanine. Le billet était bref, mais, constata-t-il avec satisfaction, rédigé d'une main intelligente.

“Regardez, Maral, il est évident que c'est l'œuvre d'une jeune femme qui a la tête bien faite, vous ne trouvez pas ?”

“Elle ne se mouille pas beaucoup”, répondit-elle prudemment, incapable de gommer l'inquiétude dans sa voix.

“Ridicule !”

Il n'y avait pas de limite aux qualités qu'il parvenait à lire dans ces deux lignes, tandis qu'il analysait encore une fois l'écriture en quête de signes révélateurs, de preuves de sa détermination, son humour, son honnêteté – et excusait sa fille pour cette lettre si courte. Déçu par sa brièveté et touché aussi.

“Il y a tant de choses à dire.”

Jeanine lui rappelait qu'elle aurait vingt et un ans dans quelques jours et que le moment était venu de discuter de son héritage. Elle proposait de passer chez lui à dix-huit heures. Le mercredi suivant. Elle ne mentionnait pas la mort récente de sa mère.

"Elle veut me voir. Exactement ce que j'espérais. Je me suis plié aux exigences de Cheryl et maintenant, ma fille revient à moi."

Il envoya Maral chez le fleuriste d'Elgin Crescent avec pour mission de remplir la maison de lis, d'iris et de roses. Elle passa l'aspirateur dans la chambre de Jeanine, mit des draps propres sur le lit. Et consacra son mardi ainsi qu'une bonne partie de son mercredi à préparer un repas digne de la fille prodigue.

Makertich espérait qu'elle resterait dîner. Il avait eu une discussion très animée avec sa gouvernante au sujet du menu. À neuf ans, Jeanine avait un faible pour les toasts à la cannelle, la limonade et la betterave.

"On ne va pas lui servir de la betterave ! Allez chez Lidgate et commandez du filet mignon."

"Et si elle est végétarienne ?"

"Filez à Portobello pour acheter les légumes les plus frais."

"Et à boire ?"

"Je me charge du vin."

"Mais si elle ne boit pas d'alcool ?"

"Eh bien, nous le boirons vous et moi !"

Les questions de Maral soulignaient à quel point il recevait rarement, mais surtout le peu qu'il savait de sa fille. Depuis que Cheryl l'avait emmenée, elle ne lui avait envoyé ni nouvelles, ni photographies, ni bulletins scolaires. Pas une miette de sa vie.

Le mercredi arriva.

Il passa une partie de la matinée assis sur le lit de Jeanine, à feuilleter ses dessins, ses livres. Il relut son journal de vacances et sourit devant une illustration, une vignette plutôt, représentant une fille avec des crocs de métal. Il se leva pour regarder les photos épinglées sur le panneau de liège, en face de lui. Il avait remisé son appareil depuis longtemps, mais il continuait de changer d'objectif dans sa tête. Toutefois, lorsqu'il essayait de se figurer Jeanine à vingt et un ans, son imagination le trahissait : il ne voyait rien au-delà de la fillette de dix ans. Dès qu'il tentait de la vieillir, elle était remplacée par une personne qui ressemblait à Cheryl à l'âge de leur première rencontre, au fond de la classe, à Perth.

Ensuite, il se débarrassa de la barbe qui masquait son visage depuis ce jour funeste onze ans plus tôt. À soixante ans, il était très différent de l'homme qui avait gravi les marches du perron en courant, avec un chaton et un sac de ballons gonflables. La crème à raser Floris picotait ses joues mises à nu, qu'il découvrait plus étroites, bistrées – presque aussi brunes que celles de son père autrefois. Sa bouche s'était durcie. Le bout de ses sourcils broussailleux rebiquait au coin de ses yeux, qui s'étaient encore enfoncés dans leurs orbites. Quel horrible visage ! Méfiant, fermé, privé de lumière. Seuls ses cheveux demeuraient noirs et brillants. De la couleur des cigales.

Avec un doigt, il tira la peau sous sa paupière gauche.

Jeanine avait cinq ans quand elle l'avait surpris en train de mettre son œil de verre. Il ne lui avait jamais parlé de sa vie précédente, sous l'identité de Krikor Makertich, et encore moins de ses origines arméniennes et turques. À l'époque, il pensait attendre le jour de sa confirmation. Mais ce soir, à table, il ne lui cacherait rien. Devant le miroir, il murmura pour lui-même d'autres mots qu'il avait hâte de répéter à sa fille. Il lui dirait qu'il avait été très triste d'apprendre que sa mère, le grand amour de sa vie, était morte. Il lui dirait que, dans les moments les plus sombres, la perspective d'être un jour réuni à son enfant lui donnait une raison de continuer. Il y avait également la question de l'héritage. Pas uniquement le fidéicommis, mais sa fortune. Tant de choses dont il faudrait discuter.

Il était nerveux et joyeux à la fois. Maral ne l'avait pas vu d'aussi belle humeur depuis des années. La pluie s'arrêta et les rayons du soleil vinrent réchauffer la maison à travers les vitres. Mais il ne savait toujours pas comment s'habiller.

"Laquelle ? Laquelle ?" pour en changer sur-le-champ.

"Il se comportait comme un adolescent qui cherche la chemise et la veste qui lui iront le mieux pour aller danser. Mon instinct me poussait à le mettre en garde, à le prévenir qu'il ne fallait pas avoir des attentes démesurées, mais il me reprochait d'être trop arménienne."

"Dites-moi, Maral, que verra-t-elle, à votre avis ?"

"Elle verra son père."

La sonnette retentit et il tapota sa veste, s'assura que la pochette était bien lisse.

"Maral, c'est elle !"

26.

Trois par trois il descendit les marches. Mais déjà Maral ouvrait la porte.

Une jeune femme pleine d'assurance passa à toute allure devant elle et s'immobilisa dans l'entrée, à l'instant où Makertich arrivait en bas de l'escalier.

Il s'agrippa à la rampe – pour résister au désir impérieux de la prendre dans ses bras et à une force contraire, presque aussi puissante, qui semblait vouloir le repousser.

Elle examina autour d'elle les tableaux aux murs – deux études pour la série Ned Kelly de Sidney Nolan, une gouache de Ian Fairweather et un portrait de William Dampier – avant de poser les yeux sur Makertich.

Il la contemplait, émerveillé.

Sa fille.

Qui à cet instant n'avait pas l'air très filial. Le regard souligné d'un épais trait d'eye-liner noir, vêtue d'un manteau formel, noir également, qui s'accordait à son chagrin et à sa colère.

Il lâcha la rampe et se précipita vers elle. "Ma petite chérie !"

“C’était pénible à voir. Tout cet amour retenu qui débordait. Il y avait de quoi toucher le cœur le plus cruel.”

Ignorant ses bras ouverts, Jeanine fit un pas de côté et lança d’une voix coupante : “Non.”

Il n’écoutait pas. “Si on allait plutôt au premier…” où nous serons plus à l’aise, s’apprêtait-il à ajouter.

Elle l’interrompit. “Je ne reste pas. Je suis venue vous dire une chose. Je vous renie. Je ne veux plus un sou de vous.”

Il se figea, bouche bée.

Les yeux de Jeanine étaient glacials. “Je tenais à vous l’annoncer en face. Je n’en reviens pas. Vous avez toujours vécu ici ! Je n’arrive pas à croire que vous n’ayez jamais fait la moindre tentative pour me revoir.”

“C’était le souhait de ta mère.”

“Le souhait de ma mère ? fit-elle, le regard méprisant. Vous savez ce qu’elle me répétait ? Méfie-toi, ou il gâchera ta vie comme il a gâché la mienne.”

“Tu dois me faire confiance, Jeanine, j’aurais fait n’importe quoi pour qu’il en soit autrement”, dit-il avec chaleur.

Mais la colère dans la voix de Jeanine était bien réelle, nourrie par les soupçons sinistres que lui avaient insufflés la peur, sa mère et Kes.

“Monsieur Makertich, vous êtes un escroc.”

“Jeanine, non !” s’écria Maral.

“Je n’ai pas fini.” Elle poussa la gouvernante et fit face à son père. “Votre argent est souillé. Vous ne pouvez aller nulle part sur cette planète sans laisser derrière vous une traînée de poison.”

“Je ne comprends pas de quoi tu parles”, impressionné par la femme passionnée qu’était devenue sa fille, mais horrifié de se voir l’objet de son mépris et de son hostilité.

“Vous nous avez bannies de votre vie sans aucune considération, comme vous avez abandonné ces pauvres villageois.”

“Quels villageois ?”

“Vous avez empoisonné nos vies comme vous avez empoisonné ce lac.”

“Quel lac ?”

“Xemu, une mine de cuivre à ciel ouvert au bord du lac Sevan, ça ne vous rappelle rien ?”

“Le lac Sevan ? fit-il en baissant la tête. J’ai possédé autrefois une mine de cuivre à cet endroit, mais elle portait un nom différent.”

“Oh, comme vous ?” Elle rit et se lança dans le discours qu’elle avait préparé.

“Attends un peu, protesta-t-il une fois qu’elle eut achevé sa diatribe. Maintenant je vois de quoi tu parles. Mais tout cela a dû arriver après que j’avais vendu la mine.”

“Ce n’est pas ce que prétend Kes.”

“Kes ? Kes qui ?”

“Kes Wakefield. Je l’aide à monter un projet. Je suis venue pour que tu saches comment je compte distribuer l’argent de mon fidéicommis.”

“Et que fait ce Kes Wakefield ?”

“Il est environnementaliste, comme moi. Décidé à se battre pour qu’on n’abatte pas des arbres d’une valeur inestimable.”

“Quel genre d’arbres entendez-vous sauver, Kes et toi ?”

“Des eucalyptus.”

Son cerveau comprit avant son cœur. Il la regarda avec un détachement morne et étrange, l’air calme, puis les battements dans sa poitrine s’accélérèrent.

“Ce Kes, tu le connais depuis longtemps ?”

“Ce ne sont pas vos affaires.”

Il avait du mal à respirer. “Quand l’as-tu rencontré ? À quoi ressemble-t-il ?”

“C’est un peu fort, vous ne trouvez pas ? De quel droit est-ce que vous vous intéressez soudain à ma vie, après onze ans de totale indifférence…”

“Tu vois bien que ce n’est pas un hasard. Il savait qui tu étais.”

“Je me demande pourquoi je vous le dis, mais il m’a proposé d’habiter avec lui”, d’une voix exagérément adulte.

“Jeanine, ne fais pas une chose pareille !”, le visage livide d’épouvante.

“Peut-être que je le ferai, peut-être que non. Ce ne sont pas vos affaires.”

Tant qu’elle était là devant lui, tout n’était pas perdu. Mais elle se préparait à partir.

“Attends !” Il fourra la main dans sa poche, en sortit un petit paquet et tendit le bras vers elle. “Je l’ai gardé pour toi… pour ton anniversaire.” Et lorsqu’elle eut un mouvement de recul : “Il a appartenu à ta grand-mère.”

Elle hésita.

“S’il te plaît.”

Elle prit le cadeau et regarda Makertich. “Je suis contente d’être venue. Il faut en finir avec les fantômes du passé. Pour moi, vous êtes mort.”

Il tenta de lui dire que c’était un mensonge, un tissu de calomnies, mais elle tourna les talons et claqua la porte derrière elle.

Quelques instants plus tard, la main de Makertich trouva l’épaule de Maral. Il resta là un moment, appuyé sur elle.

Dehors, les moineaux pépiaient. L’odeur des lis fraîchement coupés. Et les sanglots silencieux d’un homme de soixante ans.

“Je ne peux pas effacer cette scène de mon esprit”, soupira Maral.

Elle ne l’autorisa pas à aller se coucher avant d’avoir avalé quelque chose.

À table, ses larmes coulaient toujours. Éteinte, la lueur aimante dans son œil. Il avait l’impression qu’il n’existait plus – comme le couvert de Jeanine que Maral avait prestement escamoté. Des bris et des éclats, c’était tout ce qui restait de lui.

Le lendemain, elle ne le vit pas. Il ne quitta pas sa tour.

Au milieu de la nuit, elle entendit des bruits dans la chambre de Jeanine. Elle se leva pour s’assurer que tout allait bien.

La porte était ouverte.

Elle s’immobilisa au milieu de la pièce. Plus de dessins. Plus de photos. Les murs nus brillaient d’un éclat menaçant.

"J'ai cru un instant – en dépit du bon sens, car on était en plein été – qu'il n'avait pas fermé la fenêtre et que de la neige était entrée. Puis je me suis rendu compte que les taches blanches par terre étaient des bouts de papier. J'ai entendu sa voix calme et désespérée, et je l'ai vu assis au bord du lit, plié en deux, le visage blafard comme s'il était réellement dehors sous la neige.

"Je ne peux pas y penser sans un frisson. Cet homme bon et juste, qui venait d'être rejeté par l'être qu'il aimait le plus au monde, lisait le journal de vacances qu'elle tenait à dix ans. Puis il s'est interrompu, incapable de continuer. Il a arraché la page, l'a déchirée en mille morceaux. C'est alors que j'ai compris où étaient passées les photos de Jeanine, tous ses dessins, ses livres. Mon cri étranglé l'a surpris et il a regardé autour de lui, hagard. Croyant que j'étais là pour l'aider, il m'a dit qu'il se débrouillerait tout seul, que ce n'était pas la première fois qu'il devait faire une chose pareille."

Le matin, comme elle récupérait le plateau du petit déjeuner et son journal qu'il n'avait même pas déplié, Maral l'entendit parler au téléphone avec Bennett par la porte entrouverte. "Écoutez-moi très attentivement. Vous devez vous en occuper au plus vite. Je souhaite que vous reculiez la date à laquelle ma fille pourra toucher son fidéicommis."

"Personne n'avait envie de le fréquenter désormais ; on ne voulait plus rien avoir à faire avec lui. Après la visite de Jeanine, il aurait fallu tout le génie de Dieu pour l'amadouer."

27.

Monsieur Makertich, vous êtes un escroc.

Sa fille avait raison. Sa vie était un mensonge. Et son identité un cheval égaré qui n'avait pas répondu lorsqu'il l'avait sifflé – et pourquoi ? Ce n'était même pas qu'il avait décidé sciemment de se couper de son véritable moi. En fait, depuis l'enfance, il n'avait jamais eu le courage de l'affronter.

Il tournait en rond dans la maison, ramassait des objets, les reposait. Son passeport était anglais, mais l'Angleterre n'était pas son pays. Il n'en avait pas. Ou plutôt, c'était un plateau montagneux au milieu de nulle part. Un promontoire rocheux qu'il n'avait jamais vu et ne verrait jamais ; un lieu effacé des cartes que les Turcs et les communistes s'étaient partagé, le monde indifférent à leurs crimes oubliés.

Le rejet de Jeanine lui faisait l'effet d'un coup de poing en pleine figure. Il n'avait aucun sens. Comme les gens qui meurent sans prévenir. Cet épisode le projetait dans une dimension parallèle à celle dans laquelle il avait vécu. Une dimension qui, découvrit-il, s'appelait l'Arménie.

Quelques jours plus tard, Makertich se retrouva devant les bains turcs de Queensgate et entra. À son retour chez lui, il éprouvait un désir irrépressible d'écouter des cuivres arméniens, le genre de musique qui jusque-là ne lui inspirait que du dédain, voire de l'hostilité.

Le dimanche matin, il se rendit à pied à la petite église d'Iverna Gardens et il s'assit au fond, tandis qu'un prêcheur à la barbe blanche prononçait un sermon passionné. Il n'était pas sûr de tout comprendre, mais quelques mots firent mouche : *Comment peut-on transmettre son identité aux générations suivantes quand on s'est coupé de ses racines ?* Il s'éclipsa avant qu'on vienne lui parler.

Lorsque le printemps arriva, il avait surmonté ses réticences. L'après-midi du 23 avril, il se joignit à un petit groupe pour une manifestation silencieuse devant l'ambassade turque, et le lendemain il assistait à la messe commémorative à St. Sarkis.

"Dire qu'il s'était accepté serait exagéré. Il gravissait lentement la pente vers un lieu dont il s'était exilé lui-même."

Toutes les nuits, il avait des visions saisissantes : il rêvait de sa grand-mère qui marchait à petits pas dans la maison basse d'Alep, en travers, comme une vieille otarie. Il voyait aussi une femme à demi nue qui fumait une cigarette française – il avait essayé une fois, mais il avait trouvé cela écœurant. Ses yeux plissés réduits à des fentes aveugles par la ronde des ans, son visage ridé et émacié, elle parlait à l'enfant de dix ans qu'il était alors, mais s'adressait aussi à ses démons à elle : "Les Arméniens n'ont rien fait aux Turcs. Nous croyons différemment en Dieu, c'est tout. Pourtant, ils nous ont massacrés. Pourquoi est-ce que nous les avons laissés faire ? Pourquoi cette obéissance absolue ? Notre passivité est-elle le pendant de notre foi ? Ou étions-nous prêts à tout pour nous intégrer ? Trouve-moi la réponse, Krikor, je peux compter sur toi ? Mais promets-moi une chose. C'est une réponse que je veux, pas une vengeance. Si tu rends le mal pour le mal, tu creuseras deux tombes."

Cinquante ans s'étaient écoulés et il ne savait toujours pas. Ses parents ne parlaient pas des soldats qui avaient chassé sa grand-mère et un nombre incalculable d'innocents de chez eux. Une heure pour faire leurs valises, un million et demi de morts. "Nous ne pourrons jamais oublier" : c'était tout ce que sa mère lui avait dit, un jour où son père se répandait une fois de plus en lamentations sur son sort. "Mais toi, tu dois oublier. Les Turcs ne reconnaîtront jamais rien. Et le reste du monde s'en lave les mains. Alors, si tu ne veux pas ressasser indéfiniment cette rage et cette haine en toi, tu ferais mieux de l'ignorer. C'est mon conseil." De sa mère, il tenait la mauvaise habitude de ne jamais rien demander.

Mais le déni s'était solidifié dans son sang comme un caillot. Longtemps en sommeil, le besoin d'en savoir plus sur l'Arménie le tourmentait à présent.

Il connaissait l'alphabet d'Alep ; il s'en souvint soudain et se mit à lire. Avec l'enthousiasme d'un autodidacte, il découvrit une librairie rue Monsieur-le-Prince, à Paris, spécialisée dans les auteurs arméniens, et il commandait des livres par rayonnages entiers. Les Nolan de l'entrée furent remplacés par deux tableaux de Gorky ; la commode en chêne de style Cromwell par une croix en pierre de l'époque de saint Thomas ; les biographies d'explorateurs anglais envoyées par la librairie John Sandoe cédèrent la place à une bible miniature en arménien.

Il fit poser devant la porte le nom du village de sa grand-mère. Son miel venait désormais de Kebussije et son café était parfumé à la cardamome. La maison s'emplit de l'odeur des légumes grillés. Il cessa de manger du potage au cresson et du rosbif pour demander à Maral de lui servir des aubergines, des dolmas et des kofte, mets qu'il l'incitait à saupoudrer généreusement de paprika et de cumin – parce que l'Arménie se trouvait autrefois sur la route des épices. Et beaucoup d'oignons frais.

"Jusque-là, il n'avait jamais manifesté le moindre désir de revendiquer son héritage arménien. Et voilà que ça le tenaillait. Il se réconciliait avec ce qu'il avait passé la majeure partie de sa vie à éviter – mais trop tard, il en était conscient."

Tôt un matin, Maral fit entrer des ouvriers brésiliens et les conduisit à la tour. Les hommes enlevèrent le matériel de photographie – les bouteilles de D-76, la cuve de développement – ainsi que toutes les gravures de l'exposition de Cheryl, que Makertich conservait là sans que Maral le sache. Sa chambre noire n'avait pas servi depuis le départ de sa fille. Il avait besoin de place pour ses livres arméniens.

Il fit un retour sur lui-même. Il tourna le dos à l'Angleterre et se retira dans sa bibliothèque comme un Père du désert. L'idée de l'Arménie l'obsédait. C'était un mot tout simple, mais qui faisait partie d'un ensemble plus vaste, occulte. Le treillage invisible sur lequel avait poussé son esprit. Le premier pays à embrasser le christianisme. La terre d'Adam dont tous les hommes étaient issus. Le site du paradis, mais également de catastrophes environnementales et d'abominables massacres que l'on préférait taire.

"Chaque fois qu'il se rendait à la tour, je voyais qu'il rentrait en lui-même, dans son Arménie intime. Son esprit était un rocher qu'il poussait vers le sommet d'une colline, et qui toujours retombait. La question de sa grand-mère est demeurée sans réponse. Il ignorait pourquoi des gens se comportaient comme les Turcs, ou, dans sa propre vie, comme Flexmore."

Accusé par Jeanine, il refusait de ruminer leur rencontre. Si sa fille préférait croire Kes Wakefield, grand bien lui fasse. Lui se savait innocent.

Maral dit : "En Arménie, on achète et on vend des mines constamment. Krikor avait cédé une licence sur un morceau de papier. Il ne pouvait pas deviner que Wakefield était l'un des acquéreurs. Après Don Flexmore et avant Kes Wakefield, il s'appelait Bijou Mandrake. Ce n'était pas un hasard s'il connaissait tous les détails de la fuite de cyanure. C'était lui qui avait présidé à la catastrophe, et non Krikor."

Il obéit au vœu de sa grand-mère et demanda à ses hommes de loi de renoncer à traquer l'individu qui avait empoisonné son existence. Ce fut presque sa dernière requête à la firme de Crispian Bennett. Quant à Jeanine, libre à elle de gaspiller son argent dans des causes perdues – mais seulement une fois qu'il serait mort. Qu'elle ne compte pas sur lui pour l'aider à assouvir son addiction. Là-dessus, il demeura inflexible : tant qu'il lui resterait un souffle de vie, sa fille n'obtiendrait pas un sou de lui.

"Il a vendu son cheval de course, s'est peu à peu désengagé de sa fondation et il n'a plus jamais été le même avec moi. La relation qui s'était établie entre nous, les discussions intimes, c'était terminé. Il devenait dur d'oreille, ce qui l'isolait encore plus. Il restait assis à fumer des cigarettes pendant que je jacassais, jusqu'à ce qu'il lève les yeux et dise : 'Ça y est, vous avez fini ?'"

Lorsqu'ils se croisaient dans l'escalier, il lui lançait un regard noir, lointain, comme s'il se trouvait derrière un miroir, puis continuait. Soit pour descendre à la cave – il ne perdit jamais le goût du vin –, soit pour monter à la tour.

"Ne me demandez pas ce qu'il fabriquait là-haut. Il avait un fauteuil d'officier dans lequel il aimait se relaxer et sur le sol une pile de livres de poche usés, ainsi qu'une rame de feuilles. Parfois, j'entendais les chants liturgiques de Komitas ou le son d'un *duduk*. Je préfère penser que cette musique nourrissait son âme, d'une manière qu'il n'avait peut-être pas prévue. La plupart du temps, la pièce était silencieuse. Je récupérais les verres et je vidais la corbeille à papier, mais je n'ai jamais trouvé le moindre signe indiquant qu'il écrivait – hormis les mots croisés du *Telegraph*. Ah oui ! Et le texte que m'a transmis maître Vamplew. En général, la poubelle était pleine de mégots. Il s'était mis à fumer sur la fin : il m'envoyait au bureau de tabac de St. James pour acheter les cigarettes françaises qui ont fini par le tuer."

Les Pyke appelèrent, quêtant une invitation.

"Il a refusé de leur parler. Il ne voulait voir personne. Il était indifférent à tout. Le monde extérieur – les avions qui se sont écrasés à New York, les hommes qui se faisaient exploser dans le métro londonien –, cela ne le concernait pas. Il ne s'intéressait qu'aux pages hippiques et à la rubrique affaires. Et à sa bibliothèque, où il faisait Dieu sait quoi."

Sept longues années s'écoulèrent ainsi. Il forcit un peu, son nez s'épata, mais son humeur ne bougea pas. Il était vivant, mais à la manière des ongles et des cheveux qui continuent à pousser après la mort.

"J'aimerais croire... cette résignation – je m'excuse, je m'embrouille dans mes pensées."

Maral avança sur sa chaise et posa son menton entre ses mains, ses doigts incurvés autour de son visage, concentrée. Puis elle reprit.

"Voici peut-être ce qui est arrivé. Sa vie est pour ainsi dire finie. Il n'est pas fou, mais il a le pressentiment qu'un jour, quelqu'un rétablira la vérité."

Car tôt un matin, Makertich entra d'un pas traînant dans la cuisine. Il portait son costume Hardy Amies préféré, le gilet jaune de Maral visible en dessous.

Elle s'attendait à ce qu'il aboie "Donnez-moi du café" ou "Découpez-moi ça s'il vous plaît", car il tenait le *Daily Telegraph* et avait entouré un article, un compte rendu juridique au sujet d'une association pour les aveugles, découvrirait-elle plus tard.

À sa grande surprise, il glissa la main dans la poche de sa veste et en sortit deux objets, qu'il posa l'un après l'autre sur la table.

"Qu'est-ce que vous voyez ?" d'une voix voilée, ses cheveux parsemés de gris.

"Un morceau de bois et de la boue séchée."

"Regardez mieux."

"Alors, j'ai reconnu la branche du pommier qui avait transpercé son œil et un quignon racorni du pain qui avait sauvé la vie de sa grand-mère dans le désert."

"J'aimerais vous les donner. Maintenant, prenez votre manteau, nous sortons."

"Pour aller où ?"

"À Ealing."

"Vous tenez vraiment à ce que je vous accompagne ?"

"Hein ?"

"Vous tenez vraiment à ce que je vous accompagne ?"

La colère de Makertich, qui ne savait sur quoi se fixer, s'accrût au ton de sa voix. Elle avait l'air de s'excuser.

"Il faut que je fasse mon testament", dit-il dans leur langue.

28.

“Encore un peu de vin ?” demanda Andy.

“J’ai déjà trop bu, dit Maral, mais j’en reprendrais bien. Je m’y suis habituée quand j’étais seule. Où en étais-je ?”

“Son testament.”

“Il n’y a pas grand-chose à ajouter. Quatre mois plus tard, il était mort. J’ai retrouvé la carte que Jeanine lui avait écrite. J’ai appelé au numéro qui figurait dessus et je lui ai laissé un message avec la date et le lieu de l’enterrement. En plein milieu de la cérémonie, j’ai entendu la porte s’ouvrir et je me suis retournée. À la vue de votre costume bleu et vos cheveux blonds, j’ai pensé pendant un horrible instant que Don Flexmore était de retour.”

“Mais il doit avoir plus de soixante-dix ans !”

“Je n’avais pas mes lunettes, monsieur Larkham. Puis Jeanine s’est présentée et j’ai tenté de lui parler, mais elle a refusé de m’écouter. En vous voyant partir ensemble, j’étais persuadée que vous étiez lié à Don – ou Kes, appelez-le comme vous voulez. J’en étais toujours convaincue lorsque je vous ai retrouvé au cabinet de maître Vamplew. Et j’ai continué à le penser jusqu’à ce que… ma foi, je ne sais plus depuis quand nous sommes ici, mais jusqu'à notre arrivée en Cornouailles."

"Son testament vous a-t-il surpris ?"

"Je n'en croyais pas mes oreilles. Mais avec le recul, je le trouve logique. Selon maître Vamplew, c'était le souhait de Krikor de… quel mot a-t-il employé ? De laisser sa fortune à la fortune. Et je suis d'accord avec lui."

La nuit était tombée. Andy se leva pour fermer les rideaux. Une radio était allumée quelque part, et on entendait le bruit de la mer au loin.

Il se rassit, termina son verre. "J'aurais voulu le connaître."

"Et vous l'auriez apprécié. D'une certaine manière, c'était un homme très timide, tendre, mais aussi quelqu'un qui avait très peur, un être brisé qui est mort sans s'être réconcilié avec lui-même. C'est une triste fin, de partir en n'aimant personne, soi-même moins que quiconque. Mais moi je l'aimais. Je n'oublierai jamais son regard apaisé après son entretien avec maître Vamplew. C'était comme si, pendant au moins un instant, il s'était débarrassé de tout ce qui lui gâchait la vie. Il n'y avait plus de souffrance cachée. Plus de souffrance du tout. Il dégageait une certaine sérénité, lorsqu'il a décidé de lâcher prise, et dans cette sérénité, on sentait, sinon l'espoir, du moins le vague pressentiment que justice lui serait rendue, même si cela n'avait plus d'importance. Que sa fille comprendrait qui il était."

Héritage

1.

Chère Jeanine,

Pardonnez-moi de vous importuner, mais j'ai eu votre adresse par Maral. Si je me décide à vous écrire enfin, c'est pour vous avouer que je vous ai menti.

J'ai hérité de votre père par hasard. Je ne l'avais jamais vu. J'ai assisté à son enterrement par erreur. Toutefois, je me suis mis en tête de savoir qui était cet homme.

Grâce à un improbable concours de circonstances, j'ai aujourd'hui l'impression de connaître votre père mieux que le mien. C'est vous qui avez tout déclenché. Cela vous semblera peut-être tiré par les cheveux, mais je crois avoir découvert un moyen de lui rendre hommage, et, pour cette raison, j'espère que vous accepterez de me rencontrer.

Je comprendrais si vous préfériez en rester là, mais si vous souhaitez en savoir plus, je peux tout vous expliquer. Je vous propose de dîner avec moi mercredi prochain au Camões, à dix-neuf heures trente. Vous pouvez m'appeler au numéro ci-dessus.

Bien à vous,

Andy Larkham.

2.

Andy ne pouvait se défaire du soupçon que c'était la table où Richard avait fait semblant d'être plongé dans la lecture de son livre. Il était dix-neuf heures trente et il n'avait jamais vu le Camões aussi plein.

Cela le rassurait de constater que le restaurant n'avait pas changé, hormis sa popularité soudaine – et l'arbre de Noël dans un pot en terre cuite au centre de la salle, un sapin à peu près de sa taille, qui clignotait de guirlandes électriques émeraude et rouge. Sinon, il retrouvait les mêmes nappes en papier dont la saleté offensait Sophie à l'ère précambrienne, les mêmes photographies de Sintra, la même voix rauque et douloureuse de mezzo-soprano qui chantait du fado.

Rui officiait toujours, refusant d'ôter son masque accablé. Il l'avait gratifié d'un regard morose, comme s'il ne le reconnaissait pas, puis s'était dirigé sans hâte vers une table pour lui avancer une chaise.

La plupart des clients étaient des familles portugaises et espagnoles du quartier, certaines accompagnées d'enfants qui jetaient des coups d'œil furtifs vers Andy, curieux de voir ce qu'il lisait, avant de reprendre leurs activités, qui consistaient essentiellement à peaufiner les dragons ou les insectes aux yeux exorbités qu'ils gribouillaient sur la nappe, et qui étaient censés représenter leurs parents, ou peut-être Andy lui-même. Un grand jeune homme blond qui ne cessait de consulter sa montre, puis revenait aux pages qu'il avait imprimées dans l'après-midi et que, par habitude, il avait commencé à réviser.

Il était arrivé en avance. Mais à présent, il était dix-neuf heures trente-cinq.

Andy ne pouvait s'empêcher de se demander ce que Jeanine avait pensé de sa lettre. Il lui avait – enfin – avoué la vérité. Mais cette admission la rebuterait-elle ou accepterait-elle ses excuses ? Une chose était sûre : il n'entamerait pas une autre relation sur un malentendu.

Il regarda l'heure. Elle avait laissé un message sur son répondeur pour confirmer sa venue. Avait-elle changé d'avis ?

Mais ce n'était pas grave si elle arrivait en retard. Il restait des olives dans la soucoupe et il avait un verre de vin. Et cela faisait un moment qu'il n'avait pas eu l'occasion de se livrer à une introspection, car depuis deux mois et demi, il consacrait tout son temps de veille à Madigan-Makertich. Ses heures de sommeil également, à vrai dire.

3.

Montaigne pensait que la plus grande chose au monde était de "savoir être soi". Le père de Jeanine l'avait appris trop tard. C'est ce qu'Andy avait compris pendant son séjour en Cornouailles avec Maral Bernhard.

Tandis qu'elle dévidait son récit, toutes les frustrations d'Andy, qui n'avait toujours pas décidé ce qu'il allait faire du texte de Furnivall, s'étaient transformées en un besoin urgent de rectifier la fausse impression que Jeanine avait de son père. Il était persuadé que c'était le cottage de son ancien professeur qui avait joué le rôle de catalyseur : le lieu où il avait rédigé son livre. Il aimait à penser que sa solution lui fournirait la possibilité de s'acquitter de sa dette et profiterait aux deux hommes. Son projet fou était d'utiliser Furnivall afin de rendre à Jeanine celui qu'elle avait méconnu. Et en lui révélant qui était son père, de lui permettre d'entrevoir l'amour que celui-ci éprouvait pour elle.

Avant même de quitter la Cornouailles, Andy savait qu'il devrait travailler dur au cours des semaines à venir et s'immerger dans la vie de Krikor Makertich. Mais, enfin, grâce à l'obstination de David et aux souvenirs de Maral, il avait l'occasion d'accomplir quelque chose.

La gouvernante et lui rentrèrent à Londres après trois semaines à St. Buryan et il la ramena à Clarendon Crescent. Chacun de son côté, ils avaient téléphoné à Vamplew pour lui demander d'annuler la mise en vente de la demeure et de son contenu. L'avocat ne voyait aucune objection à ce qu'ils continuent à être conjointement propriétaires des lieux. Andy ne tarda pas à changer d'avis au sujet de la maison. En plein jour, avec les volets ouverts et la pelouse tondue, le 11 Clarendon Crescent était très agréable. Beaucoup plus que son propre logement.

Mi-octobre, il retourna à Kensington pour vider l'appartement. Le Warhol, la méridienne Le Corbusier : ces objets appartenaient à quelqu'un d'autre, à un ami qu'il avait fréquenté pendant quelque temps et dont il s'était lassé, sans qu'il fût nécessaire de se disputer. Il les donna aux bonnes œuvres.

Dans un fourre-tout sur la chaise à côté de lui se trouvait le manuscrit auquel il s'était attelé depuis.

Il l'avait écrit à Clarendon Crescent. Il s'était installé dans la tour, avait aéré pour chasser l'odeur de tabac froid et allumé le chauffage central. Maral n'était jamais loin, toujours prête à répondre à ses questions et à lui faire du café. Au début, il avait craint qu'occuper l'espace de Makertich le mette mal à l'aise, mais c'était l'inverse. Après un an d'inactivité coupable, Andy avait travaillé avec une énergie qu'il ne se connaissait pas.

"Est-ce qu'il reste des formalités à régler ?"

"Pas pour l'instant", avait déclaré Vamplew.

Pourtant, le jeune homme sentait qu'il hésitait à raccrocher. Exit l'indifférence suprême qui balayait toutes les préoccupations d'Andy un an et demi plus tôt.

Il patienta.

"Ce n'est pas important, mais je me demandais si vous aviez revu sa fille", dit enfin son interlocuteur.

"J'aimerais beaucoup lire ce qu'il a écrit", lui avait dit Jeanine.

"Et vous le lirez."

Si Andy n'était pas venu au Camões la première fois, c'était en partie à cause de cette promesse hâtive. *Pourquoi lui ai-je affirmé que je lui montrerais l'autobiographie de son père ?* ne cessait-il de se répéter.

S'ils s'étaient vus dix-huit mois plus tôt, il aurait dû lui avouer que les écrits de Christopher Madigan – que dans un élan d'idiotie suprême il avait prétendu avoir révisés – n'existaient pas, qu'il s'agissait d'une ruse pour se débarrasser d'elle avant qu'elle ne soupçonne l'étendue de son ignorance. Car tout ce qu'il aurait pu lui montrer, c'était un manuscrit au sujet d'un philosophe mort depuis des siècles. Mais son escapade en Cornouailles avec Maral avait tout changé.

"Il n'y a plus de vin ? Quel dommage."

C'était leur dernier jour au bed & breakfast. Des nuages en forme de queue d'aigle flottaient au-dessus des arbres et, dans le champ, un jeune chevreuil progressait entre les sillons, en direction de Tregiffian.

Il proposa une promenade. Ils enfilèrent leurs manteaux et ils prirent la petite route qui passait devant le monument mégalithique des Merry Maidens pour garer la voiture dans une cour de ferme. Le vent se leva tandis qu'ils descendaient le sentier désert qui menait à la mer.

Ils longèrent le cottage de Furnivall et lorsqu'ils atteignirent le sommet de la falaise voisine, Andy s'arrêta et déclara de but en blanc : "J'aimerais parler à Jeanine."

C'était surprenant de voir son visage ridé rougir et ses joues revêtir la teinte des roses séchées. Au regard qu'elle lui lança, il devinait ce qu'elle pensait. Il haussa les épaules.

"Moi aussi, monsieur Larkham, moi aussi." Le soupir que poussa Maral venait de très loin. "Lorsqu'elle entend ma voix, elle raccroche. Mes lettres – je lui en ai envoyé plusieurs –, elle me les renvoie cachetées."

"Est-ce que vous avez pu lui raconter ne serait-ce qu'une partie de cette histoire ?"

"Rien, pas un mot."

Elle se frotta sous les yeux d'une main tavelée et se détourna.

"En nettoyant la chambre de Krikor, je suis tombée sur une photo de sa grand-mère. Jeanine lui ressemble étonnamment. Je la lui ai envoyée. Ça a dû lui causer un choc. C'est peut-être pour ça qu'elle refuse de m'adresser la parole. La dernière fois, c'était une semaine après l'enterrement de son père. Elle a téléphoné. Elle avait appris qu'elle ne toucherait pas un sou de l'héritage et elle désirait savoir qui vous étiez : c'était la seule chose qui l'intéressait. Je lui ai avoué que je vous avais pris pour Don Flexmore. 'Impossible.' C'est ce qu'elle m'a répondu. Notre conversation s'est achevée là-dessus."

Elle promit à Andy qu'elle lui donnerait l'adresse de la jeune femme.

Ils rentrèrent et montèrent faire leurs bagages, mais Andy ne parvenait pas à s'ôter de l'esprit l'image de Makertich en train de ruminer, entouré de cendriers et de romans policiers. Il l'imaginait épluchant son passé, cherchant ses erreurs. À quoi pensait-il ? De son séjour ici-bas, il ne restait qu'une courte diatribe amère sur l'amour et son impossibilité.

Des souvenirs claquèrent dans sa mémoire. La flamme dans les yeux de Jeanine. La première fois qu'il avait touché un cadavre. Des mouettes autour d'une décharge où s'entassaient ses ordures à lui – glapissant, picorant, agrippant.

Lorsque Jeanine l'avait menacé d'attaquer le testament de son père, il avait riposté en lui promettant de lui parler de Christopher Madigan. Mais pourquoi avoir prétendu qu'il le connaissait ? Légalement, rien n'obligeait Andy à lui répondre. Quel réflexe l'avait poussé à prendre la défense de cet homme ? Ce n'était pas qu'une question pécuniaire.

Il entendit quelque chose sur le chemin et regarda par la fenêtre. Une jeune fille à la poitrine plate et à la lippe charnue passa en fredonnant.

Il la suivit des yeux jusqu'à ce qu'elle disparaisse, mais l'air bruissait encore. Il se pencha en avant, le cou étiré. Des étourneaux qui s'agitaient dans les buissons. Des moineaux perchés sur les lignes télégraphiques. Soudain, les notes d'un calypso lointain que son père chantonnait en montant l'escalier.

Ce n'est pas si simple de fouiller le passé. On voudrait l'écaler comme les œufs à la coque de Mme Nettlefold, et parfois ça vient tout seul, mais il arrive aussi que des morceaux tendres restent accrochés aux souvenirs et aux images qui se détachent.

Le dernier matin de son enfance, Andy sortit se promener le long de la Nadder. Il s'allongea sous le chaud soleil d'été, dans l'herbe au bord de la rivière, attentif à ne pas bouger. De temps en temps, une truite remontait à la surface et buvait une gorgée. Il se releva et deux gros poissons fendirent l'eau.

L'avion devait atterrir à dix heures. “J'essaierai d'être là avant treize heures”, avait promis son père. Pour le déjeuner.

Sa mère, une cuisinière épouvantable, avait préparé le plat favori de son ex-époux, de la souris d'agneau. Elle avait taillé les rosiers et coupé les plus belles fleurs pour les mettre dans un vase. Mais elle n'était pas satisfaite de sa coiffure. Elle reflétait les vagues de son humeur qui oscillait entre la colère et l'espoir. Pourquoi revenait-il ? Quelle était cette “chose” dont il souhaitait lui parler, qu'il préférait lui annoncer en face ? Et toujours, cette idée paparazzi, insistante, qui l'aveuglait de ses flashes : et s'il désirait tirer un trait sur les trois dernières années, tout recommencer ?

“Il revient parce que Lynn l'a largué”, affirma la sœur d'Andy d'une voix perçante.

“Il n'a jamais dit qu'il comptait rester”, protesta sa mère gaiement.

“Bien sûr qu'il ne va pas rester”, plus sarcastique que jamais. Elle se tenait sur le palier, vêtue de son éternel vieux pull vert qui flottait autour d'elle. “Ce qu'il veut, c'est que tu lui pardonnes.”

“Peut-être, mais je pense tout de même que tu devrais te faire jolie pour ton père.” En clair : *Va mettre la robe que je t’ai achetée.*

De retour de la rivière, cheveux peignés, dents brossées et mains lavées, Andy attendait qu’il arrive. Au bruit du moteur, il ouvrit grand la porte.

“Dis-lui d’essuyer ses chaussures”, cria sa mère avant d’aller sortir l’agneau du four.

Il traversa la pelouse en courant.

Un homme maigre coiffé d’une casquette en toile payait le chauffeur. Puis il se tourna.

Son revenant de père.

George Larkham aperçut Andy et leva maladroitement le bras ; après avoir remis sa casquette en place, il souleva sa petite valise et marcha vers lui. La cravate qu’il avait retirée faisait une boule dans sa poche. Il était en train de déboutonner sa veste lorsqu’il trébucha.

Il jura. Son visage était tout pâle. Et sa main – sa main agrippait ses côtes. Ses poumons peinaient à aspirer l’air de cette belle journée d’été. Il regarda ses pieds, comme s’il était surpris d’être encore debout. Un cyprès de Nootka qui oscillait, hébété, perplexe.

“Papa !”

Andy se précipita vers l’endroit où son père était tombé comme une poupée de chiffon. Il s’agenouilla, se pencha sur le visage de velours gris. Un glacis de fatigue et d’égarement voilait ses yeux. Ils fixaient le vide, reflétant une angoisse immense que personne n’aurait pu inventer. Ses mains agrippaient des touffes d’herbe et un filet de bave coulait au coin de sa bouche.

“Papa”, tout en le giflant. Il sentit un relent de médicament dans son haleine, puis l’odeur disparut.

"George ?" Sa mère était sortie sur le perron. "George..." Et elle se précipita vers eux, sans avoir ôté ses maniques. Un cygne siffleur solitaire. "George !"

En haut, dans sa chambre, sa sœur n'avait conscience de rien. Elle bataillait pour enfiler sa nouvelle robe et s'était retrouvée coincée, les bras en l'air, le nez pressé contre le coton étiré, comme un fantôme.

Dans l'herbe, un Andy désespéré serrait le visage de son père. Plus rien n'importait que ce qu'il était venu dire. Mais il ne parlerait plus.

Andy se détourna de la fenêtre, s'empara de son fourre-tout et de la valise posée sur le lit. Quelque chose en lui refusait le néant gris de Krikor. Il ne pouvait pas croire que Makertich n'avait fait que lire des rayons et des rayons de livres sur l'Arménie, contempler l'espace entre ses orteils et remplir les mots croisés du *Telegraph*, tout en fumant des Gitanes. Mieux valait imaginer qu'il méditait sur les mystères de la vie comme un Père du désert – comme Montaigne. Et quand bien même serait-il arrivé à la conclusion que l'amour était une illusion clinquante, Andy voulait prouver qu'il avait tort.

Maral l'attendait en bas. Elle se tenait dans le jardin d'hiver et regardait par la fenêtre. "Ça fait longtemps que je n'en avais pas vu. Un cerf."

Il avait déjà réglé leur séjour à Mme Nettlefold ("Et cette somme, elle correspond à quoi ? – Au droit de bouchon"), et entassait leurs bagages sur la banquette arrière, quand le manuscrit de Furnivall glissa du sac dans lequel il le trimballait partout depuis des mois. Comme il rangeait les pages tombées, une phrase l'arrêta. *Chaque homme porte en lui la forme entière de la condition humaine*... Minute, minute. Et si... Il était de nouveau un enfant qui se penchait de l'hélicoptère de son père. Rempli de la même certitude paisible que lorsqu'il regardait le grappin se refermer sur un fantôme gris, l'impression vertigineuse de savoir ce qui était juste. À cet instant – il s'en souvenait avec une précision extrême –, il songea qu'il devait suivre l'exemple de la jeune femme qui aimait Montaigne, sa fille adoptive, Marie de Gournay. La théorie qui sous-tendait le livre de Furnivall était qu'elle avait détruit le manuscrit disparu à la mort de son mentor, mais seulement après avoir puisé dedans pour corriger – et largement modifier – la version posthume à laquelle tout le monde se fiait de nos jours.

Le temps d'arriver à Londres, Andy avait pris sa décision. Il ne pouvait pas ressusciter Krikor Makertich, mais il pouvait contribuer à le réconcilier avec sa fille.

Il lui fallut deux mois de travail intense pour fondre *À la recherche de Montaigne* et les *Épreuves de Christopher Madigan*. Il lui semblait important d'inclure dans son "autoportrait" de Makertich l'essence des écrits de son professeur, leur substance philosophique, afin d'honorer sa mémoire. Tout en respectant les propos de Maral.

Andy ne serait pas allé prétendre que le récit patchwork qu'il avait composé à partir de différentes sources, en utilisant les muscles rouillés de l'éditeur qu'il aurait voulu être, rendait mot pour mot, et dans l'ordre, le témoignage de Maral. Il avait également glissé dans le texte des pensées qui lui étaient venues alors qu'il écrivait, mais, pour paraphraser Montaigne, toujours avec l'intention de transformer son butinage en un miel qui n'appartiendrait qu'à Makertich – et tant pis s'il devait parfois fouiller en lui-même. Car, ainsi que David l'avait souligné, il s'agissait aussi d'Andy. Il devait terminer cette histoire pour être libre. Montaigne encore : "Si je dois servir d'instrument de tromperie, que ce soit au moins la conscience sauve."

Au début, il était assailli de doutes. N'était-il pas en train d'inventer de toutes pièces la vie et la personnalité d'un inconnu ? Non. Il révélait à Jeanine la vérité sur son père, ce qu'il n'aurait su faire sans aide, mais qui serait peut-être possible grâce à Furnivall.

Sa tâche consistait à développer ce que son maître avait écrit pour servir un but qui aurait été en parfait accord avec son humanisme. En fin de compte, il n'ajoutait là qu'un peu de mortier et d'imagination. Seule l'imagination était capable de transformer les essais disparus de Montaigne en l'autobiographie d'un Arménien anonyme.

Mais, à mesure qu'il découvrait le cheminement de son récit, il devenait évident que l'homme dont il avait senti l'ombre pendant ses conversations avec Maral était l'authentique Makertich, et que les autres versions étaient mensongères.

4.

Andy mit de côté la page qu'il avait corrigée et regarda sa montre : vingt heures. Il leva les yeux. Toujours pas de Jeanine. Puis elle apparut. À l'entrée, en train de parler avec Rui qui prenait son manteau. Elle portait une robe vert feuille et une écharpe jaune autour du cou.

Sa bouche s'assécha. Il voulait s'enfuir. Il devait neiger encore et les ténèbres sous les arbres seraient assez épaisses pour le dissimuler. Il courrait sur le trottoir glacé. Laisserait derrière lui le duplex de Sophie. Et son ancien appartement. Jusqu'à Shaftesbury. Où il ne serait pas submergé par la panique qui montait en lui. Il savait que sa mère l'accepterait tel qu'il était. Il se leva brutalement, mais ne réussit qu'à faire voler quelques pages – qu'il ramassa par terre, courbé en deux, les rangeant à la hâte dans son fourre-tout –, puis il se retourna à l'instant où elle lui adressait un signe. Les yeux marron, les cheveux noirs, le teint pâle.

“Salut”, la main tendue vers lui, hésitante.

“Salut”, serrant cette main.

Il constata avec soulagement qu'il ne tremblait pas. À son poignet, elle portait un bracelet d'argent.

Elle prit une chaise et posa sur ses genoux son sac brodé de perles noires.

“Bon”, l'air crispé, son regard nerveux sur lui, l'infinie largeur de la table entre eux. “On y est quand même arrivés.”

Andy se rassit, les mains sous les fesses. Il n'entendait pas sa propre voix, n'avait pas l'impression d'être là, au restaurant. Il se sentait partir à la dérive. Rien de ce qu'il racontait ne décollait. Ses mots étaient aussi inertes que les noyaux d'olives qui attendaient d'être débarrassés. Jeanine n'avait rien à lui envier. Le brin de lavande dans la flûte de verre entre eux jouait le rôle d'un micro qui les paralysait, leur donnait l'air raide et affecté, quoi qu'ils tentent de dire.

Le récent voyage de Jeanine en Amazonie avec une équipe de chercheurs. La Mercedes d'Andy, vendue à un footballeur le week-end dernier. Le temps, froid pour la saison – ou chaud, peut-être ? Non, il ne pouvait pas faire chaud, parce qu'il neigeait lorsqu'il s'était présenté à l'entrée du Camões. Et il neigeait toujours à l'arrivée de Jeanine, qui crut bon d'ajouter : “Cela fait une éternité que je n'ai pas vu autant de neige à Noël.” La conversation se tarit, tandis qu'ils attendaient tous les deux que l'autre se décide à parler, dans un silence triste et embarrassé.

Il se tassa sur sa chaise. En dépit des questions qui se bousculaient dans sa tête, lorsqu'il ouvrit la bouche, il ne lui vint qu'une énième banalité sans rapport avec le père de Jeanine, le sujet qui les avait réunis ici.

Cette fois, elle ne répondit pas et prit un air contrit.

Il se racla la gorge. Il devait se débarrasser de ce qui pesait sur sa conscience. Il l'aurait fait immédiatement, comme il se l'était promis – sans faute, dès qu'elle serait assise –, si une émotion plus complexe ne l'avait retenu.

Mais elle le devança : "Voilà, je voulais m'excuser."

Il lui adressa un regard hébété. "Pourquoi ?"

Elle leva la main comme pour écarter un voile. Son expression plus sérieuse que celle de la fillette aux yeux de veau de la table voisine, occupée à dessiner Andy.

"Je suis désolée de vous avoir posé un lapin, la dernière fois."

Il écouta son explication d'un air ahuri.

À peu de choses près, ce qu'il s'apprêtait à lui dire : ses hommes de loi lui avaient recommandé de ne pas le revoir ; elle voulait l'appeler, mais n'avait pas son numéro ; elle n'avait pas osé déranger Rui en lui demandant de transmettre le message, si bien qu'elle avait imaginé Andy plus ou moins comme lui se la représentait, en train d'attendre dans ce restaurant portugais quelqu'un qui ne viendrait pas. Pour couronner le tout, les doutes au sujet de son père qu'il avait semés en elle s'étaient accentués au lieu de se dissiper, ce qui l'avait amenée à renoncer à contester le testament, à la surprise effarée de Bennett & Blaxworth.

Un drôle de sentiment gagna Andy. "Je n'étais pas là non plus, ce soir-là."

"Vraiment ?"

"Oui."

"Vous n'étiez pas assis à une table en train de me maudire ?", toujours méfiante.

"Non." Quelque chose en lui se dénoua.

Ses yeux cherchèrent ceux de la jeune femme. Ils se regardèrent.

Il héla Rui qui se dirigeait vers la cuisine – l'imagination d'Andy lui jouait-elle des tours ou avait-il cessé de boiter ? – et, avec l'accord de Jeanine, commanda une bouteille de vinho verde.

Amalia chantait : "*Disse-te Adeu e Morri*". Une fois encore, se faisait-il des idées, ou la voix de la *fadista* était-elle devenue céleste ?

Il regarda les visages autour de lui et revint sur Jeanine. Il émergeait enfin du sac-poubelle noir dans lequel il était enfermé depuis trop longtemps.

Elle avait croisé les bras et l'examinait d'un air songeur.

"Ainsi, Andy Larkham, vous ne connaissiez pas mon père."

"Non."

"Il n'a pas écrit de livre."

"Non."

"Il n'a jamais lu Montaigne."

"Pas que je sache."

"Alors, qu'est-ce que vous fabriquiez à son enterrement ?"

Il lui raconta en quelques mots. C'était un poids en moins.

Elle hocha la tête pour elle-même. Une énigme résolue.

Il attendait ses questions, mais elle examinait ses poignets et elle commença à jouer avec son bracelet.

"Vous souhaitiez me parler de quelque chose ?" demanda-t-il enfin.

Elle se pencha en arrière. Des reflets rouges et verts clignotaient sur son visage. Elle avait retrouvé son expression de défi. “Oui, au sujet de la fortune de mon père”, et elle inspira profondément, mais il avait avancé la main sur la petite table ronde pour prendre la sienne.

“Attendez, dit-il avec une soudaine ferveur. Je sais pourquoi vous êtes persuadée que cet argent est sale, mais c’est faux.” Encore une fois, il planta ses yeux dans les siens. “Moi aussi, il faut que je vous parle. Votre père n’était pas l’homme que vous croyez.”

Elle lui lança ce regard noir qu’il connaissait bien. “Vous me l’avez déjà dit.”

“Mais cette fois, je le pense vraiment.”

D’un mouvement souple qui suivait le rythme du fado, la main de Jeanine avançait et reculait sur la nappe. *À quoi songe-t-elle ?* Étonné de sa distraction quand il lui parlait de son père. Il mentionna Maral, mais il la sentit se raidir, et son instinct lui souffla que sa mère avait dû lui apprendre à ne jamais croire un mot de ce que “Mary” racontait.

Il n’avait pas beaucoup progressé quand la fillette aux yeux de veau tira sur sa manche. Curieusement, son large visage et ses fossettes lui rappelèrent sa sœur, qui avait téléphoné deux soirs plus tôt pour lui annoncer qu’elle était enceinte.

“Ma maman dit que vous avez fait tomber ça.”

“Merci”, en prenant la feuille.

L’enfant se rassit et plia les bras pour cacher la nappe.

“Qu’est-ce que c’est ?” demanda Jeanine, perplexe.

Il parcourut le texte.

“L’avant-dernière page de l’autobiographie de votre père.”

Elle accueillit la nouvelle avec calme. “Rédigée par vos soins ?”

“En effet. Elle n’est pas de sa main. Elle est de moi.” Il posa le fourre-tout sur la table et sortit le manuscrit. “Je m’excuse d’avoir autant tardé.”

Elle jeta un regard mi-lointain mi-fasciné à la page de garde.

“*Les épreuves de Christopher Madigan*”, lut-elle.

“C’est ce qu’on pourrait appeler un retour sur soi.”

“Pourquoi ‘Épreuves’ ?”

“C’est le nom qu’on donne à un texte imprimé qui doit encore être corrigé. Mais c’est aussi un mot qui décrit bien sa vie. À mon sens, du moins.” Le plaisir qu’Andy avait à parler de Makertich le surprit lui-même. Il tapota la pile de feuilles comme son père lui tapotait la tête autrefois. “Vous en jugerez par vous-même.”

Elle tourna une page. “Qui est Stuart Furnivall ?” demanda-t-elle. Et qu’avait-il à voir avec son père ?

Andy s’expliqua.

Elle écouta. “Et lui ?” montrant le second nom de la dédicace.

“Mon meilleur ami. Sans son aide, je n’aurais jamais rien écrit.”

Une expression d’immense tristesse envahit le visage de Jeanine. “Comment saurai-je si c’est la vérité.”

Il n’eut pas le temps de développer, car Rui lui demandait de goûter le Casal Garcia.

“Si on en parlait après ? Quand vous l’aurez terminé ?”

“Vous avez raison. Je peux le lire plus tard.” Elle rangea le manuscrit et le posa sur la chaise, son sac par-dessus.

Andy huma le liquide pétillant, frais et acidulé, le fit tourner dans le verre et prit une gorgée. “Délicieux, Rui, absolument délicieux.”

“Mais Mané, c’est très ressemblant !” s’écria la mère de la fillette à la table voisine.

5.

Il souhaitait savoir une chose : “Pourquoi est-ce que vous n’avez pas contesté le testament, en fin de compte ?”

Tandis qu’elle buvait lentement son vin, Jeanine lui parla du processus qu’Andy avait mis en branle dans l’appartement de Hortense Avenue. La graine qu’il avait semée quand – se raccrochant à ce qu’il pouvait – il avait commencé à décrire un homme attentif, honnête et sage. À mesure qu’Andy empruntait à la personnalité chaleureuse de son ancien professeur pour remplir les trous, Jeanine avait vécu une expérience déconcertante : pendant peut-être une seconde, elle avait cessé de haïr son père.

“Bien sûr, ce n’était que le début. Ce n’est pas arrivé d’un seul coup.”

Le portrait d’Andy laissait beaucoup de place à l’interprétation et l’homme qu’il évoquait était impossible à réconcilier avec la figure depuis longtemps établie d’un tyran rapace, licencieux et déloyal. Elle avait remis en question cette nouvelle image, l’avait repoussée, mais elle avait quitté l’appartement en proie au doute, tiraillée par des émotions qu'elle n'aurait jamais pensé éprouver un jour, s'autorisant à croire que son père avait peut-être eu un ami. Parmi les cendres grises et froides de sa haine, elle s'était concentrée sur cette braise chaude minuscule, jusqu'à ce que, peu à peu, grâce à la fertile promesse d'un récit à venir, la version d'Andy se répande en elle et touche son cœur. En fin de compte, elle avait choisi de respecter la décision de son père. “Peut-être pour la première fois de ma vie”, dit-elle, songeuse, toute trace d'ironie disparue.

Rui remplit les verres, puis sortit de sa veste rouge un carnet et un crayon avec lequel il se gratta derrière l'oreille ; il attendait.

“Je peux prendre votre commande ?”

Andy ne s'était jamais senti aussi affamé.

6.

Il adorait les conversations avec Furnivall.

Au fil des ans, beaucoup de remarques de son professeur étaient remontées à la surface, prenant un sens qu'il n'avait pas compris ou n'avait pas voulu entendre à l'époque.

“Pour attraper des gros poissons, il faut être prêt à être entraîné au fond.”

“Il paraît que le progrès, c'est aller toujours plus vite. Les pourceaux des Gadaréniens allaient vite, eux aussi, très vite.”

“Oui, Larkham, courez. On ne traverse pas un terrain de rugby en marchant.”

“C'est dur d'être quelqu'un – qui que l'on soit.”

Un jour, s'efforçant de formuler une idée qui lui était venue à l'esprit, Andy l'interrogea : “À quel moment décide-t-on de devenir qui on est ? Je veux dire : quand est-ce qu'on va vers cette personne ? Quand est-ce qu'on s'en éloigne ?”

“La question n'est pas là.”

Décontenancé. “Pourquoi ?”

“Ce qu’il faut se demander, c’est : comment puis-je être moi ? Une fois qu’on a compris cela, on est sur la bonne voie.”

Il insista. “Oui, mais si on voudrait être différent de ce que l’on est ?”

“C’est qu’on laisse trop de place à quelqu’un qui n’a rien à faire là.”

Andy avait fini par admettre un certain nombre de choses, notamment au sujet des personnes qu’il n’était pas. Ah ! ses illusions radieuses à l’époque où il avait l’ambition d’être un Autre ! Il se fourvoyait complètement. La preuve ? Elle était assise en face de lui et plongeait son regard brillant dans le sien. Et il pensa à l’image dont il avait rêvé en secret, d’un couple qui voguait sur une mer infinie.

Le mot “fado”, se souvint Andy, signifiait “destin” en portugais. En face de lui, Jeanine hochait imperceptiblement la tête au son des mélopées déprimantes d’Amalia, comme si elle cherchait à se rappeler les paroles d’une chanson que, soudain, il comprit qu’il connaissait : c’était toujours le même air, en fait.

7.

"Regardez-moi, Andy. Je suis là."

Il obéit.

"Je vous ai peut-être jugé trop vite, trop durement." Ses yeux étaient sérieux et pleins de vie. "Je vous ai trouvé insupportable la première fois qu'on s'est rencontrés." Il lui avait paru jeune, sans expérience, déterminé à emprunter un chemin qui l'éloignait de lui-même. "Puis j'ai reçu votre lettre et j'ai pensé : *Enfin. Quelqu'un d'honnête.*"

Elle poursuivit d'une voix qu'il ne lui connaissait pas : "Mon père attendra. Parlez-moi de vous."

"De moi ?" Il le répéta deux fois, d'un air pitoyable.

Elle pouffa et il se sentit mis à nu. Son rire sonore le transperça.

"Vous avez une famille ? Où avez-vous grandi ? Qui sont vos amis ? Je ne sais rien de vous." Continuait-il à délirer ou lisait-il dans son regard : *Vos espoirs, vos peurs, ce que vous aimez et détestez ?*

Dès qu'il commença à répondre, quelque chose se produisit. Il devint visible – enfin – à ses propres yeux. Net. Au bout de quelques phrases, il se rendit compte qu'il était heureux. Il n'avait pas parlé ainsi, avec une telle animation, depuis longtemps. Il employait des mots qu'il avait souvent voulu prononcer, sans parvenir à les trouver. Mais ce n'était rien à côté de ce qu'elle était capable d'exprimer en restant simplement là, à l'écouter. Au point où il n'avait plus du tout envie d'être un autre. C'était incroyable. Il souhaitait être Andy Larkham.

Jeanine le laissa parler sans l'interrompre. Sans plus l'examiner comme un ciel dont on se méfie. Ses yeux s'attardaient, son sourire ne s'évanouissait pas aussi vite. Il sentait son regard l'explorer, voir tout ce qu'il y avait à voir.

L'arrivée du plat principal lui donna l'occasion de l'interroger à son tour. Et, alors qu'elle parlait d'elle, il trouva sa voix plus chaleureuse, plus cadencée que dans ses souvenirs. Elle a grandi également, songea-t-il. Elle est moins péremptoire. Pour la première fois, il la découvrait de bonne humeur. Il ne doutait pas que tout ce qu'elle disait était vrai. Il ignorait pourquoi, mais il le savait.

Ils avaient terminé leur assiette, lorsqu'une sensation aussi étrange qu'inhabituelle l'envahit : le début plein de douceur d'une émotion inconnue, qu'il ne pouvait associer qu'à une absence de peur. C'était absurde – il ne l'avait rencontrée que quatre fois – et il aurait été incapable d'expliquer d'où venait ce sentiment, ou si c'était une illusion due à l'alcool.

Il la regarda d'un air sévère, inquiet, car, de son visage, la sensation avait gagné sa poitrine et l'empêchait de respirer. Il n'avait jamais imaginé qu'une telle chose pût exister.

Rui, qui s'était approché avec un chariot à deux étages pour leur proposer des desserts, admira le bracelet de Jeanine.

Elle hésita avant de répondre : "Il me porte chance."

Mais la chance n'avait rien à voir là-dedans. Après tout ce qui s'était passé, c'était bel et bien un miracle qu'elle fût ici – qu'elle ait accepté de lui parler. Cependant, il en faudrait quelques-uns, s'il voulait transformer la chaleur et la lumière mystérieuses qui émanaient de lui en une relation durable et authentique. Il est plus simple de se retrouver à la tête de dix-sept millions de livres que de gagner le cœur de la femme que l'on désire, surtout après un démarrage aussi mauvais que le leur. Jeanine avait vécu des évènements traumatiques, et l'idée que tout se résoudrait à l'issue d'une conversation était absurde. Ses relations avec Andy emprunteraient un chemin plus cahoteux. Sa présence au restaurant n'était qu'un premier pas et beaucoup d'autres devraient suivre. Au moins, il ne trichait pas. Il n'était pas sûr de gagner, mais c'était le seul jeu qui en valait la peine. Pour la première fois, il jouait le cœur grand ouvert.

Il s'écoulerait encore quelques jours avant que Jeanine ait la force de se plonger dans l'histoire de la vie de Christopher Madigan, et soit prête à parler de l'homme qu'elle connaissait sous le nom de Kes Wakefield, mais qui s'appelait Don Flexmore pour son père et Carl-Andrew Purcell pour sa mère. "Il est tout ce que vous avez écrit", et la manière dont elle évita ses yeux empêcha Andy de l'interroger plus avant. Par la suite, elle préciserait néanmoins : "Il ne m'embrassait que s'il s'apprêtait à faire quelque chose de dangereux. Dès que l'un de nous voulait faire l'amour, l'autre reculait. Je lui disais : 'Quand tu regardes une femme, tu souris, mais tu n'écoutes pas.' Ça allait si mal que je l'ai emmené chez un guérisseur pranique qui a lavé nos auras et jeté les résidus noirs dans un seau d'eau salée, jusqu'à ce qu'il reste surtout du bleu et du vert. Le guérisseur prétendait posséder une vision radiographique. Il affirmait que Kes avait un esprit sur son épaule, une femme jalouse qui gâchait tout. C'est comme ça qu'il l'a formulé, mais si vous voulez mon avis, c'était en fait un autre homme."

Leur relation ne se remit jamais de sa décision de couper les ponts avec son père – une décision à laquelle Kes s'était opposé avec véhémence, et qui empêcha Jeanine de toucher son pécule du vivant de Makertich. "Je n'aurais pas su l'expliquer à l'époque. Mais je me rends compte à présent que ce n'était pas vraiment pour l'argent. D'une certaine manière, il semblait avoir besoin de mon père dans sa vie." Un mois après son vingt et unième anniversaire, Kes lui dit au revoir : une mission l'attendait en Afrique de l'Ouest. "Je n'ai plus jamais eu de nouvelles." Il s'était volatilisé, comme le profil Facebook qu'elle avait découvert sur son ordinateur portable et qu'il avait créé pour attirer des adolescents, filles et garçons : un assemblage de citations de L. Ron Hubbard, de titres de ses romans favoris, avec la liste de ce qu'il détestait (Nicolas Cage, Michael Winner, les écrevisses) et de ce qu'il aimait (Trini Lopez, le parfum Jo Malone, ses deux poissons rouges : Fanta et Orangina). Trois ans après, elle apprenait qu'il avait péri dans un accident d'avion sur une île, au large de la Guinée-Bissau. "Une fin – ou ce que j'ai longtemps cru être une fin – on ne peut plus banale. Son Cessna s'apprêtait à atterrir lorsque le vent l'a retourné. Son corps a été entièrement consumé. Il importait de la cocaïne de Colombie."

Les doutes apparurent beaucoup plus tard. Interpol avait envoyé l'un de ses meilleurs agents, un Anglais du nom de Joseph Silkleigh, pour remuer les cendres du dernier avion de Kes. Il découvrit que c'était le quatrième accident de ce Cessna et qu'il vivait aux frais de l'assurance depuis des années.

"Silkleigh a fini par l'épingler : à Melbourne. Il réside actuellement dans une prison de très haute sécurité à Goulburn. Pour l'instant."

8.

Le restaurant s'était vidé. On avait ôté les nappes en papier et mis la table pour le lendemain, mais Rui constata avec une relative surprise qu'Andy et Jeanine discutaient toujours.

Il leur avait accordé une demi-heure de grâce. Il termina d'entourer d'élastiques les reçus dans la caisse et s'approcha d'eux, replaçant une chaise au passage.

"Nous fermons, *senhor*", opposant des regrets impeccables à Andy qui lui réclamait deux autres cafés.

Ils plièrent leurs serviettes et se dirigèrent vers la porte, où le serveur les attendait avec leurs manteaux. Il les aida à s'habiller.

Rui déboutonna sa veste rouge et l'accrocha. Andy le regarda éteindre les guirlandes de l'arbre de Noël, puis les lampes, et en tout dernier lieu le fado.

"Bonne nuit, Rui."

"Boa noite, senhora, senhor."

Dehors, la neige tombait à l'oblique. Il y eut un mouvement d'air et les flocons, pareils à des particules de lumière, s'élevèrent comme s'ils sortaient du sol.

Le froid glacé arracha un cri étouffé à Jeanine.

“Qu’est-ce qu’on fait, maintenant ?” demanda-t-elle.

Ils en étaient donc là. S’il ne pouvait se souvenir de sa réponse exacte, Andy se rappelait que la rue enneigée était peuplée de jeunes gens pas si différents d’eux, qui, chacun de son côté, s’en allaient affronter ce que l’obscurité leur réservait : être trompé ou tromper pour certains, rompre ou passer leur première nuit ensemble pour d’autres.

Remerciements

Murray Bail pour l'idée, Robert Sykes de Parker Bullen pour ses compétences juridiques, Vergine Gulbenkian qui m'a aidé à comprendre l'Arménie, Rob Libby parce qu'il est arrivé au bon moment, Mike Rikard-Bell et Bill Howroyd pour leurs lumières sur le Pilbara, Don Forrest et Judith Street pour leurs souvenirs de Perth, la défunte Angela Geraghty qui m'a décrit à quoi ressemblait un incendie dans le bush, ainsi que Gillon Aitken, Niko Hansen, Nigel Horne, Christopher MacLehose, Charlotte Metcalfe, Nick Robinson et Rachael Rose pour leurs remarques sur le texte. J'aimerais également exprimer ma gratitude à Jonathan Beswick, Piers Litherland, Ronnie Lloyd, Ellen O'Halligan, Julia Pilgrim, Susan Richards, Amanda Shakespeare, David Willis et Francesca Zaenglein. Par-dessus tout, je remercie Peter Washington pour ses corrections, mon épouse Gillian pour son soutien indéfectible et mon éditeur James Gurbutt pour sa fidélité.

Ceci est une œuvre de fiction et aucun des personnages décrits dans ce roman n'est réel, pas plus que

Carpe Diem n'a pour modèle une maison d'édition existante. La découverte de Krikor Makertich s'inspire des passionnantes descriptions d'un vol effectué par Lang Hancock en 1952, lues dans *Man of Iron* de Neill Phillipson (1974) et dans *Rogue Bull : The Story of Lang Hancock, King of the Pilbara*, de Richard Duffield (1979).

J'aimerais également mentionner *Passage to Ararat* de Michael J. Arlen (1975) et *How to Read Montaigne* de Terence Cave (2007).

Note de la traductrice

Les citations de Montaigne sont tirées de l'édition des *Essais* adaptés en français moderne par André Lanly, (Gallimard, « Quarto », 2009).

Achevé d'imprimer par N.I.I.A.G.
en avril 2012
pour le compte de France Loisirs, Paris

N° d'éditeur : 67859
Dépôt légal : Mai 2012

Imprimé en Italie